August von Kotzebue

Das merkwürdigste Jahr meines Lebens

(Großdruck)

August von Kotzebue: Das merkwürdigste Jahr meines Lebens (Großdruck)

Erstdruck: Berlin (Johann D. Sander) 1801.

Neuausgabe mit einer Biographie des Autors
Herausgegeben von Theodor Borken
Berlin 2019

Der Text dieser Ausgabe folgt:
Kotzebue, August: Das merkwürdigste Jahr meines Lebens.
Herausgegeben von Wolfgang Promies, München: Kösel, 1965.

Dieses Buch folgt in Rechtschreibung und Zeichensetzung obiger Textgrundlage.

Umschlaggestaltung von Thomas Schultz-Overhage unter Verwendung des Bildes: Ivan Aivazovsky, Winter in Russland, 1868

Gesetzt aus der Minion Pro, 16 pt, in lesefreundlichem Großdruck

ISBN 978-3-8478-4130-2

Die Deutsche Nationalbibliothek verzeichnet diese Publikation in der Deutschen Nationalbibliografie; detaillierte bibliografische Daten sind im Internet über www.dnb.de abrufbar.

Henricus Edition Deutsche Klassik UG (haftungsbeschränkt), Berlin
Herstellung: BoD – Books on Demand, Norderstedt

Vorbericht

Wenn ich es der Mühe wert halte, dem Publikum meine Begebenheiten in dem letztverflossenen Jahre mitzuteilen, so nenne man das nicht Eitelkeit. Mein Schicksal war so sonderbar, daß es schon als Roman interessieren würde; wie weit mehr als wahre Geschichte – möge doch das Individuum, welches sie erlebte, heißen, wie es wolle.

Mich bestimmen noch andre und wichtigere Gründe. Deutschland – ja, ich darf sagen ein Teil von Europa – hat sich, teils neugierig, teils wohlwollend, für mein Schicksal interessiert; überall hat man nach der Veranlassung desselben geforscht. Die auffallende Wirkung erzeugte ein Grübeln nach der Ursache. Man erfand hundert und wieder hundert Geschichten: bald sollte ich ein Buch geschrieben haben, das der eine *Der weiße Bär,* der andre *Der nordische Bär* nannte und das manche sogar gelesen haben wollten. Bald hieß es wieder, der Verfasser sei ein andrer, dessen Name mit eben den Anfangsbuchstaben wie der meinige bezeichnet werde, und ich sei daher das Opfer einer bloßen Namensverwechselung geworden. Andre suchten meine Schuld in unbesonnenen Reden, noch andre in Stellen gewisser Schauspiele, die ich schon zehn Jahre vorher geschrieben hatte. Kurz, der eine glaubte dies, der andre jenes; keiner aber fiel auf den eigentlichen Grund, der doch einzig und allein in einer argwöhnischen Laune des Augenblicks zu suchen war. Mich dünkt daher, ich bin es meinem Rufe, meinen Kindern und meinen Freunden schuldig, was mir begegnet ist, mit einfacher Wahrheit zu erzählen und so auf einmal alle Urteile zu berichtigen.

Ich habe indes auch noch eine höhere Verpflichtung: dem Monarchen, dessen Verfahren gegen mich so allgemein und so bitter getadelt worden ist, bin ich es schuldig, dieses Verfahren zwar nicht zu rechtfertigen, aber den ausgezeichneten Edelmut öffentlich bekannt zu machen, mit welchem er sein Unrecht einsah, gestand und vergütete. Vergütung nenne ich hier nicht die reichen Geschenke, mit denen er mich überhäufte und welche die Zeitungen bereits in die Welt posaunt haben (denn Geschenke kosten einen Monarchen wenig und Titel nichts); Vergütung nenne ich die Art und Weise, wie er diese Geschenke gab, die Art und Weise, wie er mich behandelte, mit mir sprach, mit mir umging. Wahrlich, hier wäre er schon als Privatmann liebenswürdig gewesen; um wieviel mehr als Herr über einen halben Weltteil! Er besaß eine Tugend, die man im gemeinen Leben nicht oft und auf dem Throne noch viel seltener findet: er erkannte willig sein Unrecht und machte es wieder gut, nicht wie ein Kaiser gegen den Untertan, sondern wie ein Mensch gegen den Menschen.

Auch eine nicht minder heilige Pflicht als die, das Andenken jenes Monarchen zu ehren – Dankbarkeit gegen den jetzt regierenden milden jungen Kaiser gibt mir die Feder in die Hand. Er hat mich meiner alten kränklichen Mutter und den Musen wieder geschenkt; er hat die Wohltaten seines Vaters vermehrt und mich, wenngleich außer den Grenzen seines Reiches, auf immer zu seinem treuesten Untertan gemacht. Heil ihm! Jeder Tag seiner Regierung sei wie der erste, dessen Zeuge ich war: ein lauter, allgemeiner Jubel der Volksliebe!

Dieses Blatt, lieber Leser, enthält den Beruf, den ich zu der nachfolgenden Schrift zu haben glaubte.

Im September 1801

Erstes Kapitel

Fast drei Jahre waren verflossen, seitdem ich Rußland und meine geliebte Frau ihr Vaterland verlassen hatte. Ich hatte meiner Frau versprochen, sie nach drei Jahren in die Arme unserer Kinder, Verwandten und Freunde zurückzuführen, und gern hielt ich mein Wort. Zwar mußte ich eine kindlich geliebte Mutter, biedere Freunde und ein kleines Eigentum in Weimar zurücklassen; aber es sollte ja auch nur eine Trennung von vier Monaten sein: nur ein Besuch, durch welchen meine gute Frau ihr Heimweh zu stillen hoffte.

Der erste Schritt zu Erreichung unsers Wunsches, den die Grenzsperre Rußlands notwendig machte, war ein Brief an den Russischen Minister in Berlin, den Herrn Geheimrat und Ritter Baron von Krüdener. Ich bat ihn, mir einen Paß zu verschaffen. Er versprach, sogleich deshalb bei dem Kaiser anzufragen, riet mir aber, auch selbst an den Monarchen zu schreiben. Ich befolgte diesen Rat schon am nächsten Posttage und bat um Erlaubnis, auf vier Monate nach Rußland kommen zu dürfen, teils um meine Kinder zu umarmen, teils um über mein dortiges Vermögen Dispositionen zu treffen, welche meine persönliche Gegenwart erforderten. Doch ehe noch dieser Brief Petersburg erreicht haben konnte, erhielt ich bereits einen zweiten von dem Herrn Baron von Krüdener, den ich, aus mehreren Ursachen, ganz hieher setze:

Es verursacht mir ein wahres Vergnügen, daß ich Ew. etc. eine günstige Antwort in Ansehung des gewünschten Passes mitzuteilen habe. Ich erhalte soeben den Befehl, Ihnen einen Paß zu geben, aber auch zugleich ungesäumt in Petersburg den Weg, den Sie nehmen werden, anzuzeigen, damit den Schwierigkeiten, die Sie ungeachtet eines Passes an der Grenze finden würden, von dort aus durch einen ausdrücklichen Befehl vorgebeugt werden könne. Sie werden daher die Güte haben, mir mit umgehender Post Ihren Weg zu melden und zu bestimmen, wohin ich den Paß zu senden habe, im Fall Sie nicht selbst über Berlin kommen. Die Personen, die Sie auf Ihrer Reise begleiten werden, bitte ich mir nochmals aufzugeben. – Mit aller Hochachtung habe ich die Ehre zu sein etc.

Berlin, am 15. Februar 1800

B.v. Krüdener

Dieser Brief erregte bei meiner Frau eine unbeschreibliche Freude, bei mir hingegen einige Bedenklichkeiten. Zwar hatte ich Rußland mit *ausdrücklicher Bewilligung des Monarchen* verlassen; auch existierte damals noch nicht der Befehl, kraft dessen jeder Abreisende sich schriftlich verbindlich machen mußte, das Reich nie wieder zu betreten: aber – ich wußte, daß Kaiser Paul den Schriftstellern überhaupt nicht hold war; unmöglich konnte ich also eine so schnelle und dem Anschein nach so überaus gnädige Bewilligung meiner Bitte erwarten. Ich sah nicht ein, welche Schwierigkeiten ich ungeachtet eines Passes noch an der Grenze finden könne und, wenn jeder Reisende dergleichen fand, warum man gerade bei mir eine Ausnahme machen und noch durch einen ausdrücklichen Befehl von Petersburg aus denselben vorbeugen wolle. Wodurch konnte ich auf eine solche Auszeichnung Anspruch machen und was konnte überhaupt dem Kaiser daran gelegen sein, gerade den Weg zu wissen, den ich nehmen würde?

Alle diese Bedenklichkeiten teilte ich meiner Frau mit, die aber nur darüber lächelte. Wir waren an demselben Abend, da ich den Brief erhielt, zu einer Dame eingeladen, die sowohl durch ihren Rang als durch ihre Tugenden sich auszeichnet, und fanden dort wie immer eine gewählte Gesellschaft beiderlei Geschlechts. Meine Frau teilte ihre Freude, ich meine Besorgnisse mit, aber auch nicht

6

ein einziger in der Versammlung hielt die letzteren für gegründet, sondern alle waren der einstimmigen Meinung: es sei durchaus unmöglich, hier eine Gefahr im Hinterhalte zu vermuten, und jede Ahndung derselben sei eine Beleidigung des geheiligten Kaiserworts.

Ich beruhigte mich nun. Die einzige Sorge, die mir übrig blieb, war der Umstand, daß der von mir ausdrücklich bestimmten Zeit von vier Monaten in der Bewilligung des Passes nicht erwähnt worden war und daher meine Rückreise Schwierigkeiten finden konnte. Indessen suchte ich auch dieser Unannehmlichkeit vorzubeugen. Da ich die Ehre habe, als Hoftheaterdichter in Kaiserlich-Königlichen Diensten zu stehn, so bewirkte ich mir von Wien aus einen auf vier Monate beschränkten Urlaub. Diesen wollte ich im Notfall dem Österreichischen Minister in Petersburg vorzeigen, und ich zweifelte nicht, mit dessen Hülfe unaufgehalten den Rückweg antreten zu dürfen.

So vorbereitet verließ ich am 10ten April 1800 Weimar, begleitet von meiner Frau und drei kleinen Kindern. In Berlin fand ich mehrere Briefe von Freunden aus Livland und Petersburg, welche mich warnten, »wohl zu bedenken, ob auch *das Klima* meiner Gesundheit zuträglich sei«. (Deutlicher durften sie sich nicht ausdrücken.) Bei dem Bewußtsein der reinsten Unschuld hielt ich ihre Warnungen für übertriebene Ängstlichkeit und achtete nicht darauf.

Dem Russischen Minister machte ich sogleich meine Aufwartung. Er empfing mich mit gewohnter Güte. Ich wagte es, ihn beim Abschiede dringend zu bitten, mir, dem Vater einer zahlreichen Familie, aufrichtig zu sagen, ob er glaube, daß es mit Schwierigkeiten verknüpft sein werde, nach vier Monaten die Erlaubnis zur Rückreise zu erhalten. (Daß mir noch etwas weit Unangenehmeres begegnen könne, kam mir wahrlich nicht in den Sinn.) »Wenn ich an Ihrer Stelle wäre«, sagte er, nachdem er einige Sekunden nachgedacht hatte, »so würde ich noch einmal nach Petersburg schreiben, um mich meines Wunsches vorher zu vergewissern Sie können ja indessen die Reise bis Königsberg fortsetzen und dort die Antwort abwarten.«

Der Rat war vortrefflich; er machte Eindruck auf mich. Ich teilte ihn meiner Frau mit; die Sehnsucht nach Vaterland und Kindern erlaubte ihr aber nicht, ihn gehörig zu würdigen. Wir beide nahmen die Sache auf die leichte Achsel und verließen Berlin, mit einem Passe versehen, der *im Namen* und *auf Befehl des Kaisers aller Reußen* ausgefertigt war.

Da die Preußische Extrapost sehr langsam fährt, ging ich oft zu Fuße, und mein gewöhnlicher Schritt trug mich nicht selten meiner Equipage meilenweit voraus. Eines Tages kam ich auf diese Weise nach einem kleinen pommerschen Städtchen, das, wenn ich nicht irre, Zanow hieß. Als ich hindurch war, sah ich vor dem jenseitigen Tore mehrere Wege, und ich fragte einen langen hagern Greis, vielleicht den Torschreiber, der gerade da stand: welchen Weg ich zu wählen hätte. Er ließ sich mit mir in ein trauliches Gespräch ein und erkundigte sich nach dem Ziel meiner Reise. Als er hörte, daß ich nach Rußland wollte, fing er an, mich herzlich und mit einer fast väterlichen Ängstlichkeit von dieser Reise abzumahnen. Als er endlich sah, daß nichts fruchtete und daß ich im Begriff stand, weiterzugehen, schloß er mit den Worten: »Nun, wer jetzt nach Rußland geht, dem gnade Gott!« Ich lachte und ging. Aber wie oft habe ich mich nachher seiner merkwürdigen Worte erinnert, wie oft bin ich in Versuchung geraten, ihn für ein höheres Wesen zu halten, das sich herabgelassen habe, mir mein bevorstehendes Schicksal zu verkünden!

Alle jene Warnungen, Ahndungen und Bedenklichkeiten hatten denn doch wider meinen Willen so tiefen Eindruck auf mich gemacht, daß ich eine gewisse Beklommenheit empfand, die immer mehr zunahm, je mehr ich mich der russischen Grenze näherte. Es ging so weit, daß ich meiner Frau einige Male und zuletzt noch in Memel sehr ernstlich den Vorschlag tat: sie möchte die Reise

8

ohne mich vollenden; ich wollte ihre Zurückkunft in Memel abwarten. Doch sie konnte sich nicht entschließen, darein zu willigen.

Als wir aus Memel fuhren, brauchte ich noch die Vorsicht, die wenigen Bücher, die ich bei mir hatte, zurückzulassen, um auf keinen Fall mit der unsinnigen Zensur des Herrn Tumanski in Riga Händel zu bekommen.

Was nun folgt, habe ich in Sibirien, gleich nach meiner Ankunft an dem Orte meiner Bestimmung, niedergeschrieben, als das Andenken an meine Leiden noch ganz neu war. Vieles muß berichtigt werden; denn über manche Dinge und manche Menschen bin ich bei meiner Zurückkunft eines andern und nicht immer eines Bessern belehrt worden. Indessen verspare ich diese Berichtigungen auf die Folge der Geschichte und ändere vorläufig an dem, was ich in Sibirien geschrieben habe, kein Wort. Der Leser erfährt nun unverfälscht, was ich damals empfand, dachte, glaubte und hoffte.

Jetzt nähern wir uns der russischen Grenze; wir passieren die Grenzpfähle; wir sind wirklich schon auf russischem Grund und Boden. Noch steht es in unserer Gewalt umzukehren; noch hat keine Wache uns angehalten, trennt uns kein Fluß, keine Brücke, kein Schlagbaum von den Preußischen Staaten. Schweigend und mit Beklommenheit sah ich links durch das Fenster: alle Warnungen gingen aufs neue vor meiner Seele vorüber; der Atem wurde mir schwer. Meine Frau beobachtete mich schweigend; auch ihr war nicht ganz wohl zu Mute, das hat sie mir nachher gestanden. Noch können wir umkehren. Ein Augenblick, und es ist zu spät. Der Augenblick schwand; das Los war geworfen.

»Halt!« rief ein Kosak, mit einer langen Pike bewaffnet. Wir standen vor der Brücke, die über einen schmalen Bach leitet. Links das Wachthaus. Der Offizier wird gerufen. »Ihren Paß, mein Herr!« – »Hier ist er.« Der Offizier entfaltet ihn, liest und studiert die

Unterschrift. »Wie heißt dieser Name?« – »Krüdener.« – »Sie kommen von Berlin?« – »Ja.« – »Ganz recht, belieben Sie nur zuzufahren.« Ein Wink; der Schlagbaum hebt sich, der Wagen rollt mit dumpfem Gerassel über die Brücke; der Schlagbaum fällt hinter uns zu, mir entschlüpft ein Seufzer. »Herein sind wir!« sage ich mit erzwungenem Lächeln. Und doch weiß Gott, daß meine schlimmste Ahndung sich immer nur mit der mutmaßlichen Schwierigkeit beschäftigte, einen Paß zur Rückreise zu erhalten; daß meine persönliche Sicherheit im geringsten gefährdet sein könnte, schien mir durchaus unmöglich.

Nach einigen Minuten befanden wir uns mitten in dem Flecken Polangen, und der Wagen hielt vor dem Grenz-Zollhause. Der Chef des Zollamts daselbst ist ein gewisser Obristlieutenant Sellin, ein menschenfreundlicher Mann. Wir waren alte Bekannte und hatten uns vor drei Jahren auf eben dieser Grenze mit vieler Herzlichkeit getrennt. So freuten wir, meine Frau und ich, uns schon unterwegs, als wir erfuhren, daß er noch immer auf seinem Posten wäre.

Ich sprang zuerst aus dem Wagen. Sellin kam mir auf der Treppe entgegen. Ich umarmte ihn; er erwiderte meine Umarmung etwas feierlich. Ich fragte ihn, ob er mich nicht mehr kenne, und nannte meinen Namen. Er schwieg, machte eine Verbeugung und zwang sich, freundlich zu scheinen. Das entging mir nicht, und ich wurde bestürzt.

Jetzt ist auch meine Frau ausgestiegen. Er empfängt sie höflich, aber verlegen. Sie bemerkt es, und das Blut steigt ihr zum Herzen. Er führt uns in sein Zimmer. Der Schauspieler Weyhrauch, der von Memel aus neben unserm Wagen hergeritten war, folgt uns unaufgehalten. Meine Frau sucht vergebens den fröhlichen Ton anzustimmen, den man sich mit einem alten Bekannten zu erlauben pflegt. Er antwortet einsilbig, wendet sich dann zu mir und fragt nach meinem Passe. »Der ist noch in den Händen des Kosakenoffiziers.« Er schweigt; es ist sichtbar, daß den guten Mann etwas drückt.

Nach einigen Minuten wird der Paß gebracht. Sellin liest, und ich stehe in banger Erwartung. »Sie sind also der Herr Präsident von Kotzebue?« sagt er zu mir, nachdem er gelesen hat. Die Frage befremdet mich natürlich, da wir einander seit Jahren kannten. »Allerdings bin ich es«, antworte ich ihm.

»Nun denn!« fährt er fort, indem er sich zu meiner Frau wendet, und seine eignen Wangen erblassen, seine eignen Lippen zittern: »erschrecken Sie nicht, gnädige Frau; ich habe Order, Ihren Herrn Gemahl zu arretieren.« Meine arme Frau schreit laut auf, und ihre Knie wanken. Sie stürzt auf mich zu, klammert sich um meinen Hals, macht sich selbst die bittersten Vorwürfe; meine kleinen Kinder stehen da und wissen nicht, was das bedeutet. Ich selbst bin heftig erschrocken; aber der Anblick meiner fast ohnmächtigen Gattin gibt mir schnell die Fassung wieder. Ich nehme sie in meine Arme, trage sie auf einen Stuhl und bitte, beschwöre sie, ruhig zu sein, da es unmöglich Folgen haben könne. Kurz, ich sage alles, was ihr rührender Anblick mir eingibt. Sie kommt zu sich. Jetzt erst denke ich an mich selbst und wende mich hastig zu Sellin: »Wie lautet Ihre Order? Sagen Sie mir alles.«

»Ich soll mich Ihrer Papiere bemächtigen und diese sowohl als Sie selbst nach Mitau an den Herrn Gouverneur senden.«

»Was dort?«

»Dort werden Ihre Papiere untersucht werden, und der Herr Gouverneur wird nach seinen weitern Instruktionen verfahren.«

»Sonst nichts?«

»Sonst gar nichts.«

»Und meine Familie darf mich begleiten?«

»Allerdings.«

»Nun, liebe, beste Christel!« rief ich aus: »siehst du, daß wir ganz ruhig sein dürfen? Wir fahren nach Mitau; das wollten wir ja ohnehin. Dort werden wir vielleicht einen Tag aufgehalten, das ist alles. Meine Papiere enthalten nichts Verdächtiges, das weißt du. Es ist also eine bloße Vorsichtsmaßregel, die man in unsern Schwindelzeiten keinem Monarchen verdenken kann. Der Kaiser kennt mich nicht, er weiß bloß, daß ich Schriftsteller bin; er weiß, daß viele Schriftsteller sich von dem Freiheitsstrudel haben mit fortreißen lassen; er argwöhnt, daß auch ich zu dieser Zahl gehöre: und wahrhaftig, es ist mir lieber, daß er diesen Argwohn geradezu aufklären will, als wenn er denselben im stillen fortgenährt hätte. Aus meinen Papieren wird er mich ganz kennen lernen; das ist mein Vorteil: er wird in Zukunft Vertrauen zu mir fassen.«

So sprach ich, indem ich meine zitternde Frau mit frohem Mute an mein Herz drückte; und Gott weiß, daß ich in vollem Vertrauen so sprach. Bei der festesten Überzeugung von meiner Unschuld – was brauchte ich zu fürchten? Auch meine Frau erholte sich. Sie hatte geglaubt, man werde uns trennen, man werde mich übel behandeln, mich auf einen Karren werfen und Hals über Kopf fortschleppen. Als sie aber hörte, daß wir ungetrennt in unserm bequemen Wagen die Reise fortsetzen durften und daß man vorderhand nichts von mir begehrte als meine Papiere, so verschwanden zum Teil die Schreckbilder, die sie geängstigt hatten.

Jetzt kam es zu einer Szene, bei der das Handeln dem armen Sellin sichtbarlich ebenso schwer wurde als mir das Leiden. Man war nämlich mit dem Durchsuchen meiner Koffer fertig; man hatte die darin befindlichen Papiere herausgenommen; man hatte sich auch meines Portefeuille bemächtigt, und nun kam es an meine Person. *Ich mußte meine Taschen umkehren,* mußte jedes zerrissene Stück Papier, jede alte Wirtshausrechnung auf den Tisch legen. Das tat ich mit einiger Hastigkeit und hatte Mühe, mich zu fassen. »Ich tue nur meine Pflicht«, sagte Sellin mit gepreßter Stimme. Man sah wohl, wie sauer ihm seine Pflicht wurde.

Er ersuchte uns nunmehr sehr höflich, alles aus den Koffern zu nehmen, was wir etwa an Wäsche und Kleidungsstücken bis Mitau nötig haben möchten, weil er die Koffer versiegeln müsse. Wir taten es. Ich hatte einen kleinen Kasten, in welchem ich allerlei Kleinigkeiten führte, die mir täglich notwendig waren, wie Tabak, Rasierzeug, Arzenei. Diesen Kasten bat ich ihn, unversiegelt zu lassen. Er war auch gleich so gefällig es zuzugestehen, nachdem er ihn vorher selbst untersucht haben würde. Ich schloß ihn auf und zeigte alles. Der Kasten hatte einen ziemlich dicken Boden. »Ist hier vielleicht ein verborgenes Behältnis für Papiere?« fragte Sellin. »Nein«, antwortete ich unbefangen. Ich hatte den Kasten in Wien machen lassen und nie dergleichen darin bemerkt. Aber hier verstand man sich besser darauf, das Verborgene an den Tag zu bringen. Sellin versuchte hin und wieder, hob plötzlich den obern Einsatz in die Höhe und, siehe da, es fand sich wirklich ein solches Behältnis, aber – es war leer. »Sehen Sie«, sagte ich lächelnd, »das hab' ich selbst nicht gewußt: ein Beweis, wie wenig ich geheimer Schubfächer bedarf, um meine Papiere zu verstecken.« Er fühlte das wohl und sagte auf russisch zu einem neben ihm stehenden Offizier: »Er selbst hat das nicht einmal gewußt.«

Jetzt war die Untersuchung beendet. Noch mußten wir auf einen Rapport warten, der in der Kanzlei geschrieben wurde. Meine Kinder wurden unruhig; sie hatten den ganzen Tag noch nichts gegessen: denn wir eilten unserm Unglück so rasch entgegen, daß wir auf der letzten Station sogar die fertige Mittagsmahlzeit verschmähten. Ich bat um ein wenig Butterbrot für meine Kinder; denn meine arme Frau und ich hatten natürlich keinen Hunger. Der menschenfreundliche Sellin ließ alles auftischen, was er im Hause hatte. Aber eine andere Bitte mußte er mir abschlagen. Ich erinnerte mich nämlich in diesem Tumult meiner Empfindungen meiner alten Mutter, die ich kränklich verlassen hatte. Es war leicht vorauszusehen, daß diese Begebenheit ihr schnell zu Ohren kommen und ihr vielleicht, wenn sie unvorbereitet wäre, einen Schlagfluß zuziehen würde. Daher bat ich dringend um die Erlaubnis, einige Zeilen an sie schreiben zu dürfen, die Sellin selbst lesen und versiegeln sollte; aber vergebens. Es tat mir sehr weh – gewiß auch ihm. Da er indes versicherte, daß ich von Mitau aus ungehindert würde schreiben dürfen, so beruhigte ich mich, wandte mich zu dem Schauspieler Weyhrauch, dem stummen und erstaunten Zeugen dieses ganzen Vorfalles, ergriff seine Hand und bat ihn flehentlich, bei seiner Zurückkunft nach Memel nichts von dem laut werden zu lassen, was hier vorgegangen sei, damit kein voreiliger Zeitungsschreiber es bekannt mache. Er versprach es mir heilig.

Der stärkste Beweis, wie wenig der gute Sellin selbst bei einem solchen Auftrage seiner mächtig blieb, war Weyhrauchs unbemerkte Gegenwart bei der ganzen Verhandlung. Ich war ein *geheimer Staatsgefangener*, (das erfuhr ich freilich erst nachher); die meinetwegen erhaltene Order war eine *geheime Order*. Eine solche pflegt in Rußland schon auf der Außenseite mit den Worten *po secretu* bezeichnet zu werden, und der Empfänger darf alsdann bei schwerer Verantwortung den Inhalt niemand offenbaren, noch weniger bei der Ausführung einen Zeugen zulassen. Aber ich will auch darauf schwören, daß Sellin diesen Zeugen nicht einmal gesehen hatte.

Nun war alles bereit, die Pferde vorgespannt, die Koffer versiegelt. Die Korbwiege meines jüngsten Kindes, welche wir hinter unserm Wagen mit uns führten, mußte sehr unsanft zusammengeschnürt werden, um einem von meinen Bedienten Platz zu machen, dessen bisherigen Platz auf dem Kutschbock nun ein Kosak einnehmen sollte. Mein plombiertes Portefeuille hatte man inwendig in die Wagentasche an seinen alten Platz gesteckt, mir selbst aber den Schlüssel dazu gelassen. Noch zu rechter Zeit fiel mir ein, daß durch irgendeinen Zufall das Blei beschädigt werden und mir alsdann Verdacht zuziehn könnte; ich selbst überlieferte daher meinen Schlüssel und bat, ihn zu versiegeln und mit dem Rapport abzuschicken. Es geschah.

Wir nahmen herzlichen Abschied von dem wackern Sellin. Er war in diesen letzten Augenblicken wieder ganz der Alte; er hatte seine saure Pflicht erfüllt, er hatte uns getröstet, so viel er vermochte, und ihm war ein Stein vom Herzen gefallen. Ich werde diesen Mann wahrscheinlich nie wiedersehn; wenn aber die Erzählung meines traurigen Schicksals je das Licht der Welt erblickt, so lese er hier den Dank eines gerührten Herzens, in welches er sein Bild und seinen Namen mit unauslöschlichen Zügen eingegraben hat!

Wir stiegen in den Wagen und hatten nun vor uns auf dem Kutschbocke den Anblick eines mit Säbel und Pistolen wohlbewaffneten Kosaken. Meine Kinder ergötzten sich daran; meine Frau weinte. Ich selbst hatte meine ganze Fassung wieder gefunden; ich versuchte sogar zu scherzen, und es gelang mir nach und nach, meine gute Frau fast gänzlich zu beruhigen. Auch hatte der Anblick des Kosaken, seine Waffen ausgenommen, eben nichts Fürchterliches. Er war ein schlanker, wohlgebildeter und gutgekleideter Mann, sehr dienstfertig und sehr höflich: so oft jemand von uns aus dem Wagen stieg, nahm er seine Mütze ehrerbietig in die Hand. Hinter uns her fuhr in einem Kibitken ein Hauptmann, von Geburt ein Pole, dessen Namen ich unglücklicherweise vergessen habe. Wir lebten während der Reise auf einem sehr höflichen, freundlichen Fuß miteinander: er fiel mir nicht im geringsten beschwerlich; nur meine Börse erinnerte mich in dem teuren Kurland an seine Gegenwart, denn ich war genötigt, sowohl die Postpferde als auch die Zehrungskosten für ihn zu bezahlen.

Von Polangen bis Mitau rechnet man noch 36 deutsche Meilen. Wir legten diesen Weg in drei Tagen zurück, und was mich betrifft, darf ich behaupten, bei völliger Gemütsruhe.

Auch meine Frau hatte sich, dem Anschein nach, gänzlich von ihrem Schrecken erholt. Wir befürchteten nichts als einen etwas längeren Aufenthalt in Mitau, der uns teils wegen der dortigen Teuerung, teils deshalb unangenehm war, weil wir unsern Freunden in Livland von Danzig aus den Tag unserer Ankunft bestimmt hatten. Was hätten wir auch sonst fürchten sollen? Ich hatte fünfzehn Jahre in Rußland redlich gedient; ich konnte die besten Zeugnisse darüber aufweisen; ich war vor drei Jahren mit Bewilligung des Kaisers in österreichische Dienste getreten; ich war noch in diesem Augenblicke besoldeter Hoftheaterdichter in Wien; ich hatte mich dort jederzeit als ein guter Staatsbürger betragen und alle meine Pflichten treu erfüllt; worüber ich gleichfalls vollgültige Atteste besaß; nach meiner Entfernung von Wien hatte ich im Fürstentum Weimar gelebt und nie ein Land, das mit Rußland oder Östreich Krieg führte, betreten: was also hatte ich zu fürchten? Es schien ja bloß ein Verdacht gegen meine Papiere zu bestehen. Und was enthielten die?

Man erlaube mir hier eine notwendige Abschweifung. Ich muß den Leser durch ein Verzeichnis dieser Papiere in Stand setzen, meinen damaligen Gemütszustand zu beurteilen und meine Ruhe begreiflich zu finden.

In meinem Portefeuille waren:

Erstens: Ein Attest der Regierung zu Reval, daß ich während meiner fünfzehn Dienstjahre mich untadelhaft betragen habe.

Zweitens: Die Kopie eines Senats-Ukas, durch welche mir mein Abschied, mit Erhöhung des Ranges, zugesichert wurde.

Drittens: Das Wiener Hofdekret wegen meiner dortigen Anstellung.

Viertens: Das Wiener Hofdekret, meine Entlassung als Regisseur und meine Beibehaltung als Hoftheaterdichter mit einem Gehalt von tausend Gulden betreffend, von dem Herrn Grafen von Colloredo unterzeichnet.

Fünftens: Ein sehr schmeichelhaftes Zeugnis der dortigen Oberhof-Theatral-Direktion.

Sechstens: Ein eigenhändiger Brief des Römisch-Kaiserlichen Ministers, Grafen Colloredo. Da man nämlich in dem Dekret Nr. 4 unterlassen hatte anzumerken, daß mir das Gehalt auf Lebenszeit zugesichert sei, so fragte ich deshalb schriftlich bei dem Minister an, ob ich auch einst im Alter, wenn ich unfähig wäre, für die Bühne zu arbeiten, jenes Gehalt als Pension bekommen würde, und erhielt darauf die hier erwähnte, sehr befriedigende Antwort.

Siebentens: Ein eigenhändiges Billett des Römisch-Kaiserlichen Ministers, Grafen Saurau, als Chef der Geheimen Polizei, und ein Brief des Herrn Hofrats von Schilling in Wien, als eines Mitglieds dieses Kollegiums. Als ich nämlich den Entschluß faßte, Wien zu verlassen, war ich nicht bloß mit den meine Verwaltung betreffenden ehrenvollen Zeugnissen zufrieden, sondern ich glaubte den Zeitumständen die Vorsicht schuldig zu sein, auch noch überdies ein Zeugnis zu verlangen, daß ich während meines Aufenthalts als Mensch und Staatsbürger mich untadelhaft betragen und nie Veranlassung zu irgendeinem Verdacht im Punkte meiner politischen Gesinnungen gegeben hätte. Ich wandte mich deshalb an den Herrn Grafen von Saurau, mit der Bemerkung, daß ein solches Zeugnis vielleicht ungewöhnlich sei, daß wir aber, leider, auch in ungewöhnlichen Zeiten lebten. Er hatte hierauf die Güte, mich durch jenes Billett und durch jenen Brief gänzlich zu beruhigen. Es hieß darin am Schlusse: »daß, wenn je über mein in politischer Hinsicht unverdächtiges Betragen ein Zweifel entstehen sollte, man mir gewiß Gerechtigkeit leisten werde«.

Achtens: Ein auf vier Monate beschränkter Urlaub der Oberhof-Theatral-Direktion in Wien, um nach Rußland zu reisen, mit dem Beifügen, daß ich spätestens im Oktober dieses Jahres wieder in Deutschland sein müsse, weil die Geschäfte, welche man mir aufzutragen gedenke, eine so weite Entfernung nicht länger gestatteten.

Neuntens: Der oben mitgeteilte Brief des Herrn Barons von Krüdener.

Zehntens: Ein versiegelter Brief der regierenden Frau Herzogin von Weimar Durchlaucht an die Frau Großfürstin Elisabeth Kaiserliche Hoheit.

Elftens: Ein Brief nebst einem Buche von dem Herrn Legationsrat Bertuch in Weimar an den Herrn Hofrat Storch in Petersburg.

Zwölftens: Ein Brief und ein Buch von dem Herrn Oberkonsistorialrat Böttiger in Weimar an den Herrn Hofrat Köhler in Petersburg.

Dreizehntens: Ein versiegelter Brief von Herrn Merkel in Berlin an seinen Bruder in Riga.

Vierzehntens: Noch ein paar andre völlig unbedeutende Briefe.

Fünfzehntens: Zwei Obligationen von zehntausend Rubel.

Sechzehntens: Eine Assignation von dreißig Dukaten für einige Manuskripte, im Monat August zu Danzig zahlbar.

Siebzehntens: Vier kleine Gedichte zum Geburtstage meiner Frau, welcher den Tag nach meiner Verhaftung einfiel. Als wir nämlich einige Tage vorher die preußischen Sandwüsten am Kurischen Haff durchzogen und in Nidden einen ganzen Tag auf Pferde warten mußten, nützte ich diese sonst langweiligen Stunden, mich von meiner Familie weg auf einen Sandhügel unter die Tannen zu stehlen und dort für mich und für jedes meiner drei Kinder einige Reime auf diesen frohen Tag zu machen, den wir leider nachher so wenig froh zubringen mußten. Daß schon damals eine düstre Ahndung von dem, was geschehen könnte, in meiner Seele war, beweisen die vier Zeilen, die ich in meinem eigenen Namen entwarf. Sie lauteten so:

Erhält mir Gott an Deiner Hand
Die frohe Häuslichkeit, das höchste Glück auf Erden,

So möge immerhin Dein Vaterland
Mein Kerker werden.

Man sieht auch hieraus, daß meine höchste Furcht sich nur dahin erstreckte, Livland nicht wieder verlassen zu dürfen, welches mir bei der jetzt so sehr erschwerten literarischen Kommunikation großen Nachteil zugefügt haben würde.

Achtzehntens: Eine in Wien von meiner eigenen Hand mit Bleistift geschriebene Kopie eines *Rundgesanges der Schweizer beim Fällen des Freiheitsbaumes.* Um zu zeigen, in welchem Geiste dieser Rundgesang gedichtet ist, teile ich hier den ganzen Gesang mit, der mir mit meinen übrigen Papieren wieder ausgeliefert worden ist.

Falle immer, arme Tanne, falle!
Ach! gefallen sind auch wir wie du!
Nur gleich Tauben in des Habichts Kralle
Finden wir im Arm der Franken Ruh.

Abgeschunden werden deine Rinden,
Äst' und Zweige rüstig ausgerauft;
Uns auch wird man gleichermaßen schinden,
Ist ja längst schon unsre Haut verkauft!

Zwar man kann dich fein mit Bändern zieren,
Wie man uns mit bunten Schärpen ziert;
Aber gleichen wir nicht Opfertieren,
Die man schmückt und dann zur Schlachtbank führt?

Du verdorrst trotz diesem Flitterstaate,
Weil man dich entwurzelt und entlaubt;

Wir verlumpen, weil man ohne Gnade
Uns Verfassung, Ruh und Glauben raubt.

Spatzen werden dort sich Nester bauen,
Wo jetzt Freiheitshut und Fahne wehn;
Ach! mit unsern Müttern, Töchtern, Frauen
Werden Franken auch zu Neste gehn.

Ochsen ziehen dich bis an die Stelle,
Wo du stehn sollst nackt und glatt;
Ha! ein Ochs wars auch, der uns zur Schwelle
Dieses Elends hingezogen hat!

Beugt, o Baum, der Zeitsturm dich zur Erden
Oder stürzt der Schweizer Mut dich um:
Dann – dann müssest du zum Galgen werden
Für das hohe Direktorium!

Wenngleich manche Härten dieses Gedicht verunzieren, so ist doch wenigstens darin unverkennbar, daß kein Freund der damaligen Franzosen und überhaupt kein Freund von Revolutionen es geschrieben hat.

Neunzehntens: Bemerkungen über die preußische Extrapost.

Zwanzigstens: Verzeichnis mehrerer Arzneimittel von einem Chemiker in Königsberg.

Einundzwanzigstens: Mehrere einzelne beschriebene Bogen mit Plänen zu Schauspielen, Entwürfen von Gedichten und dergleichen; durchaus nichts, was auch nur im mindesten eine politische Tendenz hätte.

Zweiundzwanzigstens: Ein paar gedruckte Bogen aus einem Almanach, die Herr Rhode in Berlin mir für den Sekretär Gerber in Reval mitgegeben hatte; gleichfalls gänzlich ohne Bedeutung.

Dreiundzwanzigstens: Eine angefangene Oper.

Vierundzwanzigstens: Tagebuch über meinen Gesundheitszustand seit einigen Jahren.

Fünfundzwanzigstens: Der Gothaische Kalender für alle Stände, in den ich kleine Reisebemerkungen geschrieben hatte.

Sechsundzwanzigstens: Ein Petschaft in Stein gestochen und in den Brief eines Freundes gewickelt, der mich gebeten hatte, es für ihn verfertigen zu lassen. Dieses Petschaft war bloß ein adliges Wappen, welches die Heroldie in Petersburg vor kurzem erteilt hatte, also auch ganz unverdächtig.

Siebenundzwanzigstens: Ein Weimarscher Kalender, mit weißem Papier durchschossen. Ich hatte darin eine Idee Franklins nachgeahmt, die mir, wenn ich nicht irre, durch die Berlinische Monatsschrift bekannt geworden war. Dieser große und gute Mann hatte nämlich alle seine kleinen Fehler scharf beobachtet und sie gleichsam tabellarisch aufgezeichnet, mit dem festen Vorsatz, sie nach und nach abzulegen. Jeden Abend gab er sich selbst strenge Rechenschaft, wie weit er damit gekommen sei; und so gelang es ihm in der Tat, immer vollkommener, immer freier von Leidenschaften zu werden. So weit ich nun auch in letzterer Rücksicht hinter meinem Vorbilde bleiben mochte, so hatte ich doch wenigstens versucht, seinen guten und weisen Willen zu erreichen; und ich darf behaupten, daß mir dies gelungen war. Auch kann ich jedem Menschen, dem es um seine moralische Besserung zu tun ist, diese Methode aus Überzeugung empfehlen. Man bekommt nach und nach gewissermaßen eine Furcht vor seinem Kalender; man erschrickt, wenn man beim Aufschlagen die weißen Blätter zu voll geschrieben findet, und oft, sehr oft zügelt man die Leidenschaft im Augenblick des Ausbruchs, weil man sich erinnert, daß man abends die ganze Begebenheit schriftlich und treu wiedererzählen muß.

Achtundzwanzigstens: Alle meine neuern, noch in Manuskript vorhandenen Schauspiele: Octavia, Bayard, Johanna von Montfaucon, Gustav Wasa, Die kluge Frau im Walde, Die Sucht zu glänzen, Die Hofmeister (von meiner Frau übersetzt), Der Abbé de l'Epée, Das Schreibpult, Lohn der Wahrheit, Das Epigramm, Die beiden Klingsberg, Der Gefangene, Das neue Jahrhundert, Des Teufels Lustschloß. Es ist meines Wissens keins darunter, für welches ich in politischer oder moralischer Hinsicht zittern müßte. Ich hatte sie mitgenommen, um sie, wie ich es schon sonst getan, an die Schaubühne in Riga zu verkaufen. Auch waren einige durch den Herrn Chevalier du Vau in Weimar verfertigte französische Übersetzungen derselben dabei, die ich dem Französischen Theater in Petersburg anbieten wollte.

Endlich Neunundzwanzigstens: Ein großes dickes gebundenes Buch in Folio, seit fünf Jahren der Bewahrer aller meiner Geschäfte, Briefe und kleinen Geheimnisse. Ich muß von diesem Buche etwas weitläufiger reden, da es allein hinlänglich ist, meine Unschuld in jeder Rücksicht zu beweisen. Wer dieses Buch einmal durchblättert hat, der kennt mich ebenso gut und vielleicht besser, als ich mich selbst kenne. Alle meine bürgerlichen Verhältnisse, alles was ich schreibe, tue, denke, projektiere, ist jenen Blättern anvertraut. Sie enthalten:

1. Ein Verzeichnis meiner Ausgaben und Einnahmen (die letztern jederzeit mit der Bemerkung: wofür, warum, von wem, nebst beigesetztem Datum).
2. Ein in Wien geführtes Tagebuch, meistens die Schaubühne betreffend, einige unbedeutende Nebendinge ausgenommen.
3. Ein jährliches Verzeichnis aller Briefe, die ich geschrieben oder bekommen habe, an wen und von wem, nebst beigefügtem Datum.
4. Die Brouillons aller der Briefe, welche für mich von einiger Wichtigkeit waren. Aus den letzten beiden Nummern kann man

also im Augenblick sehen, mit welchen Personen und worüber ich seit fünf Jahren Briefe gewechselt habe. Ich bin sicher, daß man keinen verdächtigen Namen und keine zweideutige Zeile darin finden wird.

5. Ein Tagebuch kleiner merkwürdiger Begebenheiten, die sämtlich bloß auf mein häusliches Leben Bezug haben. Die Geburt oder der erste Zahn eines Kindes, die Pflanzung einer Linde am Geburtstage meiner Frau, eine Krankheit in meiner Familie, ein froher Tag unter freiem Himmel in einer schönen Gegend zugebracht, ein freundschaftlicher Besuch; dergleichen ganz allein macht den Inhalt dieses Tagebuches aus, welches, wenn es auch kein andres Verdienst hat, wenigstens unwidersprechlich beweist, daß ich meine süßesten Freuden immer in der Häuslichkeit und im Schoße meiner Familie gefunden habe.

6. Bemerkungen über meinen Garten zu Friedenthal und das, was ich selbst darin gesät, gepflanzt, geerntet.

7. Verzeichnis meiner jährlichen literarischen Arbeiten.

8. Projekte zu literarischen Arbeiten für die Zukunft. Beide Nummern sind der redendste Beweis, daß ich mich weder bisher in Politik gemischt hatte, noch auch künftig mich hineinzumischen willens war.

9. Ein Verzeichnis der Bücher, die ich meiner Frau vorgelesen habe, und noch einige andre dergleichen unbedeutende Dinge.

Ich frage den Leser: wenn ihm ein solches Buch von einem völlig unbekannten Manne in die Hände fiele, wenn er es durchblättert, gelesen, geprüft und verglichen hätte: welches Urteil würde er von dem Manne fällen?

Ob es mir gleich nie in den Sinn gekommen war, daß jenes Buch vor meinem Tode jemals in fremde Hände fallen würde, so glaube ich doch jetzt, da es nun einmal in fremden Händen befindlich ist, mich voll Vertrauen darauf berufen zu dürfen. Jeder

Menschenkenner wird mir zugestehen, daß der Mann, der ein solches Buch hielt, unmöglich ein schlechter oder gefährlicher Mensch sein könne.

Und das waren nun meine Papiere alle, so gut ich sie aus meinem ziemlich schwachen Gedächtnis aufzeichnen kann. Hab' ich etwas vergessen, so ist es gewiß etwas Unbedeutendes, das weder auf mein Schicksal, noch auf die Beurteilung meiner Denkungsart Einfluß haben kann. Es ist folglich dem Leser nunmehr klar, worauf meine Gemütsruhe sich gründete: nicht bloß auf meine Unschuld, sondern auf die Beweise meiner Unschuld, die, ohne mein weiteres Zutun, auch bei der oberflächlichsten Untersuchung in die Augen fallen mußten.

Es wäre mir auf der Reise nach Mitau mehr als einmal sehr leicht gewesen, mich durch die Flucht zu retten. Wir brachten die zweite Nacht in einem Posthause zu; der Hauptmann schlief in einem entfernten Zimmer; ich stand sehr früh auf und ging hinaus auf den Hof. Im Vorsaale lag der Kosak auf einer Streu zwischen meinen beiden Bedienten in tiefem Schlafe. Die Grenze war noch nicht weit, und mit Hilfe eines Bauernpferdes konnte ich nach wenigen Stunden in Sicherheit sein: aber der Gedanke an Flucht blieb fern von mir.

Am 26sten April (alten Stils) früh um zwei Uhr kamen wir in Mitau an und traten in eben dem Wirtshause, in eben den Zimmern ab, die wir vor drei Jahren bei unserer Ausreise, freilich mit ganz andern Empfindungen, betreten hatten. Wir begaben uns auf einige Stunden zur Ruhe. Der Hauptmann schlief abermals in einem von dem unsrigen völlig abgesonderten Zimmer, und ich hatte keine Wache.

Nach einigen Stunden eines ziemlich unruhigen Schlafs kleidete ich mich an, um in Gesellschaft meines Begleiters dem Herrn Gouverneur von Driesen meine Aufwartung zu machen. Ich hatte diesen wackern Mann vormals in Petersburg kennengelernt und liebgewonnen; ich freute mich, daß gerade er es war, vor dessen Augen mein Charakter und Lebenswandel jetzt geprüft werden sollte; ich war insgeheim sogar ein wenig stolz auf den Ausgang, den, nach meinem Bedünken, die Sache nehmen mußte, und betrat sein Haus mit frohem Mute. Meiner guten, ängstlichen Frau hatte ich versprochen, ihr sogleich einen Boten zu schicken, wenn die Sache entschieden sei. Wir hielten das alles für so leicht, so kurz, so unbedenklich. Zu welchen Selbsttäuschungen verleitet nicht das Bewußtsein der Unschuld!

Im ersten Vorzimmer des Gouverneurs erinnerten mich die Bedienten, daß ich in meinem Frack *mit einem liegenden Kragen* nicht vor ihrem Herrn erscheinen könne. Als sie indes hörten, daß ich ein Fremder sei und daß alle meine Kleider in versiegelten Koffern lägen, machten sie weiter keine Einwendung.

Im zweiten Vorzimmer mußten wir eine Zeitlang warten, und ich hatte daher Muße, die auffallend sonderbare Auszierung dieses Zimmers zu bemerken. An Möbeln enthielt es nur einige Stühle und ein Sofa; aber an den Wänden hingen Gemälde, die fast absichtlich gewählt zu sein schienen. Ein Wolf, der ein Reh zerriß; ein Geier, der seine Klauen in einen Hasen schlug; ein Bär, der nach Raub brüllte; ein Fuchs, der sich in einem sogenannten Berliner Schwanenhals gefangen hatte. Das Auffallendste von allem aber war eine große Tafel, auf welcher vier Verse geschrieben standen. Sie sind mir nicht mehr ganz erinnerlich, enthielten aber ungefähr folgendes: »der Mensch kann Löwen und Tiger zähmen usw. Er kann zügeln den wildesten Gaul, nur nicht sein eignes Maul.« Dies war, nach einer vor alten Zeiten beliebten Mode, zum Teil in Bildern vorgestellt; zum Exempel anstatt ›der Mensch‹ sah man einen gemalten Mann, anstatt ›Gaul‹ ein gemaltes Pferd und anstatt ›Maul‹ einen großen Mund mit einem Vorhängeschloß. Man muß gestehen, daß diese Bilder eben nicht dazu gemacht waren, Vertrauen einzuflößen; auch gaben sie mir wirklich eine von der vorigen ganz verschiedene Stimmung: es ward düster in meiner Seele.

Jetzt wurde mein Begleiter zu dem Gouverneur hinein gerufen, und ich blieb allein. Nach einigen Minuten traten beide heraus. Der Gouverneur bewillkommte mich mit sichtbarer Verlegenheit; doch erinnerte er sich sehr gütig unserer alten Bekanntschaft und sagte, er habe alle meine Werke gelesen und gern gelesen; sie wären zwar hin und wieder ein wenig *spitzig* geschrieben, allein sie hätten ihm jederzeit viel Vergnügen gemacht.

Das war es nicht, was mir jetzt am Herzen lag. Ich versicherte ihm, daß ich mich glücklich schätze, unter seinen Augen meine Unschuld darlegen zu können, und bat ihn, die Untersuchung meiner Papiere so bald als möglich vorzunehmen.

»Diese Untersuchung«, versetzte er, »ist mir keineswegs aufgetragen. Ich habe bloß Befehl, Ihre Papiere wohlversiegelt nach Petersburg zu schicken, und Sie selbst müssen augenblicklich dahin folgen.«

Ich ward bestürzt, faßte mich aber bald und bat nur um Erlaubnis, meine Frau mit mir nehmen zu dürfen, da wir noch nie voneinander getrennt gewesen wären und ohne einander nicht leben könnten. Er schien anfangs geneigt, darein zu willigen; auf einige Erinnerungen aber, die ihm sein Sekretär insgeheim machte, verweigerte er es schlechterdings. Als ich ihm sagte, daß ich nicht dafür stehen könne, ob nicht meine weinende Frau selbst zu ihm hereinstürzen und nicht eher ablassen werde, bis er diese Bitte bewilligt habe, antwortete er mit Herzlichkeit: »Verschonen Sie mich mit einer solchen Szene! Ich bin selbst Vater und Gatte, ich fühle ganz das Schreckliche Ihrer Lage; aber ich kann nicht helfen, ich muß meine Pflicht auf das strengste erfüllen. Reisen Sie nach Petersburg, rechtfertigen Sie sich; und in vierzehn Tagen aufs längste sind Sie wieder in den Armen Ihrer Familie. Ihre Frau ist indessen hier gut aufgehoben; wir werden alles für sie tun, was die Menschenliebe und unser eigenes Herz uns gebieten.«

Mit diesen Worten bat er mich, in sein Wohnzimmer zu treten, und verließ mich, um Befehle zu erteilen, die mich, leider, nur allzu nahe angingen.

In seinem Wohnzimmer fand ich niemand als ein junges Frauenzimmer von sanfter Gesichtsbildung, vermutlich seine Tochter. Sie war mit einer weiblichen Arbeit beschäftigt, grüßte mich freundlich, sprach aber nicht, sondern blickte nur bisweilen von ihrer Arbeit zu mir auf. Ich las in ihren sanften Blicken keine Neubegier, sondern bloß Mitleid, und dann und wann entschlüpfte ihr ein Seufzer. Wie wenig alles dies fähig war, mich zu beruhigen, ist sehr begreiflich.

Der Gouverneur kehrte bald zurück. Er versicherte mir: es sei jetzt nicht mehr in Rußland wie vormals, sondern die Gerechtigkeit werde streng gehandhabt. – »Dann darf ich sehr ruhig sein«, war meine Antwort. Er wunderte sich, daß ich so aus freien Stücken zurückgekommen wäre; auch schien es ihm unerwartet, daß ich meine ganze Familie mitgebracht hatte. Freilich pflegt ein Mensch, der mit gefährlichen Anschlägen auf Reisen geht, sich nicht mit einer Frau, drei kleinen Kindern, einer siebzigjährigen Kinderwärterin, einer Kammerjungfer und zwei Bedienten zu beladen. Daß ich aus freien Stücken kam, geschah im Vertrauen auf mein Gewissen und im Vertrauen auf den kaiserlichen Paß.

Jetzt trat ein Mann in petersburgischer Ziviluniform herein. »Das ist der Herr Hofrat Schtschekatichin«, sagte der Gouverneur: »ein gar wackerer Mann, der mit Ihnen reisen wird und bei dem Sie sehr wohl aufgehoben sind.«

»Versteht er Deutsch oder Französisch?«

»Keins von beiden.«

»Das ist schlimm, denn mein Russisch hab ich fast ganz vergessen.«

Der Gouverneur stellte uns einander vor; ich half mir mit dem Russischen so gut ich konnte, und was mir an Worten fehlte, suchte ich durch Gebärden zu ersetzen: ich ergriff des Hofrats Hand, drückte sie mit Herzlichkeit und bat ihn um seine Freundschaft. Er erwiderte meine Bitte durch ein freundliches Grinsen.

Ehe ich weiter gehe, wird ein Gemälde dieses Mannes hier an seinem rechten Platze stehen. Der Herr Hofrat Schtschekatichin – man erlaube mir, seinen barbarischen Namen hier zum letzten Male zu schreiben und ihn in Zukunft immer nur durch seinen Titel zu bezeichnen – der Herr Hofrat war ein schwarzbrauner Mann von etwa vierzig Jahren, mit einer vollkommenen Faunsphysiognomie. Wenn er freundlich sein wollte, so zogen sich zu beiden Seiten der Nase zwei Falten schräg nach den Augenwinkeln und gaben seinem Gesicht den Ausdruck des bittern Hohns. Sein steifer Anstand verriet, daß er im Militär gedient, so wie die mancherlei Verstöße gegen die feine Lebensart, daß er keine Erziehung genossen hatte und wenig mit Leuten von Stande umgegangen war. Er bediente sich z.B. höchst selten eines Schnupftuchs; er trank gern aus der Flasche, wenn auch ein Glas daneben stand usw. Die höchste Ignoranz in den allergemeinsten Kenntnissen verband er mit einer exemplarischen Frömmigkeit. Wie eine Sonnenfinsternis entstehe, was es mit Blitz und Donner für eine Beschaffenheit habe und dergleichen mehr, davon hatte er keinen Begriff. Literatur war ihm völlig fremd; die Namen Homer, Cicero, Voltaire, Shakespeare, Kant hatte er nie nennen hören, bezeigte auch nicht die geringste Begierde, etwas von ihnen zu erfahren. Hingegen hatte er eine große Fertigkeit im Kreuzschlagen auf Brust und Stirn. So oft er des Morgens erwachte, so oft er einen Kirchturm oder ein Heiligenbild, war es auch in der weitesten Entfernung, erblickte, so oft er essen und trinken wollte (und das geschah sehr fleißig), so oft es am Himmel donnerte, so oft wir bei einem Kirchhof verbeifuhren: nie versäumte er, mit abgenommener

Mütze sich herüber und hinüber zu bekreuzigen. In Ansehung der Kirchen schien er aber eine gewisse Rangordnung zu beobachten. Wenn sie bloß von Holz und unansehnlich waren, so unterließ er zuweilen, ihnen seine Ehrerbietung zu bezeigen; eine steinerne Kirche hingegen war seiner Ehrfurcht gewiß. Besonders stark wurden die Ausbrüche seiner Frömmigkeit, wenn wir eine ansehnliche Stadt mit vielen Türmen zum ersten Male von fern erblickten, entweder wegen der vielen Türme oder auch, wie ich fast vermute, aus Dankbarkeit, daß er sein Schlachtopfer abermals glücklich bis dahin gebracht hatte. Übrigens habe ich ihn nie beten sehen, weder mit den Lippen noch mit den Augen, sondern er begnügte sich mit dem bloßen Bekreuzen. Trotz der Beschränktheit seiner Kenntnisse hatte er eine sehr große Meinung von sich selbst und nahm nie eine Belehrung an, auch nicht über die geringfügigsten Kleinigkeiten. Auf Gründe ließ er sich nicht ein, sondern er zog bloß seine Nasenfalten lächelnd in die Höhe und blieb bei seiner Meinung. Wenn Pfennige austeilen Wohltätigkeit genannt zu werden verdient, so war der Herr Hofrat ein sehr wohltätiger Mann; denn kein Armer bat ihn vergebens. Auch da noch, als seine Börse schon sehr zusammengeschrumpft war, unterließ er nie die Erfüllung dieser Pflicht, denn daß er es für Pflicht hielt, sah man an der Art und Weise, wie er sich derselben entledigte. Oft warf er eine Kopeke aus dem Wagen, wenn dieser schon längst an dem Armen vorüber gerollt war; es galt ihm völlig gleich, ob der Blinde oder Lahme es finden würde oder nicht: genug, er hatte gegeben. Jede Art von feinem moralischen Gefühl war ihm gänzlich fremd. Das Mitleid kannte er nicht; die Unschuld war ihm gleichgültig. Ich werde in der Folge leider noch oft genug Gelegenheit haben, sein Bild in kleinen Zügen auszumalen; fürs erste genüge dem Leser der scharfe Umriß.

Das war also der sogenannte ›wackere Mann‹, dessen Gewalt ich übergeben wurde. Ich gestehe, es wunderte mich im ersten

Augenblick, daß ein Menschenfreund wie Driesen gerade diesen Hofrat zu meinem Begleiter hatte wählen können. Meine Verwunderung verschwand aber, als ich nachher erfuhr, daß der Kaiser in eben dem Augenblicke, als er seinem Minister in Berlin erlaubte, mir einen Paß zu geben, um ungehindert nach Rußland zu kommen, auch den Befehl erteilte, mir einen Hofrat mit einem Senatskurier entgegenzuschicken, um mich als Arrestanten in Empfang zu nehmen. Da ich nun schon in den letzten Tagen des Januar um den Paß angehalten, so war auch der Herr Hofrat schon seit dem Anfange des März in Mitau, hatte bereits sieben Wochen auf mich gewartet und klagte mir nachher oft, wie viel Geld er dort habe verzehren müssen und wie viele Langeweile er ausgestanden. Das letztere glaubte ich ihm nie; denn ein Mann wie er hat den Vorzug mit dem Weisesten gemein, nie Langeweile zu empfinden. Daß die Wahl eines Begleiters für mich gerade auf seine Person gefallen, war gewiß nicht die Schuld des Kaisers, der ihn schwerlich kannte; denn ich denke, dieser gebildete Monarch würde aus mancher Rücksicht mich mit einem solchen Manne nicht gepaart haben.

»Suchen Sie«, sagte der Gouverneur, »so schnell als möglich ein bequemes Fuhrwerk zu bekommen; denn Sie müssen sogleich abreisen.« Ich bat um Aufschub wenigstens bis morgen, da ich in den letzten drei Nächten gar nicht geschlafen hatte, seit vier Wochen immer auf der Reise und seit drei Tagen in starker Gemütsbewegung gewesen war; meine Bitte mußte mir aber abgeschlagen werden. Der Gouverneur ersuchte mich, den Mittag bei ihm zu essen, dann aber mit meiner Abreise so viel als möglich zu eilen. Ich lehnte die Einladung ab und ging nunmehr, von dem Regierungssekretär begleitet, nach meinem Wirtshause zurück. Dieser junge Mann (er hieß Weitbrecht) schien, trotz seiner kalten Physiognomie, einigen Teil an meinem Schicksal zu nehmen. Er beklagte mich und versicherte, der Gouverneur könne mit dem besten

Willen nicht mehr für mich tun; »denn«, sagte er mit Achselzucken, »wir alle sind jetzt bloße Maschinen«. Ich erschrak über dieses Bekenntnis und glaube gewiß, daß sowohl er als auch so manche andere, die nachher eben dieselbe Sprache führten, dem Kaiser Unrecht tun. Wahrlich, es kann ihm keine Freude machen, sich von bloßen Maschinen bedienen zu lassen; denn der Mensch, der sich zur Maschine herabwürdigen läßt, ist nie zuverlässig.

Wir betraten mein Zimmer. Meine gute, geliebte Frau, die eine fürchterliche Stunde zugebracht hatte, kam mir mit der bängsten Erwartung im Blicke entgegen. Ich zwang mich, unbefangen und heiter zu scheinen. Mit aller nur möglichen Schonung sagte ich ihr, daß ich nach Petersburg reisen müsse, und zwar ohne sie. Ich fügte dieser Nachricht zugleich so viel Trost- und Hoffnungsgründe bei, als meine zerrüttete Seele nur immer aufzutreiben vermochte; auch versicherte der Sekretär, die ganze Sache könne kaum vierzehn Tage dauern. Alles vergebens! Meine Christel warf sich schluchzend auf das Bett und überließ sich einem grenzenlosen Schmerze. Sie wollte mich durchaus begleiten, wollte ihre so geliebten Kinder ohne Bedenken zurücklassen, wollte wenigstens bis auf mein unweit von Narwa gelegenes Landhaus Friedenthal mit mir fahren, von wo Petersburg nur noch einige dreißig Meilen entfernt ist. Umsonst! Jede dieser Bitten wurde ihr, aus nachher sehr begreiflichen Ursachen, abgeschlagen. Auch ihretwegen mußte erst nach Petersburg geschrieben und rapportiert werden: denn man hatte ihretwegen keine Verhaltungsbefehle. Man mußte erst anfragen, ob es einer freien, edel gebornen Frau erlaubt sei, nach Hause zu ihren Verwandten zu reisen. Bis die Antwort, hieß es, zurückkomme (also wenigstens vierzehn Tage), müsse sie an diesem (ihr gänzlich fremden) Orte – in einem teuren Wirtshause, von ihrem Manne verlassen, mit ihrem Gram allein – verweilen; doch zweifle man nicht, daß es nach Ablauf dieser Zeit ihr freistehen werde, zu gehen, wohin sie wolle.

O, daß ich mich schon des traurigen Geschäfts entledigt hätte, die fürchterlichen Stunden bis zu meiner Abreise zu schildern! Meine arme Frau hing bald mit heißen Tränen an meinem Halse, bald lag sie halb ohnmächtig und weinend auf dem Bette. Meine älteste Tochter, ein Mädchen von fünf Jahren, meine gute Emmy, die sehr an mir hängt, kam jeden Augenblick zu mir und schlug ihre kleinen Hände um meinen Nacken. Meine zweite dreijährige Tochter wußte nicht was vorging und weinte darüber, daß man nicht wie sonst auf sie acht gab. Mein jüngster Sohn (von elf Monaten) lächelte unbefangen auf dem Arm seiner Wärterin. Meine Leute liefen bestürzt durcheinander. Im Zimmer war viel Rumor. Der Hofrat fand sich ein; der Senatskurier postierte sich in einen Winkel; der Sekretär entsiegelte meine Koffer, durchsuchte alles noch einmal und empfing meine Papiere. Ich war in einer dumpfen Betäubung, aus der ich mich nur ruckweise mit Gewalt aufraffte. Ich bekümmerte mich um nichts, was im Zimmer vorging, sondern setzte mich auf das Bett zu meiner wimmernden Frau, schloß sie mit dem Feuer der innigsten Liebe in meine Arme und beschwor sie, sich zu fassen, auf meine Unschuld und des Kaisers Gerechtigkeit zu vertrauen. »Wir haben«, sagte ich, »so viele glückliche Tage miteinander verlebt; laß uns jetzt auch das Unglück mutig tragen. Es wird und muß von kurzer Dauer sein. Rechtfertigen Sie sich, sagte ja der Gouverneur; und in vierzehn Tagen kehren Sie zurück in die Arme Ihrer Familie. Jetzt, meine Beste, beweise, daß du kein gewöhnliches Weib bist. Klagen und Wimmern hilft zu nichts. Standhaft dulden und allenfalls die Rettungsmittel anwenden, die in deiner Gewalt sind: das ziemt der treuen, liebenden Gattin.«

Ich nannte ihr darauf einige Personen in Petersburg, an welche sie schreiben sollte, und empfahl ihr, meiner alten Mutter so schonend als möglich die Schreckensnachricht beizubringen. Auch der Sekretär Weitbrecht hatte mir schon vorher versprochen, meine Mutter von meinem Schicksal zu benachrichtigen; er hat es nicht getan. Mir selbst war auch hier nicht erlaubt, die Pflicht des Sohnes zu erfüllen.

Ich hatte es endlich durch mein sanftes, liebevolles Zureden so weit gebracht, daß meine Frau wieder einige Fassung gewann. Sie stand auf, bewillkommte den Hofrat, reichte ihm ihre Hand und bat ihn sanft weinend, doch ja unterwegs Sorge für ihren kränklichen Mann zu tragen. (Sie hatte schon gehört, daß ich nicht einmal einen von meinen Bedienten mit mir nehmen dürfe.) O, hätten Tausende das vortreffliche Weib in diesem Augenblicke gesehen, wie hold-bittend sie da stand, wie schön in ihrem Schmerze, wie rührend in ihren Tränen: wahrlich, kein Herz wäre unbewegt, kein Auge trocken geblieben. Der Herr Hofrat lächelte höflich, die Falten seiner Nase zogen sich hoch zu den Augenwinkeln hinauf, und er versprach alles, was die Bittende begehrte.

Schon einige Mal hatte mich der Sekretär sehr dringend befragt, ob ich auch viel Geld bei mir hätte? Ich hatte noch etwas über hundert Friedrichsdor, etwa fünfzig Dukaten und ein paar hundert Taler kursächsische Zweigroschenstücke, die ich mir in Leipzig hatte geben lassen, weil sie in Kurland galten. Er ermahnte mich, alles in russische Banknoten umzusetzen und mit mir zu nehmen. Ich hielt das für unnötig; wie viel konnte ich zwischen Mitau und Petersburg brauchen? Auch mußte ich ja Friedenthal passieren, wo ich im Notfalle Geld zu finden gewiß war. In Petersburg selbst hatte ich Freunde, auf deren Unterstützung ich mich verlassen konnte. Meine Frau hingegen brauchte viel Geld; ihr wollte ich alles zurücklassen. Das sagte ich dem Sekretär. Er aber drang dennoch mit so besondern Gebärden in mich, seinen Rat zu befolgen, daß ich endlich, wenigstens zum Teil, nachgab. Er selbst war so gütig, das Umwechseln zu besorgen und mir einen für die Eile, mit der alles geschehen mußte, sehr leidlichen Preis für mein Gold zu verschaffen.

Von den großen, schweren Koffern meines Wagens konnte ich keinen mit mir nehmen. Ich hatte daher befohlen, daß meine Bedienten mir ihren halbzerrissenen Mantelsack hergeben sollten, und die Kammerjungfer meiner Frau war beschäftigt, mir Wäsche auf einige Wochen hineinzupacken. Der Senatskurier stand dabei. Und ebenso dringend wie der Sekretär mich ermahnt hatte, recht viel Geld mitzunehmen, ermahnte er die Kammerjungfer, recht viel Wäsche in den Mantelsack zu legen. Sie hielt das für sehr überflüssig und tat das Gegenteil. Da es ihm mit der Wäsche nicht gelang, so bestand er darauf, es müßten wenigstens Betten mitgenommen werden. Das hielt ich für noch überflüssiger, und er zuckte endlich die Achseln.

Wenn ich jetzt, bei kaltem Blute, alle diese Umstände zusammennehme, begreife ich nicht, wie es möglich war, daß kein Funke von Argwohn in meine Seele kam, es könne wohl auf eine weitere Reise mit mir abgesehen sein. Aber ich war in einer dumpfen Betäubung und hatte keinen klaren Gedanken. In betreff des Geldes erinnere ich mich bloß der dunklen Vorstellung, daß es mir doch wohl in Petersburg nützlich sein könne, da ich vielleicht in den ersten Tagen mit keinem meiner Freunde würde sprechen dürfen. Auf das Einpacken der Wäsche gab ich wenig acht und hörte das, was darüber gesagt wurde, nur mit halbem Ohr. Ach, meine ganze Seele war mit Frau und Kindern beschäftigt! Ich ging von diesen zu jener, von jener zu diesen und drückte sie wechselweise an meine Brust: ich tröstete hier und liebkoste dort.

Dem Kurier, der die Innigkeit gewahr wurde, mit welcher ich an meiner Familie hing, traten die Tränen in die Augen. Nun bemerkte ich ihn erst und sah ihn freundlich an; er gab mir den freundlichen Blick zurück. »Bist du verheiratet?« fragte ich ihn. Er nickte, mit nassen Augen.

»Ich habe auch drei kleine Kinder!« antwortete er.

»Nun so verstehst du mich.« Er nickte und seufzte.

Da dieser Mensch einen großen Einfluß auf mein damaliges Schicksal gehabt hat, so erlaube man mir, sein Bild neben dem Bilde des Herrn Hofrats zu zeichnen. Alexander Schülkins mochte ungefähr etwas über dreißig Jahre alt sein. Ein gänzlich roher Mensch, zuweilen eine wahre Bestie, aber eine gutmütige. Seine Physiognomie hatte etwas Kalmückisches: ein breites rundes Gesicht, aufgestutzte Nase, hohe Backenknochen, kleine lang gezogene Augen, eine sehr niedrige Stirn; schwarzes Haar, von mehr kleiner als großer Statur, mit breiter Brust und breiten Schultern. Auf der linken Seite trug er das weiße, runde Schild der Senatskuriere und um den Leib die Kuriertasche mit einem ähnlichen Schilde. Im Essen und Trinken fand er seinen höchsten Genuß; aber lecker war er nicht: er aß und trank alles, was ihm vor den Mund kam, und an der Art und Weise, wie er es tat, konnte man augenblicklich sehen, daß es das Hauptgeschäft seines Lebens war. Wenn er z.B. Suppe aß, so lehnte er den Kopf ein wenig zurück, schob den Löffel bis an den Stiel in den Mund, goß die Suppe, anstatt in den Mund, sogleich in die Gurgel, sah dabei an die Decke und zog die kurze Stirn in hundert horizontalen Falten aufwärts, so daß jedes Haar auf seinem Kopfe sich bewegte. Ebenso machte er es mit dem Fleische. Er steckte es nicht in den Mund; er warf es hinunter. Ich ließ einige Mal die großen Knochen eines Kalbsbratens übrig; er bemächtigte sich ihrer sogleich und biß, trotz dem größten Bullenbeißer, alles herunter, was nur einigermaßen markig oder sehnig daran war. Ein Glas Branntwein mußte sehr groß sein, wenn er es nicht auf einen Schluck in die Gurgel stürzte. Er konnte außerordentlich viel Branntwein zu sich nehmen, ohne betrunken zu werden; auch konnte er, ohne daß es ihm schadete, die heterogensten Getränke untereinander mischen. So hab' ich ihn oft des Morgens Tee mit Milch trinken sehn; dann ein großes Glas Branntwein; darauf den Kaffee, den ich übrig gelassen hatte; darauf ein paar Gläser Punsch und zum Beschluß ein paar Nößel

Kwaß; alles in derselben Viertelstunde. Mit eben der Leichtigkeit, mit welcher er zu jeder Tages- oder Nachtzeit essen und trinken konnte, konnte er auch schlafen, wann und so oft es ihm beliebte; doch wurde er in dieser beneidenswerten Kunst von dem Herrn Hofrat beinahe noch übertroffen, der übrigens im Branntweintrinken ihm wenig nachgab.

Hingegen war Alexander Schülkins bei aller seiner Rohheit ihm in Hinsicht moralischer Kultur weit überlegen. Er hatte Gefühl, zwar kein tiefes, aber ein schnelles und starkes, das ihn zuweilen gleichsam schüttelte und dann schnell wieder losließ. Er wußte auch dies und jenes; der Herr Hofrat wußte gar nichts. So erinnere ich mich, daß er einst beim Anblick eines Kuckucks dem Herrn Hofrat erzählte: dieser Vogel lege seine Eier in fremde Nester und brüte sie nie selber aus. Der Herr Hofrat lachte ihm ins Gesicht, daß er so dumm sei, ein solches Märchen zu glauben. Alexander berief sich auf mich, und ich bekräftigte seine Versicherung; der Herr Hofrat zog aber seine Nasenfalten hoch in die Höhe und warf einen vornehm verachtenden Blick auf uns beide.

Was sonst noch von Alexander Schülkins zu sagen wäre, wird in der Folge der Erzählung vorkommen. Ich füge, um den Leser mit seinem Stande genauer bekannt zu machen, nur noch hinzu, daß der Senat zu Petersburg achtzig dergleichen Kuriere hat, die jederzeit bereit sein müssen, seine Befehle in die entfernten Provinzen zu überbringen. Sie haben, wenn ich nicht irre, Unteroffiziersrang, sind gleichförmig (ungefähr wie die Postbedienten) gekleidet und tragen auch dergleichen Schilder, nur mit einer andern Umschrift.

Ich kehre zurück auf den Schauplatz meiner Leiden. Seit den letzten paar Stunden waren mehrere Wagen auf den Hof des Wirtshauses gefahren worden, daß ich mir einen davon aussuchen und kaufen sollte. Ob ich gleich das letztere für mein eigenes Geld tun mußte, so war es doch immer eine große Begünstigung, daß ich mir einen bequemen Wagen anschaffen durfte, da die Gefangenen sonst gewöhnlich in ein Kibitken oder auf ein noch schlechteres unbedecktes Fuhrwerk geworfen und ohne alle Rücksicht auf Stand, Alter oder Gesundheit bei jeder Witterung fortgeschleppt werden.

In der Überzeugung, daß Petersburg das Ziel meiner Reise sei, kaufte ich bloß einen leichten, fein gearbeiteten halben Wagen, der zwar in Federn hing und in dem es sich ganz bequem eine Spazierreise machen ließ, der aber sonst mit gar keinen Bequemlichkeiten versehen war. Dennoch mußte ich 500 Rubel dafür bezahlen.

Es gereichte doch auch meiner Frau zu einigem Trost, daß ich nicht wie ein Verbrecher fortgeschleppt werden sollte. Sie fragte den Hofrat, ob ich ihr unterwegs auch schreiben dürfe. Er sowohl als der Sekretär versicherten beide, daß dies ohne Schwierigkeit geschehen könne.

Abends etwa um sieben Uhr war alles zur Abreise bereit. Meine Hand zittert – mein Herz klopft – meine Augen füllen sich mit Tränen. Noch jetzt kann ich nicht ohne die heftigste Wehmut an jenen fürchterlichen Augenblick denken. Man verschone mich mit der Beschreibung desselben. Tränen hatte ich nicht und meine Frau ebenso wenig; unsre Herzen waren krampfhaft zusammengeschnürt. Nur meine Emmy und die Kammerjungfer weinten. Ich drückte meine Kinder wechselsweise an die Brust und segnete sie mit Inbrunst. Meine Gattin fiel ohnmächtig auf das Bett. Ich beugte mich über sie hin und bedeckte sie mit meinen letzten Küssen. Der Sekretär Weitbrecht hatte bis dahin ein kalter Zuschauer geschienen; ja, ich hätte über seine schalen Trostgründe: »man müsse sich darein ergeben; die Betrübnis könne doch nichts ändern usw.« schon einige Male beinahe meinen Unwillen geäußert. Jetzt aber brach auch er, nicht in Tränen, sondern in eine Art von Geheul aus. O, wäre der Kaiser, der gewiß gefühlvolle Kaiser selbst gegenwärtig gewesen: wie eilig würde er durch ein Wort allen diesen Jammer geendigt haben!

Meine arme Frau war nicht imstande, meine Liebkosungen zu erwidern; sie wimmerte leise mit geschlossenen Augen. Ich drückte noch einen Kuß – ach, vielleicht den letzten! – auf ihre blassen Lippen und stürzte zur Tür hinaus. Meine Leute halfen mir in den Wagen und nahmen gerührt von mir Abschied. Ich hörte und sah nicht mehr. Viele Neugierige hatten sich im Vorhause versammelt; der Sekretär zerstreute sie. Der Wagen war auf den Hof gebracht worden, um auf der Straße kein Aufsehen zu erregen. Ich taumelte hinein – und wir rollten fort!

So hat man einen ehrlichen Mann und ruhigen Staatsbürger durch einen kaiserlichen Paß nach Rußland gelockt und ihn dann aus den Armen seiner Familie gerissen, ohne es auch nur einmal der Mühe wert zu halten, ihm zu sagen, wessen man ihn beschuldige. Nein, das kann der gerechte Kaiser nicht wissen, nein, das weiß er gewiß nicht! Irgend ein hämischer Verleumder hat das kaiserliche Ansehn, den kaiserlichen Namen mißbraucht. Es geht nun in die neunte Woche, daß ich nicht weiß, ob die Meinigen leben oder tot sind. Ach, vielleicht werde ich nie wieder etwas von ihnen erfahren! Meine gute Frau und ich, die wir seit so vielen Jahren nur zweimal, vierzehn Tage, voneinander getrennt waren und diese kurze Zeit kaum überleben zu können glaubten, wir müssen nun, auf ewig auseinander gerissen, unsere Tage hoffnungslos vertrauern! Wird sie es überleben, hat sie es überlebt? O Gott!

Zweites Kapitel

Der Menschenkenner wird mich begreifen, wenn ich gestehe, daß ich meine Brust etwas erleichtert fühlte, als die schreckliche Trennung von den Meinigen vorüber war, als der Wagen immer schneller dahinrollte und jeder Augenblick mich weiter von ihnen entfernte. Ich konnte wieder einen Blick in die Zukunft werfen: sie hatte bis jetzt noch nichts Schreckliches für mich. Eine Untersuchung in Petersburg, eine Prüfung meiner unschuldigen Papiere, meines schuldlosen Lebenswandels, vor einem gerechten Monarchen, der nicht ungehört richtet: was war das mehr, was konnte mir widerfahren? Einige Unannehmlichkeiten vielleicht und Mangel an Kenntnis der russischen Sprache konnten mich hier und da in Verlegenheit setzen. Aber, dachte ich, man wird mir einen Dolmetscher geben. Ich muß vielleicht einige Wochen lang den gewohnten Bequemlichkeiten entsagen; nun, das ist ja kein großes Unglück. Die Ausbrüche einer chronischen Krankheit, die mich seit zwölf Jahren martert, können heftiger werden; aber auch in Petersburg gibt es ja wackere Ärzte. Welche Ursache hatte ich denn also, mich unglücklich zu schätzen? Es war freilich ein unangenehmer, doch aller möglichen Wahrscheinlichkeit nach bloß ein vorübergehender Zufall. Ich fuhr in einem bequemen Wagen nach Petersburg; ich würde dort, hoffte ich, meine beiden Söhne, meine Freunde wiedersehen: das war ja ohnehin einer von den Zwecken meiner Reise. Freilich wurde sie mir nun etwas kostspieliger, als ich geglaubt hatte; aber am Gelde hing mein Herz nie. So gaben alle diese Betrachtungen mir nach und nach meine völlige Ruhe wieder. Daß der menschenfreundliche Gouverneur von Kurland während meiner kurzen Abwesenheit für die Meinigen Sorge tragen würde, hatte er mir ja versprochen, und sein Herz war mir Bürge für sein Wort. Daß diese Hoffnung mich täuschte, wird leider die Folge lehren.

Riga ist von Mitau nur sieben kleine Meilen entfernt. Es war schon dunkel, als wir die Ufer der Düna erreichten, an welcher diese schöne, gastfreie Stadt liegt. Wegen hohen Wassers war die Schiffbrücke noch nicht wieder hergestellt, und es dauerte mehrere Stunden, ehe wir übergeschifft wurden. Um Mitternacht erreichten wir das Tor, wo der Kurier abstieg und sehr lange im Wachthause verweilte, ohne daß ich etwas Arges daraus hatte. Vom Tore fuhren wir, ohne die eigentliche Stadt zu berühren, durch enge, winkelige Straßen nach der Posthalterei und erhielten sogleich frische Kurierpferde. Unser Postpaß *(Podoroschne)* versicherte uns deren drei auf kaiserliche Rechnung. Meistenteils spannte man uns noch eins mehr unentgeldlich vor; wo aber die Posthalter sich weigerten, es zu tun, und auf die Postordnung trotzten, da mußte ich das vierte aus meiner Börse bezahlen.

Es war gegen ein oder zwei Uhr, in einer sehr kühlen Nacht, als wir Riga verließen. Die erschöpfte Natur forderte ihr Recht. Ich wurde sehr schläfrig, ließ das Fenster nieder, drückte mich in die Ecke des Wagens und schlummerte ein. Auf der ersten Station erwachte ich wohl und sah, daß es Tag geworden war, bekümmerte mich aber weiter um nichts, sondern versuchte, die Augen aufs neue zu schließen.

Doch welcher Pinsel malt mein Erstaunen, meinen Schrecken, als ich etwa eine Stunde nachher mich ermunterte und gewahr wurde, daß wir keineswegs auf der mir wohlbekannten Petersburgischen Landstraße, sondern auf einer andern großen, mir völlig fremden Straße immer längs der Düna hinfuhren! Ich hatte kaum so viel Gewalt über mich, einen lauten Schrei zurückzuhalten. Eine Art von Instinkt gebot mir indes, zu schweigen und mich zu verstellen. Was in mir vorging, ist unbeschreiblich. Wohin führt man mich? Was hat man mit mir vor? Wo will man meine Papiere untersuchen und wer hat den Auftrag dazu? Das waren die Fragen, die ewig mein Gehirn durchkreuzten. Denn daß man mich ohne alle Untersuchung in die weite Welt schleppen würde, kam mir wahrlich noch immer nicht in den Sinn.

Als wir auf der Station ankamen, verlangte ich Kaffee, um nur etwas Zeit zu gewinnen. Der Kaffee wurde sogleich bestellt, und ich ging unterdessen in einer grausamen Gemütszerrüttung im Zimmer auf und nieder. Der Hofrat unterhielt sich draußen beim Wagen mit dem Posthalter. Der Kurier stand am Fenster, beobachtete ihn und sagte plötzlich verstohlen zu mir: »Fedor Carlowitsch!« – so nannte man mich nach russischer Gewohnheit – »wir reisen nicht nach Petersburg; wir reisen weiter.« Kaum hatte ich den Atem zu fragen: »Wohin?« – »Nach Tobolsk.« – Kaum hielt ich mich auf den Füßen. Es war kein Nerv in meinem Körper, der nicht erschüttert wurde. »Können Sie Russisch lesen?« fuhr er fort, indem er stets ein Auge auf den Hofrat hatte. »Ja.« – »Nun so lesen Sie hier die Podoroschne.« Ich las:

Auf Befehl Sr. Kaiserlichen Majestät usw. *von Mitau nach Tobolsk, Herr Hofrat Schtschekatichin mit einem bei sich Habenden* (so ist der russische Ausdruck), *begleitet von einem Senatskurier, in Krongeschäften* usw. Ich selbst kann mir meine damalige Empfindung nicht mehr vergegenwärtigen; ich war vernichtet. – »Gern«, sagte der Kurier, »hätte ich Ihnen das schon in Mitau zugeflistert; aber wir wurden zu sehr beobachtet. Sie dauerten mich gleich, als ich Ihre Familie sah; denn auch ich habe Frau und Kinder.« Ich dankte ihm mit halben Worten. Er bat mich, ja den Hofrat nicht merken zu lassen, daß er mir das Ziel der Reise verraten habe; denn der sei ein harter, schlechter Mensch. Ich beruhigte ihn.

Der Hofrat trat wieder herein. Zum Glück verstand er sich ebenso wenig auf Menschengesichter als auf Kuckuckseier; sonst hätte er durchaus die Totenblässe meiner Wangen und das krampfhafte Zittern meines ganzen Körpers bemerken müssen. Er trank ein Glas Branntwein und bemerkte nichts. Der Kaffee wurde gebracht. Natürlicherweise war es mir unmöglich, einen Tropfen zu trinken. Ich schützte Unpäßlichkeit vor – ach, ich war mehr als unpäßlich! Ich bezahlte den Kaffee, und der Hofrat trank ihn aus.

Wir fuhren weiter. Das Rütteln des Wagens gab mir wieder einige Besinnung; und jetzt erwachte bei mir der erste Gedanke an Flucht. »Nach Sibirien führt man mich«, so sagte ich zu mir selbst, »ohne Verhör, ohne Untersuchung, ohne Urteil und Recht, ja, ohne daß man es auch nur der Mühe wert findet, mir zu sagen, warum? Das ist zu arg! Das kann der gerechte Kaiser unmöglich wissen oder man hat ihn auf das gröbste hintergangen. Meine Papiere sind also nicht die Ursache meiner Verhaftung; denn sonst würde man sie ja vorher untersucht haben, ehe man mir die gräßlichste aller Strafen zuerkannt hätte. Es muß also eine andere schwere Anklage gegen mich vorhanden sein, die irgendein niederträchtiger Verleumder dem Kaiser als bereits erwiesen vorgestellt hat; und um nicht als ein Verleumder mit Schande zu bestehen, hat er, ohne weitere Untersuchung, meine Verbannung bewirkt. In Sibirien bin ich lebendig begraben; aus Sibirien erschallt meine Stimme nicht bis an die Ufer des Baltischen Meeres: von dort aus kann ich mich nicht verteidigen; und dürfte ich es auch, so wüßte ich ja nicht einmal, wogegen. Es bleibt mir also nichts andres übrig als die Flucht.«

Dieser Gedanke stand fest in mir und wurde nach und nach zum Entschlusse.

Vor der nächsten Station, Kokenhusen, liegen auf einem Hügel an der Düna die malerischen Ruinen einer alten Burg. Sie sind noch jetzt von großem Umfange und waren ehemals, wenn ich nicht irre, die wohlbefestigte Residenz eines Livischen Fürsten, der sich hier sehr lange gegen das christliche Raubgesindel wehrte und sich endlich mit seinen Untertanen daselbst taufen ließ. Der Anblick dieser Ruinen erweckte in mir die erste dunkle Idee, mich unter dem alten Gemäuer zu verbergen und lieber dort zu verhungern, als mich ohne Urteil und Recht nach Sibirien schleppen zu lassen. Zu dieser Idee gesellte sich noch eine dunkle Erinnerung, daß das jetzige Landgut Kokenhusen einem Baron von Löwenstern zugehöre, den ich vor drei Jahren in Leipzig als einen sehr edlen Mann hatte kennen lernen und der mir schon vorher durch den Ruf als solcher bekannt gewesen war. Im höchsten Notfalle, dachte ich, entdeckst du dich dem; er wird dich nicht ausliefern.

Jetzt hielten wir vor dem Posthause. Ich beobachtete die Gesichter des Posthalters und seiner ganzen Familie; nach ihren Physiognomien zu urteilen, waren diese Menschen wahrscheinlich gut und mitleidig. Während des Anspannens benutzte ich jeden Augenblick, wenn der Hofrat sich ein wenig entfernte, um in deutscher Sprache allerlei Erkundigungen einzuziehen:

»Wem gehört das Gut?«

»Dem Baron Löwenstern.«

»Wo ist das Wohnhaus?«

»Dort.« – Man zeigte es mir in einer kleinen Entfernung.

»Ist er jetzt hier?«

»Nein; er ist bei seinem Schwiegervater, vierzehn Werste von hier, auf Stockmannshof.«

»Ist auch seine Familie dort?« Ich kannte seine Gattin als eine der vortrefflichsten Frauen und seine Kinder als ihrer Eltern würdig.

»Ja.«

»Liegt Stockmannshof an der Landstraße?«

»Ja; Sie fahren vorbei.«

»Wie weit ist Dorpat von hier?«

»Ungefähr sechzehn Meilen.«

Mehr konnte ich nicht fragen; die Pferde waren vorgespannt, und wir fuhren ab. Als wir etwa sechs Werste zurückgelegt hatten, ereignete sich ein Zufall, der mir sehr willkommen war. Eins unserer Pferde wurde stätisch und ging nicht von der Stelle. Der Postillion, ein Lette, tat vergebens alles mögliche, um es anzutreiben. Der Kurier schimpfte, der Hofrat fluchte; beide beehrten die lettische Nation mit den verworfensten Beinamen. Endlich teilte sogar der Kurier, der auf dem in Federn hangenden Bocke gerade über dem Postillion saß, mit geballter Faust die unbarmherzigsten Ohrfeigen und Kopfstöße aus. Der unschuldige Postillion sprang herunter und erklärte: er werde nicht weiter fahren, wenn man ihn so behandle. Diese Erklärung versetzte den Herrn Hofrat in Wut. Er stieg aus dem Wagen, brach einen derben Knüppel von dem nächsten Baume, ergriff den Postillion bei der Brust, warf ihn zu Boden und prügelte ihn unbarmherzig. Nach dieser edlen Expedition, welche durch die Gesetze streng verboten ist, befahl er ihm, sich aufzusetzen und weiterzufahren. Der Postillion benutzte aber den Augenblick, als der Kurier dem Hofrat in den Wagen half, und lief plötzlich querfeldein, dem nächsten Busche zu. Der Kurier versuchte zwar ihn einzuholen; doch jener war flinker auf den Beinen, und so standen wir nun zu meinem Vergnügen mitten auf der Landstraße, mit einem stätischen Pferde ohne Kutscher.

Was war zu tun? Wir mußten umkehren und, so gut es gehen wollte, nach Kokenhusen zurückfahren. Der Kurier ergriff die Zügel; er verstand sich aber schlecht auf das Fahren: es ging schief, krumm und langsam, wobei denn unzählige Flüche auf das arme Volk der Letten herausgedonnert wurden. Wenn ich sage Flüche, so verstehe ich darunter nur einen einzigen oft wiederholten Fluch; denn die Russen haben eigentlich nur *einen* Fluch, der aber so kräftig ist, daß er gar wohl die Stelle von hundert deutschen Flüchen ersetzen kann. Sie wünschen nämlich ihrem Gegner, daß der Teufel seine Mutter zur Hure machen möge. Und das wünschen sie in noch weit derberen Ausdrücken, als deren ich mich hier bedient habe, so daß in Ansehung der Deutlichkeit auch dem rohesten Menschen nichts zu wünschen übrig bliebe. Ich übertreibe wahrlich nicht, wenn ich behaupte, daß jeder meiner Begleiter diesen Fluch täglich wenigstens fünfhundertmal ausstieß und natürlicherweise fast immer bei den geringsten Veranlassungen. Die Russen von schlechter Erziehung bedienen sich dessen, wie vormals die Franzosen des Wortes Monsieur und wie die Engländer noch heutzutage des Goddam: sie flicken es überall ein.

Als wir nach Kokenhusen zurückkamen, erhob der Herr Hofrat eine mächtige Klage gegen den entlaufenen Postillion, nahm sich aber wohl in acht, des Prügelns und seiner eignen entlaufenen Vernunft dabei zu erwähnen. Der Posthalter ergänzte indes diesen Mangel leicht. »Es ist einer meiner besten Leute«, sagte er. »Sie müssen ihn sehr übel behandelt haben.« Man leugnete. Der Posthalter sah mich an, und ich nickte unvermerkt mit dem Kopfe.

Es ist bekannt, daß einen gemeinen Menschen nichts mehr in Hitze bringt, als wenn er fühlt, daß er Unrecht hat. So ging es auch dem Hofrat: er schimpfte, er drohte. Da dem Posthalter, den Gesetzen gemäß, nichts anderes übrig blieb, als einen Rapport an die Regierung in Riga zu machen, indessen aber den Kurier ohne Aufenthalt fortzuschaffen, so wurde ein andres Pferd vorgespannt und nach einem andern Postillion geschickt. Doch zog sich das, so wie ich es wünschte, ein wenig in die Länge.

Ich war im Wagen sitzengeblieben. In einem Augenblicke, als der Hofrat in die Stube gegangen war, trat der Bruder des Posthalters an den Wagen und sagte zu mir mit einer bedenklichen Miene: »Ihr Name ist im Postpasse nicht angegeben.« Ich wußte darauf nichts zu antworten. Hätte ich gewußt, was ich erst später erfuhr, daß durch ein neueres Gesetz streng befohlen ist, jeden Reisenden in dem Postpasse *namentlich* aufzuführen und nicht bloß durch die vage Benennung ›nebst bei sich Habendem‹ zu bezeichnen, und daß, wenn jenes unterblieben ist, der Posthalter das Recht hat, auch sogar schuldig und gehalten ist, die Pferde zu verweigern: ich würde sogleich aus dem Wagen gesprungen sein und ihn ermuntert haben, sich dieses Rechtes zu bedienen. Was konnte der

Herr Hofrat ohne Pferde machen? Er hätte es dulden müssen, daß vorher nach Riga berichtet worden wäre; der Gouverneur von Riga, der von nichts wußte, hätte wieder bei dem Gouverneur von Mitau anfragen müssen. Dadurch wäre viel Zeit gewonnen worden; und Zeit gewonnen, sagt das alte Sprichwort, viel gewonnen. Aber ich schwieg aus Unkunde des Gesetzes, und so fuhren wir nachmittags ohne Hindernis weiter.

Unterwegs beobachtete ich die Gegend so genau als möglich, besonders die Lage des schön gebauten Gutes Stockmannshof, an welchem wir nahe vorbei fuhren. Rechts hatten wir noch immer die Düna und links fast ununterbrochen waldige Hügel. Wir kamen gegen sechs Uhr auf die nächste Station, die bereits auf der Grenze des livländischen Gouvernements liegt und mit der, wenn ich nicht irre, die Witebskische Provinz ihren Anfang nimmt.

»Jetzt oder nie!« dachte ich bei mir selbst. »Hast du einmal Livland verlassen, so findest du keinen Bekannten, keinen Freund mehr, nicht einmal einen Menschen, der deine Sprache versteht. Jetzt oder nie ist der Augenblick zur Flucht.« Ich erklärte also, ob es gleich noch ziemlich früh am Tage war, daß ich heute nicht weiterfahren würde, weil ich der Ruhe benötigt wäre. Meine Erklärung schien dem Herrn Hofrat sehr unangenehm zu sein. Aber er fügte sich ohne Widerspruch in mein Verlangen: ein neuer Beweis, daß er Instruktionen hatte, die milder waren als sein Herz.

Es sollten nun Anstalten zum Übernachten und vorher zum Abendessen getroffen werden. Aber das Posthaus war so unbeschreiblich elend, die Stube mit Hühnern und Schweinen so ekelhaft angefüllt, daß ich darauf drang, wir müßten uns in einen steinernen Krug begeben, den ich in einer geringen Entfernung bemerkt hatte und der etwas mehr Bequemlichkeit zu versprechen schien. Meine eigentliche Ursache war, daß ich dort leichter zu entschlüpfen hoffte. Denn ich hatte mit einem Blick übersehen, daß das Posthaus zu diesem Zwecke gar nicht taugte.

Auf mein wiederholtes ernstliches Verlangen begaben wir uns also in den kaum einige hundert Schritt entfernten Krug, der noch auf livländischem Grund und Boden lag, zu Stockmannshof gehörte und von einem Juden als Pächter verwaltet wurde. Er lag mit der Front an der Landstraße, die zwischen demselben und der Düna hin lief. Wenige Schritte hinter dem Kruge fingen die waldigen Hügel an, auf die ich besonders rechnete.

Der Kurier machte jetzt sehr geschäftig Anstalten zum Abendessen. Er rühmte seine Kochkunst, schlachtete ein Huhn und versprach mir eine köstliche Suppe. Ich stellte mich, als ob ich Teil an dieser frohen Aussicht nähme, und spazierte unterdessen in Gesellschaft des Hofrats vor dem Kruge hin und her, gleichsam die Ufer der Düna und die daselbst liegenden Holzflöße zu besehen, eigentlich aber, die umliegende Gegend noch besser ins Auge zu fassen. Von Zeit zu Zeit ging ich auch wieder in die Stube. Und als ich mich einen Augenblick allein fand, versuchte ich, ob das Fenster sich ohne Schwierigkeit und leise öffnen ließe. Es war zu meiner Freude nur mit einem Bändchen an einem Nagel befestigt und machte gar kein Geräusch. Der Hofrat hatte kurz vorher in seinen Papieren gekramt und etwa ein halbes Buch weißes Papier auf dem Tische liegen lassen. Hiervon nahm ich in Eil einen Bogen und steckte ihn schnell in die Tasche, ohne mir eigentlich bewußt zu sein, warum oder wozu ich das täte.

Gegen neun Uhr trug der Kurier seine fade Hühnersuppe auf, packte auch eine große italienische Wurst aus, die ich noch in Königsberg gekauft, und eine Flasche Likör, die ich aus Danzig mitgenommen hatte; beides hatte die Kammerjungfer ohne mein Wissen, aus Vorsorge in den Wagen gelegt. Ich zwang mich, einige Löffel Suppe zu verschlucken, und affektierte sogar einige Heiterkeit. Hiermit gelang es mir doch noch besser als mit dem Essen: die Seele war gehorsamer als der Körper. Ich konnte trotz allem

Zureden unmöglich mehr als einige Löffelvoll hinunterbringen und schützte eine große Ermüdung vor.

Sogleich wurden Anstalten zum Schlafengehen gemacht. Es war eine einzige Bettstelle in der Stube befindlich, welche mir vorzugsweise eingeräumt werden sollte. Da sie aber in einem entfernten Winkel stand, so gab ich vor, sie sei mir zu schmutzig und ich fürchte mich vor Ungeziefer; ich bat daher, mein Lager ganz nahe am Fenster auf Stühlen zu bereiten. Man war sogleich willig. Es wurden Stühle zusammengetragen, Heu darauf gelegt, mein Schlafrock darüber gebreitet und mein Mantel zur Bettdecke gemacht. Ich wollte mich völlig angekleidet niederlegen, mußte aber wenigstens leiden, daß der Kurier mir die Stiefel auszog. Glücklicherweise stellte er sie nahe neben mich. Ich warf mich nun auf mein hartes Bett und stellte mich, als ob ich vor Mattigkeit sogleich einschliefe. Man kann denken, wie weit der Schlaf von mir entfernt sein mußte.

Meine Begleiter blieben noch so lange auf, als irgend etwas zu essen und zu trinken übrig war; dann begaben auch sie sich zur Ruhe. Der Hofrat legte sich einen Schritt weit von mir auf eine Bank; zwischen uns stand der Tisch und über dem Tische war das von mir geprüfte Fenster. Der Kurier nahm seinen Platz draußen im Wagen, der ganz dicht unter dem Fenster stand.

Nicht lange, so überzeugte ich mich, daß der Hofrat schlief. Es mochte jetzt ungefähr elf Uhr sein. Wir hatten Vollmond, aber der Himmel war bewölkt. Der Augenblick schien günstig, und ich war im Begriff, zur Ausführung meines Entschlusses zu schreiten, als mir plötzlich ein ganz unvorhergesehenes Hindernis in den Weg kam. Es war nämlich unglücklicherweise eine Nacht vom Freitag auf den Sonnabend. Der Sonnabend ist bekanntlich der Sabbat der Juden, und unser Wirt hatte, vermutlich zur Vorbereitung auf diesen Tag, so oft und so viel in der angrenzenden Kammer zu tun, lief nebst Frau und Kindern so oft mit angezündeten Lichtern durch unser Zimmer, und es wurde in dem Nebenzimmer so viel gemurmelt und gesungen, daß der Hofrat alle Augenblick davon erwachte. Ich selbst stellte mich, als ob mir dasselbe widerführe, und stimmte kräftig in seine Flüche mit ein. Indessen dauerte, gewiß zu meinem Unglück, der Lärm fort bis gegen zwei Uhr, da es endlich im ganzen Hause still wurde.

Jetzt erhob ich mich langsam auf meine Knie, wickelte das Band am Fenster los und öffnete dieses glücklich. Als es offen war, hörte ich den Kurier draußen im Wagen schnarchen. Ich tappte im Dunkeln um mich her, suchte meine Stiefel und meinen Hut und fand auch beides. Den letztern setzte ich auf, die Stiefel nahm ich in die linke Hand, den Mantel warf ich über den Arm. Nun stieg ich, so leise als möglich, auf den Tisch, immer mit zurückgehaltenem Atem und innehaltend, so oft der Hofrat sich zu rühren schien. Jetzt streckte ich das eine Bein zum Fenster hinaus und versuchte, irgendwo an den Balken eine Stütze dafür zu finden; aber vergebens. Die Erde konnte ich noch weniger sogleich erreichen; denn das Fenster war ungefähr mannshoch. Das andre Bein nachzuziehen, ohne daß ich beide Hände zum Anhalten gebrauchte, war ebenso unmöglich; ich hatte aber bloß die rechte Hand frei, da ich in der linken die unentbehrlichen Stiefel trug. So mußte ich mich denn entschließen, Mantel und Stiefel hinabzuwerfen, trotz der Gefahr, daß, wenn der Hofrat erwachte, ehe ich selbst hatte nachfolgen können, mein Plan durch die hinuntergeworfenen Sachen sichtbar vor Augen lag. Indessen war nun nicht länger zu zögern. Ich ließ den Mantel langsam fallen; die Stiefel glitten leise darauf nieder, da ihnen der Mantel zur Unterlage diente. Jetzt waren beide Hände frei; ich schwang mich hinaus, erreichte mit dem einen Fuße das Wagenrad und mit dem andern glücklich den Boden. Der Kurier schnarchte fort. Ich nahm mir daher die Zeit, das Fenster, damit kein Zugwind den Hofrat wecken möchte, sacht wieder anzulehnen, ergriff sodann eilig Mantel und Stiefel, sprang um die Ecke des Krugs und war in Freiheit.

Schnell zog ich meine Stiefel an, wickelte mich in meinen Mantel, lief ein Stück hinter dem Kruge weg, durch einen nassen Wiesengrund, und kam dann bald wieder auf die Landstraße. Es war mein Plan, nach Kokenhusen zurückzugehen und den Posthalter zu bewegen, daß er mich verbergen möchte. Die Hoffnung, welche ich auf diesen Mann nebst seiner Familie setzte, gründete sich zum Teil auf seine menschenfreundliche Physiognomie, zum Teil auf den Verdruß, den er gestern durch den Hofrat gehabt und der ihn wahrscheinlich in eine mir günstige Stimmung versetzt hatte, endlich noch größtenteils auf eine beträchtliche Summe Geldes, die ich ihm anbieten wollte. Gab es vielleicht keinen verborgenen Winkel in seinem Hause, so war ich entschlossen, in den Ruinen der alten Burg Kokenhusen zu bleiben, wenn er mich dort nur mit Lebensmitteln versorgte. Dann wollte ich durch ihn den Baron Löwenstern von meinem Aufenthalt benachrichtigen. Dieser sollte meiner Frau und diese wiederum einigen geprüften Freunden Winke mitteilen. Kurz, ich hatte einen Entwurf gemacht, dessen Ausführung gar nicht unmöglich schien.

Freilich hatte ich darauf gerechnet, noch in dieser Nacht Kokenhusen zu erreichen, da allerdings sehr viel daran gelegen war, daß der Hofrat mir nicht zuvorkam. Aber der Jude hatte mir mit seiner Frömmigkeit einen Strich durch diese Rechnung gezogen. Es war jetzt beinahe drei Uhr und zwar noch Nacht, durch den verhüllten Mond nur schwach beleuchtet; aber ich brauchte doch wenigstens vier bis fünf Stunden, um drei deutsche Meilen zurückzulegen, und ich mußte erwarten, daß der Hofrat früh aufstehen, mich vermissen, mir nachsetzen und mich einholen würde. Gesetzt aber auch, daß er länger schlief und meine Flucht nicht so bald gewahr wurde, so durfte ich es doch nicht wagen, bei Tage in Kokenhusen zu erscheinen. Wie mancher Bauer konnte mich dann bemerken, vielleicht wohl gar sehen, daß ich zu dem Posthalter hineinging oder auch die Ruinen erkletterte! Und der Hofrat mußte doch natürlicherweise nachfragen, auch für jede belehrende Antwort reichliche Belohnung versprechen. Es kam folglich alles darauf an, von niemand gesehen zu werden, als der mich sehen sollte. Ich änderte daher meinen Plan insoweit ab, daß ich beschloß, so lange die Dunkelheit mir Schutz gewährte, rüstig fortzugehen, sobald aber das verräterische Tageslicht anbräche, mich auf den waldigen Hügeln zu verbergen und erst in der folgenden Nacht meine Wanderung fortzusetzen.

Mit diesem Vorsatz ging ich weiter. Doch wich ich von der Landstraße ab, so oft etwa eine daneben gelegene Wiese es mir erlaubte, und hielt mich parallel mit derselben in einer mäßigen Entfernung. Ich war noch nicht weit gekommen, als ich durch die matte Mondesdämmerung ein Haus erblickte, welches ich am vorigen Tage für ein sogenanntes Quartierhaus erkannt hatte. Man findet nämlich in Liv- und Estland viele dergleichen Häuser zerstreut, welche, wenn Regimenter in der Gegend einquartiert sind, den Offizieren zur Wohnung dienen, wenn aber das Regiment abmarschiert, verschlossen werden und gänzlich unbewohnt bleiben. Als wir gegen Abend an diesem Hause vorbeifuhren, hatte ich es genau beobachtet und dabei bemerkt, daß sowohl die Tür als die sämtlichen Fensterladen zugemacht und auch das dabei stehende Schilder- oder Wachthäuschen leer war. Ich schloß daraus natürlich, daß jetzt niemand hier wohne. In dieser Überzeugung, und da es einige hundert Schritte weit von der Landstraße entfernt lag, wollte ich dicht daran vorübergehen. Aber wie erschrak ich, als mir plötzlich eine donnernde Stimme aus dem Wachthäuschen ein *Wer da?* zurief! Ich faßte mich jedoch schnell und gab die gewöhnliche Antwort: »Sdeschnoi« (ein Hiesiger).

»Was gehst du da für einen besondern Weg? Wo willst du hin?«
»Ich will nach Stockmannshof.«

»Aber die Landstraße ist ja da drüben!«

»Ich bin in der Dunkelheit ein wenig abgekommen.« Hier wollte ich mich schnell entfernen.

»Halt! Wer bist du?« rief der Kerl mit doppelt lauter Stimme.

»Stille, mein Freund! Ich bin Hofmeister auf Stockmannshof und habe diese Nacht ein hübsches Judenmädchen besucht. Sage niemand, daß du mich gesehen hast.«

Mit diesen Worten drückte ich ihm etwas Geld in die Hand und nahm eilig meine Richtung nach der Landstraße. Die Schildwache hörte ich zwar noch eine Weile hinter mir brummen. Sie ließ mich aber gehen, da sie entweder durch meine Lüge oder durch mein Geld kirre geworden war.

Dieser kleine Vorfall hatte mich so scheu gemacht, daß ich nun beschloß, doch lieber auf der Landstraße fortzugehen, wo es wenigstens nicht auffiel, einen Wandrer anzutreffen, und auf der ich noch überdies, weil sie bequem gebahnt war, weit schneller fortkam.

Ich mochte kaum wieder einige Werste gegangen sein, als ich in weiter Entfernung hinter mir das auf dem Lande gewöhnliche Lärmzeichen hörte. Man pflegt nämlich in ganz Rußland auf den Dörfern und auch in entlegenen Stadtteilen ein dickes Brett zwischen zwei Stangen aufzuhängen und, wenn man das Gesinde zum Essen versammeln oder die Glocke an deuten oder sonst plötzlich Lärm machen will, mit einem großen hölzernen Klöppel aus allen Kräften sehr schnell hintereinander darauf zu schlagen: ein Ton, den man sehr weit hören kann. Er fuhr mir jetzt durch alle Glieder. »Dem Gesinde auf irgendeinem benachbarten Edelhofe«, dachte ich, »kann es nicht gelten; denn zum Frühstück ist es noch allzu früh. Die Glocke, die sonst immer nach den schnelleren Schlägen in einem langsamen Zeitmaß angegeben wird, kann es auch nicht bedeuten; denn man trommelt ja in einem fort auf dem Brette. Der Hofrat hat mich also wahrscheinlich vermißt und gibt dieses Lärmzeichen entweder bei dem Kruge, oder er ist auch bereits bis zu dem Quartierhause gekommen, hat dort erfahren, daß ich vorbeigegangen bin, und läßt, indessen er mir eilig nachsetzt, durch die Schildwache die Bauern zusammentrommeln.«

Ob ich richtig vermutete, habe ich nie erfahren, da ich aus leicht begreiflichen Ursachen nachher nie von dieser Begebenheit sprechen mochte. Genug, das Klappern schien mir so verdächtig, daß ich augenblicklich von der Straße abbog und mir durch das dickste Gebüsch einen Weg bahnte. Ich hielt mich auch nicht länger mit der Landstraße parallel, sondern suchte vielmehr so weit als möglich von ihr abzukommen.

Anfangs stieß ich von Zeit zu Zeit auf kleine offene Plätze oder auch größere Heuschläge, die ich schnell durchstreifte, um den Schutz der Bäume zu suchen. Nach und nach wurde das Gebüsch immer dichter. Ich hatte kaum noch tausend Schritt bis zu einem waldigen Hügel, den ich zu erreichen wünschte, nahm die gerade Richtung darauf zu, kehrte mich nicht daran, daß der Boden immer feuchter wurde, sah mich aber plötzlich mitten in einer morastigen Gegend und sank mit jedem Schritte bis an die Knie in den Schlamm. Nach einer halben Stunde, in der ich mich sehr abgearbeitet hatte, war ich so erschöpft, daß ich mitten im Schlamme ausruhen mußte. Der Tag war inzwischen angebrochen, gewährte mir aber keinen Trost, da das dicht verwachsene Unterholz und die vielen umherliegenden Fichten mit ihren aufgereckten dürren Ästen mich keine zehn Schritte vorwärts sehen ließen. Ich war indes entschlossen, eher in diesem Morast umzukommen als den Rückweg zu suchen.

Sobald ich mich wieder etwas erholt hatte, versuchte ich aufs neue, mit Anstrengung aller meiner Kräfte hindurchzuwaten; und nach einer peinlichen Stunde war ich endlich am Fuße des Hügels. Ich erkletterte ihn, fand ihn aber noch viel zu licht und schweifte von Hügel zu Hügel weiter. Immer glaubte ich, in der Ferne zu meiner Linken die Düna rauschen zu hören, und dieses Geräusch sollte mir zum Wegweiser dienen, damit ich nicht allzu weit von der Landstraße abkäme. Oft traf ich auf kleine von Bauern gemachte Holzwege, die bisweilen zu kleinen, mitten im Walde gelegenen Stücken Ackerland führten. Ich bog dann sogleich ab, und dies geschah so häufig und in so verschiedenen Richtungen, daß ich am Ende, zumal da der Himmel sehr bewölkt war, durchaus nicht mehr wußte, nach welcher Gegend ich mich auf den Abend zu wenden haben würde. Nur jenes Geräusch tröstete mich in dieser Furcht, und nach zwanzig bald getroffenen, bald wieder verworfenen Wahlen eines Schlupfwinkels ersah ich mir endlich ein dichtes sehr dunkles Tannengebüsch, in welchem zwei Birken standen, die aus einem Stamme heraufgewachsen und ineinander verschlungen waren. Diese Birken gaben mir die erste sanfte Empfindung wieder. Ich dachte an meine gute Frau; ich meinte, unter diesen Birken könne mir kein Leid widerfahren, und wählte sie wohlgemut zu meiner Wohnung für heute.

Es war jetzt sechs oder sieben Uhr. Vor zehn Uhr abends durfte ich nicht daran denken, meine Freistatt zu verlassen. Ich hatte also Zeit genug, über meine Lage und über das, was mir zu tun am dienlichsten sein möchte, nachzudenken. Zuerst reinigte ich mich vom Schlamm, so gut ich konnte. Gern hätte ich mich auch getrocknet; aber der Boden, auf dem ich stand, war sehr feucht und die Luft an diesem Tage sehr kühl. Hin und her gehen konnte ich auch nicht, da die Bäume zu dicht standen; ich wickelte mich also in meinen Mantel, setzte mich nieder und lehnte mich mit dem Rücken an die Birken. Rings um mich her gewährten mir die Tannen eine dichte Mauer. Wenn man durch dieselben etwa dreißig bis vierzig Schritt durchbrach, so gelangte man auf einen nassen Heuschlag von geringer Breite, der durch einen kahlen Hügel begrenzt wurde. Alles, was durch diesen Heuschlag ging oder von dem Hügel herabkam, konnte ich durch die Zweige erblicken. Zu beiden Seiten und hinter mir war, so weit mein Auge reichte, nichts als Wald.

Ich stellte nunmehr folgende Betrachtungen an: »Stockmannshof muß mir jetzt sehr nahe liegen. Der Besitzer dieses Gutes ist der Kammerherr von Beyer, der Schwiegervater des Barons Löwenstern. Ich habe diesen Mann als edel rühmen hören; auch würde seine Tochter schwerlich eine so vortreffliche Frau sein, wenn sie ihre Erziehung nicht sehr edlen Eltern verdankte. Also könnte ich mich im Notfall heute abend auch den Kammerherrn wenden, von dessen Dekungsart ich, wenn nicht Hülfe, doch Schonung und vielleicht guten Rat erwarten darf.« Aber – gegen diesen Gedanken stritten wieder manche Gründe. »Wird nicht der Hofrat sogleich auf dieses an der Landstraße gelegene Gut fahren und den Besitzer desselben sowohl als die Bauern im Namen des Kaisers aufbieten, mich zu suchen oder, wenn ich von selbst dahin kommen sollte, mich zu verhaften? Kann ich zu dem Herrn von Beyer kommen, ohne mich vorher durch einen Schwarm von Bedienten zu schlagen, die mich alle sehen und es schon dadurch ihrem Herrn unmöglich machen werden, mich in Schutz zu nehmen? Ferner ist der Kammerherr ein Mann, den bloß sein eignes Herz bestechen muß und den ich nicht durch einen zu hoffenden Gewinn auf meine Seite ziehen kann. Es ist also besser, ich bleibe bei meinem ersten Plane, das Posthaus in Kokenhusen zu erreichen. Denn obgleich auch dort der Hofrat Lärm machen und vorbauen wird, so bin ich doch gewiß, daß man sich dort vielmehr über seine Verlegenheit freuen und mir williger forthelfen werde, besonders, wenn ich die Summe, die er etwa für meine Ergreifung geboten hat, verdopple, um das Gegenteil zu bewirken. Indessen wird es doch ratsam sein, da ich jetzt einen ganzen Tag Zeit habe, mich auf mehrere mögliche Fälle vorzubereiten.«

Nach dieser Gedanken-Audienz zog ich den Bogen Papier, dessen ich mich am vorigen Abend bemächtigt hatte, aus der Tasche, teilte ihn in mehrere Teile, nahm meinen Bleistift und schrieb auf meinem Knie, mit nassen, halb starren Fingern, einen Brief an den Herrn von Beyer, einen andern an den Baron Löwenstern, einen dritten an meine Frau und noch einige Zettel, deren Inhalt ich jetzt noch nicht erwähnen darf. In dieser Beschäftigung wurde ich durch ein heraufziehendes Gewitter unterbrochen, welches mit starken Schlägen immer näher kam und gerade über meinem Kopfe weg zu ziehen drohte. Ob ich nun gleich sehr wohl wußte, daß bei einem Gewitter der Aufenthalt unter hohen Bäumen gefährlich ist, so fiel es mir doch gar nicht ein, meinen Schlupfwinkel zu verlassen; ja, ich gestehe, daß ich einige Mal so gar recht herzlich wünschte, ein wohltätiger Blitzstrahl möchte meinen Leiden ein Ende machen. Ich hatte mir ohnehin diese Todesart immer als die wünschenswerteste vorgestellt, und in meiner jetzigen Lage mußte ein solcher Tod mir doppelt willkommen sein. Mein Verlangen blieb unerhört. Das Gewitter zog mit einem starken Hagelschauer vorüber, und dieser verwandelte sich nach und nach in einen derben Regen.

Bisher waren nur meine Beine bis über die Knie naß gewesen. Jetzt wurden auch die übrigen Teile meines Körpers bis auf die Haut durchnäßt und überdies der Boden so feucht, daß ich nicht länger darauf sitzen konnte. Indessen gereichte mir dieser Regen doch zu einer großen Erquickung, da meine dürre Zunge an meinem Gaumen klebte. Ich hielt den Mund unter jede Tannennadel, an welcher ein Tropfen hing, und sog ihn gierig auf. Nie habe ich mehr gefühlt, wie stark gezeichnet das biblische Bild von dem reichen Manne in der Hölle ist, da er nur um einen Tropfen Wasser auf seine Zunge bittet. Als ich ringsumher die Tropfen eingesogen hatte, wagte ich mich mehrere Schritte in die Runde und leckte den Regen überall weg, wo meine Zunge ihn erreichen konnte. Aber auch das mußte mit vieler Vorsicht geschehen. Denn öfters, wenn mir von einem Zweige ein Tropfen winkte und ich mit Lüsternheit nur ein wenig unbehutsam mich näherte, fiel er herunter, ehe meine Lippen nahe genug waren, ihn aufzufangen. So verlor ich zuerst gar manchen schönen Tropfen. Ich bemerkte indessen bald, wie ich mich zu drehen und zu wenden hatte, um ein solches Unglück zu vermeiden, und es entgingen mir zuletzt nur wenige. Leider erhielt ich aber nur allzu bald an der Sonne einen ungebetenen Gast: sie trat hervor und nahm mir mein frugales Getränk. Schon gegen Mittag war kein Tropfen mehr zu sehen und jede Spur an den Zweigen vertrocknet.

Bis dahin hatte mein Ohr keine durch Menschen verursachte Bewegung gehört, ausgenommen mehrere Male ein rasches Fahren auf einer nicht weit entfernten Straße, die ich für die Landstraße hielt, so daß ich mir wohl einbildete, der Herr Hofrat fahre in meinem Wagen hin und her. Jetzt (es war etwa gegen Mittag) wurde ich plötzlich durch einen Schall erschreckt, welcher mir weit fürchterlicher war als der Donner; ich hörte nämlich Pferdegetrappel. Nun hielt ich den Atem an und lauschte. Über die Wiese trabte die Kreuz und Quer ein Bauer, sah sich überall um, ritt auf den kahlen Hügel, kam wieder herunter und schielte nach jedem Busche. Endlich ritt er auch ganz dicht an meiner Freistatt vorüber. Aber die schützenden Zweige hatten einen undurchdringlichen Schirm vor mich gezogen: er wurde mich nicht gewahr und ritt weiter. Da, wie ich mich vorher überzeugt hatte, kein Weg durch diesen Heuschlag führte, so war dieser Bauer gewiß einer von denen, die man ausgeschickt hatte, mich zu verfolgen.

Etwa eine halbe Stunde nachher kam ein anderer Bauer auf einem kleinen einspännigen Wagen durch eben diesen Heuschlag, fuhr aber nur quer über denselben hin und sah sich auch nicht so viel um als der vorige. Ich warf mich jedes Mal platt auf die Erde und hielt nur den Kopf ein wenig in die Höhe, um zwischen den Baumstämmen jede Bewegung zu beobachten.

Nachmittags bemerkte ich, daß der Wald hinter mir sich nicht so weit erstreckte, als ich anfangs vermutet hatte. Ich hörte nämlich oft ziemlich nahe bei mir vorüberfahren und einmal auch die Stimme von drei oder vier schäkernden Bauernmädchen. Da diese schwerlich zu den Suchenden gehörten, so wurde ich nun überzeugt, daß wirklich in einer geringen Entfernung irgendein Weg durch das Holz führen müsse.

Es war schon fünf Uhr abends, als ich einen Schrecken hatte, der alle die vorigen bei weitem übertraf. Ich hörte nämlich, zuerst in der Ferne und dann immer näher und näher, Jagdhunde mit lautem Gebell jagen und dazwischen, wenn sie schwiegen, eine Stimme, welche sie zum Suchen ermunterte. Mir fiel Joseph Pignata ein, der auf seiner Flucht aus den Gefängnissen der Inquisition auch mit Jagdhunden verfolgt wurde. Ich wußte zwar wohl, daß man in Livland keine Hunde auf Menschen abrichtet, und war auch sehr überzeugt, daß es nicht *meine* Spur sei, auf welche die Hunde anschlugen: aber der Hase oder der Fuchs, den sie verfolgten, konnte ja doch sehr leicht seinen Weg gerade durch das Gebüsch nehmen, in welchem ich lag. Einmal waren die Hunde wirklich kaum zweihundert Schritte von mir entfernt. Ich setzte mich auf den Boden, wickelte mich in meinen Mantel und ergab mich bereits in mein Schicksal. Aber glücklicherweise hatte das Wild einen andern Weg eingeschlagen. Der Laut entfernte sich wieder und kam mir nachher nicht mehr so nahe. Noch jetzt weiß ich nicht, ob diese Jagd auf mich gemünzt war, vermute aber nicht ohne Grund, daß sie, da man um diese Jahreszeit noch keine Hasen zu jagen, sondern im Gegenteil um der jungen Hasen willen die Hunde sorgfältig innezuhalten pflegt, wirklich meinetwegen angestellt wurde.

Außer den Schrecken der Wirklichkeit hatte ich auch noch manches Gespenst meiner Einbildungskraft zu bekämpfen. Einen schwarzen verbrannten Baumstrunk, etwa von Mannshöhe, der auf dem Heuschlag hervorragte und kaum ein paar hundert Schritte von mir entfernt war, habe ich wohl zwanzigmal für einen Kerl angesehen. Und als es anfing dämmerig zu werden, spielte mir die Phantasie einen noch weit ärgeren Streich. Ich glaubte nämlich in einer Weite von etwa achtzig Schritten durch das Gebüsch einen wohlbeleibten Mann in hellgrüner Kleidung, mit einem grünen Sommerhut auf dem Kopfe, zu erblicken, der eine Flinte auf mich angelegt hatte und nach mir zielte. Ich sah nicht allein die Gestalt, die Kleidung; ich unterschied auch die Gesichtszüge sehr deutlich: es waren angenehme, freundliche Züge. Da ich einige Augenblicke lang dies Spiel meiner Einbildungskraft für wirklich ansah und meinte, der Mann halte mich für ein Stück Wild, so stand ich auf, warf meinen Mantel ab und bewegte mich hin und her, um ihn aus seinem Irrtum zu ziehen – bis ich selbst endlich von dem meinigen zurückkam.

Überhaupt glaube ich, daß, wenn ich noch länger im Walde zugebracht hätte, mich eine Art von Geistesverwirrung, um es nicht Wahnsinn zu nennen, befallen haben würde. Mein Kopf brannte, es sauste mir vor den Ohren, und Funken spielten vor meinen Augen; dabei waren meine Hände und Füße eiskalt, mein ganzer Körper durchnäßt und mein Puls sehr krampfhaft. Ich fühlte wohl, daß ich krank, sehr krank war. Soll ich sagen, was in allen diesen Leiden des Körpers und der Seele mich allein aufrecht erhielt? Der Gedanke an meine Frau, meine gute, geliebte Frau. So oft der letzte Funke meiner Kraft zu erlöschen drohte, so oft wurde er durch den Namen meiner Frau, den ich leise zwischen den Lippen stammelte, wieder angefacht. Zuweilen fügte ich auch noch den Namen meiner Emmy hinzu, und jedes Mal erhob sich der sinkende Mut. Doch waren freilich diese teuren Namen nur ein Talisman für die Seele; der erschöpfte Körper forderte mit Ungestüm Nahrung.

Es war jetzt Sonnabend Abend. Am Mittwochnachmittag, auf der letzten Station vor Mitau, hatte ich zum letzten Male bei einer Tasse Kaffee ein Butterbrot und am folgenden Morgen in Mitau einen Zwieback gegessen. Den ganzen Donnerstag und Freitag hatte ich bis auf zwei Löffel von des Kuriers fader Hühnersuppe auch nicht das mindeste genossen, und heute war ich, die wenigen Regentropfen ausgenommen, noch völlig nüchtern. Ich fühlte, daß ich durchaus bald einige Nahrung zu mir nehmen mußte, wenn ich nicht hier oder auf der Landstraße liegen bleiben wollte. Was ist es doch für ein elendes Ding um das Geld! Ich hatte fast siebenhundert Rubel bei mir und konnte mir keinen Bissen Brot damit erkaufen. Man rechne nun noch hinzu, daß seit dem Mittwoch kein Schlaf in meine Augen gekommen war; denn der kurze, unruhige Schlummer im Wagen hatte mich nicht erquickt.

Als es dunkler wurde, zog eine Waldschnepfe über mich hin. Ihr knurrender und zischender Ton weckte in mir eine höchst wehmütige Empfindung. Die Jagd der Waldschnepfen im Frühjahr ist nämlich immer eine meiner Lieblings-Jagden gewesen. Sie pflegt in Deutschland nicht sehr ergiebig zu sein, und ich hatte mich daher schon lange darauf gefreut, bei meiner Ankunft in Livland in Gesellschaft einiger Freunde die heitern Frühlingsabende auf dem Anstand zuzubringen. An diese Erinnerung einer so grausam getäuschten Hoffnung knüpften sich mit Blitzesschnelle noch so manche andere, und ich sah der Waldschnepfe mit einem Seufzer nach. Übrigens erinnerte sie mich aber auch, da sie nie eher als nach Sonnenuntergang zu ziehen pflegt, daß es nunmehr Zeit sei, meinen Schlupfwinkel zu verlassen.

Ich wählte die Richtung, welche ich für die geradeste hielt, um auf die Landstraße zu gelangen. Sie führte mich quer über einen Holzweg, den ich kaum berührte, als plötzlich eine lange Reihe von leeren Bauernwagen in schnellem Trott dahergefahren kam. Ich hatte nur eben noch Zeit genug, mich in einem dünnen Gebüsche, kaum zehn Schritte vom Wege, platt auf den Bauch zu werfen und es so dem Schicksal zu überlassen, ob die Bauern mich bemerken würden. Sie fuhren vorüber, und ich setzte meinen Weg in der gewählten Richtung fort, merkte aber bald, nicht allein daß ich immer tiefer in den Wald geriet, sondern auch, daß das Geräusch, welches ich bisher für das Rauschen der Düna gehalten hatte, nichts mehr und nichts weniger war als das Rauschen der Baumwipfel, welches ich jetzt so ziemlich auf allen Seiten hörte. Was sollte ich tun, meinen morastigen, ungebahnten Pfad in der Dunkelheit verfolgen? Es war gewiß, daß, wenn ich noch einmal in Schlamm versank wie diesen Morgen, ich nicht mehr Kraft genug haben würde, mich wieder heraus zu arbeiten. Hunger, Kälte und Ermattung mußten mich töten und mein Leichnam ein Raub der Wölfe werden. Ich suchte also zurück wieder auf den Holzweg zu kommen, von welchem mich zuletzt die Bauernwagen verscheucht hatten. Aber auch das war jetzt sehr schwer, da die Dunkelheit sehr zugenommen hatte; und erst nach einer guten halben Stunde des ängstlichsten Suchens gelang es mir.

Ich ging rasch auf dem Wege fort. Es kam mir vor, als ob er mich viel zu weit seitwärts führte. Ich hatte Recht. Als ich endlich nach mancher Krümmung die Landstraße erreichte und beim ersten Werstpfahl die Nummer im Dunkeln entzifferte, fand ich, daß ich kaum drei Werste von dem Kruge entfernt war, in welchem ich meine Begleiter zurückgelassen hatte. Ich hatte also noch fünftehalb gute Stunden zu gehen, um nach Kokenhusen zu gelangen. Ohne irgendeine Erquickung war das unmöglich. Der Dünastrom, der jetzt wirklich unter meinen Füßen rauschte, lud mich ein. Ich sprang hinab, schöpfte mit meinem Hute und löschte den brennenden Durst mit einiger Unbehutsamkeit. Ich empfand bald ein entsetzliches Leibschneiden, und mein Hals war so rauh und verschwollen, daß ich kaum schlucken konnte. Durch die Bewegung des Gehens hoffte ich jedoch, alle diese Übel zu überwinden. Ich ging; noch war aber die Landstraße viel zu lebendig, als daß ich meinen Weg immer ungehindert hätte fortsetzen können. Bald mußte ich schnell das nächste Gebüsch suchen, um die mir Begegnenden zu vermeiden, bald mußte ich einen weiten Umweg nehmen, um einem Kruge nicht zu nahe zu kommen, in welchem ich die Bauern lärmen hörte. Oft war es auch nur ein wachsamer Hund, der meine Schritte hörte, mich schon von fern anbellte und mich dadurch nötigte, einen weiten Nebenweg zu suchen. Denn das Gebell konnte mich nicht allein verraten, sondern ich hatte auch, um mich gegen einen rüstigen Bauernhund zu verteidigen, nichts als eine kleine Schere, die ich zufällig in meiner Tasche fand. Freilich war ich schon im Walde auf den Gedanken gekommen, mir einen tüchtigen Knüttel abzubrechen; es fehlte mir aber an Kraft dazu. Ich hatte darauf gerechnet, allenfalls längs dem Ufer der Düna hingehn zu können. Allein das ganze Ufer war mit großen Holzflößen besetzt, auf welchen Feuer brannten und Menschen hin und her wandelten. Bei diesen Umständen mußte ich bald auf der Landstraße schleichen, bald durch den Busch kriechen, bald am Ufer herumklettern. Und so erreichte ich endlich gegen elf Uhr mühsam das Gut Stockmannshof.

Es liegt auf einem Hügel, von dem sich ein Garten mit Terrassen bis an die Landstraße hinabzieht, an welche das vergitterte Gartentor stößt. In dem Hause auf dem Hügel sah ich noch Lichter sich hin und her bewegen; doch in der obern Etage erloschen sie bald gänzlich und in der untern blieben nur linker Hand einige Fenster hell. Ich versuchte an der Gartentür zu klinken; sie war offen. Jetzt stand ich unentschlossen da. Ich fühlte, daß ich Kokenhusen schwerlich erreichen würde: denn ich ging nicht mehr, ich wankte nur noch wie ein Trunkener; auch hatten meine Leibschmerzen nicht nachgelassen, und mein verschwollener Hals drohte mich zu ersticken. Endlich trat ich in den Garten, wo ein Gang zwischen hohen Hecken gerade auf das Haus zuführte. Ich erblickte in der

Ferne eine weiße Gestalt. Vielleicht, dachte ich, ist es ein spazieren-gehendes Frauenzimmer. Dem zu begegnen, wäre mir jetzt am willkommensten gewesen; denn die Frauenzimmer haben gewöhn-lich ein weit regeres Mitleidsgefühl und helfen rasch, ohne erst jedes Aber kaltherzig abzuwägen. Ich ging auf die Gestalt zu; doch – es war ein steinerner Neptun in einem Bassin.

Jetzt stand ich wieder und überlegte. Alle Gründe, die ich mir diesen Morgen gegen die Zuflucht in diesem Hause vorgesagt hatte, erwachten aufs neue. Ich ermannte mich noch einmal, verließ schleunig den Garten und setzte meinen Weg fort. Noch eine halbe Werst lang trotzte meine Seele dem Körper; jetzt aber gewann sein schreiendes Bedürfnis die Oberhand, und ich konnte nicht weiter. Von Hunger, Erschöpfung und Schmerz überwältigt, warf ich mich in den Sand und war der Verzweiflung nahe. Ich gestehe, daß jetzt zum ersten Male der Gedanke an Selbstmord vor meine Seele trat; und hätte ich anstatt der kleinen Schere den Dolch bei mir gehabt, den ich sonst gewöhnlich auf der Reise in der Tasche zu führen pflegte: ich würde vielleicht meinem Leiden eigenmächtig ein Ziel gesetzt haben. Doch diesen Dolch hatte ich in der Ab-schiedsstunde meiner Frau gegeben, weil ich meinte, es sei doch möglich, daß man ihn in Petersburg bei mir gewahr werden und – Gott weiß was dabei denken könne. Daß er mir bloß zur Schutzwehr diente, da ich sehr oft meilenweit meinem Wagen voraus zu Fuße ging und von manchem bösen Hunde angefallen werden konnte: das würde man mir vielleicht nicht geglaubt haben. Es war also bloß eine weit aussehende Vorsicht, die mich bewog, den Dolch meiner Frau anzuvertrauen. Und noch jetzt segne ich diese Vorsicht: »denn der Weise«, sagt Seneca, »soll nicht hastig aus der Welt gehen, wenngleich die Vernunft ihm zu sterben ge-bietet; er nimmt nicht die Flucht, sondern zieht sich zurück«.

Aber – o Gott – an welche unbedeutend scheinende Kleinigkeiten sind unsere Schicksale geknüpft! Hätte ich am Morgen, in dem

Augenblicke, da ich aus dem Fenster stieg, nur meine Hand ausgestreckt, um das Brot zu ergreifen, welches noch auf dem Tische lag, so würde mir das vermutlich Kraft genug gegeben haben, meinem ersten Plane treu zu bleiben. Jetzt hatte ich nur zwei Wege: entweder mich auf jede Gefahr nach Stockmannshof zu flüchten oder bis zum folgenden Abend meine Freistatt abermals im Walde zu suchen. Das letztere war untunlich. Woher würde ich am folgenden Abend, ohne alle Erquickung, mehr Kräfte genommen haben als jetzt? Es blieb mir also nur das erstere verzweifelte Hülfsmittel übrig, und nachdem ich eine Zeitlang geruht hatte, schleppte ich mich mühsam bis zum Gartentore zurück.

Das Licht in dem untern Stockwerke des Hauses linker Hand schimmerte noch. Ich ging durch den Garten, erstieg zwei Terrassen und gelangte an ein zweites Tor, welches auf eine Straße zwischen Haus und Garten führte und gleichfalls nur leicht, durch eine Krampe mit einem vorgesteckten Stück Holz, verwahrt war. Als ich es leise geöffnet hatte, befand ich mich drei Schritt von der Treppe und der Haustür. Ich ging die Treppe hinauf, bog mich von da nach dem Fenster linker Hand und sah in das Zimmer, aus welchem das Licht schien. Ich erblickte drei junge Mädchen, wahrscheinlich Kammerjungfern, die beschäftigt waren, ihre Betten zu bereiten. Wohl zehnmal krümmte ich meinen Finger, um an das Fenster zu klopfen, und wohl zehnmal zog ich ihn wieder zurück. Doch endlich siegte das Gefühl meiner gänzlichen Hülflosigkeit: ich klopfte; es war geschehen.

Eins der Mädchen kam mit dem Lichte heraus, öffnete die Haustür und fragte, was ich wollte. Ich bat sie mit heiserer Stimme um ein Stück Brot. Sie sah mich sehr befremdet an. Es war ein hübsches Mädchen, mit einem sehr wohlwollenden Gesicht. Aber meine ganze Gestalt und mein scheues Wesen flößten ihr natürlicherweise Mißtrauen ein. Sie sagte, es sei schon zu spät, die Herrschaft schlafe, auch sei keiner von den männlichen Bedienten mehr wach und sie könne mir jetzt kein Brot mehr verschaffen. »Erbarme dich, mein Kind!« antwortete ich ihr. »Ich bin den ganzen Tag im Walde gewesen, habe nichts gegessen und getrunken und kann unmöglich weiter.«

»Mein Gott! Im Walde? Bei diesem Wetter? Warum denn?« Sie betrachtete mich bei diesen Worten genau vom Kopf bis zu den Füßen und zog sich dann etwas scheu zurück.

Ich erriet ihre Gedanken. »Fürchte nichts«, sagte ich, »ich bin kein Räuber, kein Bettler. Sieh, ich habe Geld genug« – ich zog meine Börse aus der Tasche und zeigte auf meine goldene Uhrkette – »aber ich habe ein trauriges Schicksal; ich muß mit deinem Herrn sprechen.«

»Er schläft.«

»Ist der Baron Löwenstern im Hause?«

»Nein, er ist auf Kokenhusen und kommt erst morgen zurück.«

»Aber seine Familie?«

»Die schläft oben.«

»Ist Fräulein Plater mit hier?« (Dieses Fräulein Plater ist ein liebenswürdiges junges Frauenzimmer, welches sich bei der Familie Löwenstern aufhält und auch mit ihr in Leipzig war.)

»Ja.«

»Könnte man die nicht wecken?«

»Das darf ich nicht.«

Als ich sie flehentlich bat, riet sie mir, einstweilen zu dem Schreiber zu gehen und da bis zum folgenden Morgen zu warten. Aber während dieses Gespräches war ich nach und nach bis in das Zimmer gedrungen. Die höchste Not machte mich unverschämt und ich erklärte: ich würde nicht von der Stelle weichen, sondern die Nacht auf dem da stehenden Sofa zubringen. Die drei Mädchen befanden sich in großer Verlegenheit; auch die andern beiden waren nämlich unterdessen herbeigekommen und begafften mich neugierig.

Der Himmel weiß, wie diese Szene noch geendigt haben würde, wenn nicht durch das dadurch verursachte Geräusch der Kammerherr und seine Gemahlin, welche im Nebenzimmer rechter Hand schliefen, erwacht wären. Frau von Beyer rief das Mädchen. Ich griff schnell in die Tasche, gab ihr den im Walde geschriebenen Brief und bat sie, ihn ihrem Herrn zu überliefern. Sie ging, und ich warf mich in banger Erwartung auf das Sofa.

Nach einiger Zeit kam das Mädchen zurück und sagte, ich möchte nur noch ein wenig verziehen; sie wolle mir bald zu essen schaffen und ihr Herr werde auch sogleich selbst da sein. Sie ging, und ich blieb abermals einige Minuten allein: Minuten, die man sich nach keinem gewöhnlichen Zeitmaße denken muß.

Endlich erschien der Kammerherr, ein ältlicher, menschenfreundlicher Mann, dem aber die höchste Verlegenheit auf dem Gesichte geschrieben stand. Was ich ihm sagte, weiß ich nicht mehr: es waren abgebrochene Worte; mein Brief hatte ihn ja bereits von allem unterrichtet. Er bat mich, ruhig zu sein und nur fürs erste Speise und Trank zu mir zu nehmen; nachher wollten wir, sagte er, überlegen, was sich tun lasse. Nicht lange, so kam auch seine Gemahlin. In ihrem Gesicht erkannte ich auf den ersten Blick die Züge ihrer guten Tochter, und das gab mir neuen Mut. Ich erzählte mein unbegreifliches Schicksal mit wenigen Worten und fand die wärmste Teilnahme, doch nicht ohne Anstrich von Verwunderung, vielleicht auch von Argwohn, daß ich doch wohl nicht so ganz unschuldig sein möchte. Denn freilich, wie können gute, an gesetzliche Ordnung gewöhnte Menschen einen solchen Gang der Gerechtigkeit für möglich halten, ohne daß wichtige Gründe dazu vorhanden sind!

Indes hatte man mir allerlei kalte Speisen vorgesetzt, und ich verschlang mit Heißhunger einige Bissen. Sobald aber nur das erste, dringendste Bedürfnis gestillt war, wiederholte ich meine Bitte um Hülfe und Rettung, die ich, wenn mich der Kammerherr auf eins seiner entfernten Güter schickte, dort zu finden hoffte, wenigstens so lange, bis andre Maßregeln genommen werden könnten. Ich bemerkte deutlich, daß Herr von Beyer mit sich selbst kämpfte und daß das Züngelchen in der Waage sich zu meinem Vorteil neigte. Auch auf dem Gesichte seiner Gattin schimmerte Hoffnung für mich, als auf einmal ein Mann hereintrat, an den ich noch jetzt nicht ohne den größten Widerwillen denken kann. Man stellte mir Herrn Prostenius – so ungefähr hieß er – aus Riga als einen Freund des Hauses vor. Er selbst behauptete, mich vormals gekannt zu haben; ich erinnerte mich seiner nicht. Der Leser denke sich in ihm einen wohlgebildeten Mann, mit der freundlichsten Glätte und höflichsten Kälte im Gesichte, der die unangenehmsten Dinge, die dem andern das Herz zerreißen mußten, mit einer so lächelnden Unbefangenheit heraussagen konnte, als ob er die fröhlichsten Neuigkeiten zu verkündigen hätte.

Ich erfuhr jetzt, daß der Hofrat allerdings schon in großer Angst hier gewesen wäre; daß er die ganze Gegend aufgeboten, mich wieder zu erhaschen; daß er noch an demselben Mittage auf dem Gute gegessen habe und dann sogleich nach Riga gefahren sei, wo er sich vermutlich jetzt schon befinde. Meinen Rettungsplan erklärte Herr Prostenius, ohne ihn noch ganz zu wissen, geradezu für unausführbar. Er behauptete, der Kammerherr würde sich kompromittieren und könne mir auf diese Art durchaus nicht helfen. »Aber«, meinte er, »Zeit würde ich dennoch durch meine Flucht gewonnen haben, da man mich jetzt unter sicherer Bedeckung nach Riga senden müsse. Der dortige Gouverneur sei von nichts unterrichtet; er müsse also notwendig meinetwegen nach Petersburg rapportieren, und da könne sich noch manches ändern.« Vergebens stellte ich vor, daß bei der unerhörten Art, wie man mit mir verfahren, das wohl schwerlich der Weg sei, etwas zu ändern. Der Kammerherr, den Herr Prostenius bis jetzt gar nicht zu Worte kommen lassen, sondern dem er alles, was er tun oder nicht tun solle, gleichsam vorgeschrieben hatte, fiel jetzt tröstend ein: »Sie können ja von hier aus an den Kaiser schreiben.«

»Darf ich das?« versetzte ich schnell.

»Allerdings«, sagte Herr von Beyer, »und ich mache mich sogar anheischig, den Brief durch meinen Vetter, den General Rehbinder, jetzigen Kommandanten von Petersburg, sicher übergeben zu lassen.«

Ich dankte ihm herzlich für seinen guten Willen. Der liebenswürdige Herr Prostenius wollte zwar auch hiergegen Einwendungen machen; doch es blieb dabei.

»Aber«, fragte das freundliche Männchen, »warum fürchten Sie sich denn überhaupt so sehr vor einer Reise nach Tobolsk?«

Ich sah ihn an und lächelte bitter.

»Ich spreche in Ernst«, fuhr er fort; »es werden viele sehr brave Leute dahin geschickt, und man versichert, daß jetzt sehr gute Gesellschaft dort anzutreffen sein soll.« – »Ich verlange keine andere Gesellschaft«, sagte ich, »als meine Frau und meine Kinder.« – »Auf welche Art hat man Sie denn weggebracht?« fragte er weiter. Ich antwortete ihm, daß ein Hofrat aus Petersburg und ein Senatskurier mich begleiteten.

»Sonst keine Wache, keine Soldaten?«

»Nein.«

»Nun, sehen Sie, das ist ja ehrenvoll! Was verlangen Sie denn mehr? … Sie müssen sich darein ergeben«, fuhr er fort, als er sah, daß die Vorstellung von dieser Ehre keinen Eindruck auf mich machte: »Sie sind ja ein Philosoph!«

»Ich bin Gatte und Vater!« gab ich zur Antwort.

Herr Prostenius lächelte. Der Frau von Beyer traten die Tränen in die Augen. Der Kammerherr erinnerte, daß es schon spät sei und daß ich wohl daran tun würde, mich durch Schlaf zu erquicken, um morgen gestärkt meine Rückreise nach Riga antreten zu können. Ich weiß nicht, wie es kam, daß ich keinen Widerwillen gegen den Gedanken empfand, nach Riga umzukehren; wenigstens wußte ich es damals nicht. Nachher hab ich wohl gefühlt, daß es eigentlich bloß eine Täuschung meines Herzens war, welches sich in der Nähe von Frau und Kindern glücklicher und sicherer träumte. Im Grunde galt es freilich wohl gleichviel, ob ich dem Hofrat auf der Stelle ausgeliefert oder erst einmal zur Schau nach Riga gesandt wurde.

»In der Herberge«, sagte der Kammerherr, »steht ein fertiges Bett; ich bitte Sie, sich dessen zu bedienen.« Eine solche, in Liv- und Estland sehr gewöhnliche, sogenannte Herberge ist ein dem Hauptgebäude nahe liegendes Nebenhaus, wo der Hofmeister, der Sekretär oder andre dergleichen Offizianten zu wohnen pflegen und wo man für einen Notfall auch noch einige Gastbetten in Bereitschaft hält. Ich ging. Als ich vor die Haustür trat, bemerkte ich, daß mich wohl ein halbes Dutzend Bauern die wenigen Schritte bis zur Herberge begleiteten. Ich glaubte, es wäre Neugier, und meinte nicht, daß der Einfluß des Herrn Prostenius einen edlen Mann verleitet haben könne, aus seinem Gastzimmer ein Gefängnis zu machen.

In der Schlafstube fand ich mehrere Betten, die schon besetzt waren und deren Inhaber zum Teil fest schliefen. Ohne mich weiter um sie zu bekümmern, nahm ich sogleich Besitz von dem mir angewiesenen. Während des Auskleidens wurde ich gewahr, daß man die Fensterläden von außen verschloß. Da ich es nie habe leiden mögen, so, gleichsam in einem Sacke, zu schlafen, verbat ich mir diese Höflichkeit; denn dafür hielt ich es. Der Bediente verließ aber das Zimmer, ohne mir zu antworten, und draußen fuhr man fort, alles wohl zu verwahren, damit ich dem Käfig nicht zum zweiten Mal entschlüpfen möchte.

Soll ich meines Herzens Meinung sagen?

Ich versichere auf meine Ehre, daß mir kein Gedanke an abermalige Flucht in den Sinn gekommen war; ich versichere auch auf meine Ehre, daß ich an der Stelle des Herrn von Beyer, selbst mit den zartesten Begriffen von Untertanspflicht, die Vorsicht nicht so weit getrieben haben würde. Gesetzt sogar, der Hofrat hätte höhere Befehle vorgezeigt, welche ihn berechtigten, mich so unerhörter Weise fortzuschleppen, so wäre es doch wahrlich schon hinlänglich gewesen, mir eine Wache vor Tür und Fenster zu stellen. Hatte ich List oder Glück genug, diese Wache zu hintergehen, so wäre der Herr von Beyer außer aller Verantwortung. Denn wer konnte von ihm fordern, daß er in seinem Hause ein Magazin von Riegeln und Ketten für Staatsgefangene in Bereitschaft halten sollte?

Ach Prostenius! Prostenius! Auch das war gewiß dein Werk! Du wolltest, daß es in meinem Schlafzimmer ebenso finster aussehen sollte als in deinem mitleidlosen Herzen.

Die gänzliche Erschöpfung versenkte mich bald in einen zwar unruhigen, aber doch bis fünf Uhr morgens anhaltenden Schlaf. Als ich erwachte, war der Brief an den Kaiser mein erster Gedanke. Ich stand auf, kleidete mich an, setzte mich an den Tisch, an dem ich Schreibmaterialien vor mir fand, und schrieb, was mein Herz, meine Unschuld, mein empörtes Gefühl mir eingaben. Während des Schreibens brachte mir ein Bedienter das Frühstück, und die übrigen Mitbewohner des Zimmers verließen ihre Betten. Ich kehrte mich an nichts. Als ich den Brief an den Kaiser vollendet hatte, schrieb ich noch einen zweiten an den Grafen Pahlen, den Liebling des Monarchen, einen dritten an den Grafen Cobenzl, östreichischen Ambassadeur in Petersburg, und endlich einen vierten an meine geliebte Frau. Schon hatte ich auch einen fünften an den Generalprokureur angefangen, als der freundliche Herr Prostenius mit dem glatten Gesichte hereintrat und mir lächelnd ankündigte: unser Plan von gestern Abend, mich nach Riga zu senden, sei zerstört worden, da der Hofrat sich soeben eingefunden habe, mich zu reklamieren.

»Man wird mich also ausliefern?«

Er zuckte die Achseln. »Was soll man tun? … Sogar den Brief an den Kaiser kann der Kammerherr, nach reiferer Überlegung, unmöglich durch seinen Vetter, den General Rehbinder, übergeben lassen.«

»Aber er hat es mir zu wiederholten Malen, aus eigener Bewegung, versprochen!«

»Er darf nicht, da er sich selbst kompromittieren würde; er muß den Brief an den Gouverneur von Riga schicken, der ihn wahrscheinlich an die Behörde befördern wird.«

»Und die übrigen Briefe?«

»Der an Ihre Frau Gemahlin wird gleichfalls durch die Hände des Gouverneurs gehen; die übrigen aber rate ich Ihnen, vorderhand ganz zu unterdrücken.«

Mit diesen Worten steckte er die beiden Briefe an den Kaiser und an meine Frau zu sich und verschwand. Was aus ihnen geworden ist, weiß ich noch bis diese Stunde nicht. Vermutlich hat man sie wirklich dem Gouverneur von Riga zugeschickt. Doch bei der bangen Furcht, die jetzt in der Brust eines jeden russischen Staatsdieners herrscht, hat dieser es wohl nicht gewagt, sich damit zu befassen, sondern es für sicherer gehalten, sie zu verbrennen. Vielleicht ist das ein Glück für mich; vielleicht hat Herr Prostenius mir durch seine Hartherzigkeit einen großen Dienst erwiesen. Der Brief an den Kaiser war nicht ganz so, wie er an diesen Monarchen sein sollte. Ich pochte darin zu viel auf Recht und Unschuld und auf sein eigenes kaiserliches Geleite. Er konnte beim Lesen desselben unmöglich mit sich selbst zufrieden sein, und das konnte nur mir schaden. Auch erfuhr er ja dadurch meine Flucht, und es war leicht möglich, daß er diese als eine strafbare Widersetzlichkeit aufnahm. Zwar hatte ich ausdrücklich in dem Briefe angeführt: »der Gouverneur von Kurland, den ich kenne und der Ewr. Majestät Statthalter ist, hat mir in Ihrem Namen versichert, ich würde nach Petersburg reisen; und ein mir völlig fremder Mensch, den ich nicht kenne und der mir keinen Befehl von Ewr. Majestät vorzeigen kann, will mich nach Sibirien schleppen. Wem soll ich glauben: dem Gouverneur oder dem Hofrat?« Aber, wie gesagt, die ganze Sache war zu verworren und zu unrein, als daß ich Wirkung von allzu klaren, allzu bündigen Vorstellungen hoffen durfte. Sie konnten vielmehr nur erbittern, und ich habe daher nachmals oft gewünscht, den Brief lieber nicht geschrieben zu haben. Eben das war der Fall auch mit den wenigen Zeilen an meine Frau. Ich hatte darin meiner jammervollen Lage im Walde erwähnt und von ewiger Trennung gesprochen; meine gute Frau konnte den Tod davon haben, wenn sie den Brief unvorbereitet erhielt. Noch einmal: ich danke dem Manne mit dem glatten Gesichte. Er hat mir vielleicht, ohne es zu wollen, das erhalten, was mir das Teuerste auf der Welt ist.

Zwei Briefe, an die Grafen Pahlen und Cobenzl, waren in meiner Hand geblieben. Ich befand mich gerade allein mit einem jungen Manne, der die Nacht mit in diesem Zimmer geschlafen hatte und in dessen Zügen ich Wohlwollen und Mitleid las. An ihn wandte ich mich eilig. »Wenn Sie ein menschliches Herz haben«, sagte ich, »so geben Sie diese Briefe auf die Post.«

Er war betreten und schien Gefahr zu besorgen. »Die Briefe sind unversiegelt«, fuhr ich fort: »lesen Sie selbst den unschuldigen Inhalt, versiegeln Sie selbst mit irgendeinem unbedeutenden Petschaft.« Er versprach mir, wenn es auch nicht sogleich geschehen könne, doch, sobald der erste Lärm vorüber sei, zu tun, was in seinen Kräften stehe. Hat er Wort gehalten? Ich weiß es nicht. Haben die Briefe einige Wirkung hervorgebracht? Ich weiß es nicht; und eben weil ich es nicht weiß, zweifle ich daran.

Ein Jüngling von achtzehn bis zwanzig Jahren, den ich nach seinen Gesichtszügen für einen Sohn des Baron Löwenstern hielt, trat nun herein und räumte schnell alle Schreibmaterialien vom

Tische, »weil«, sagte er, »der Hofrat, den man bis jetzt aufgehalten habe, sogleich hier sein werde.« Er fragte mich, was ich etwa zur Reise bedürfe; ich bat um etwas Cremor tartari. Er ging.

Gleich nachher trat der Herr Hofrat mit dem Kurier in die Stube. Er machte mir, mit hinaufgezogenen Nasenfalten, eine freundliche Verbeugung und gar keinen Vorwurf. Ich sagte ihm, so gut ich konnte: daß er mir mein Mißtrauen verzeihen müsse, da es natürlich sei, daß ich dem Gouverneur von Kurland mehr glaube als ihm, einem mir völlig fremden Manne. Er schien meine Entschuldigung gelten zu lassen und schob alle Schuld auf eine übel verstandene, unzeitige Menschlichkeit des Gouverneurs. Ich sah, daß er sein Taschenbuch herauszog und den Bauern, die mich bewacht hatten, hundert Rubel gab. »Wenn Sie«, sagte ich, »etwa glauben, daß diese Bauern mich ergriffen haben, so irren Sie; ich bin freiwillig gekommen.« Er würdigte mich keiner Antwort, sondern gab die hundert Rubel mit einem tiefen Seufzer.

Als er darauf hinausgegangen war, um unsere schnelle Abreise zu befördern, trat das gute Mädchen, das ich am vorigen Abend zuerst gesprochen hatte, mit unruhigen Blicken in das Zimmer und flisterte einigen Herren, die sich noch darin befanden, etwas zu. Als diese sich augenblicklich entfernten, überreichte sie mir eilig im Namen ihrer Gebieterin – diese, glaubte ich damals, sei die Frau von Beyer – eine Art von leinewandnem Säckchen mit zwei langen Bändern und bat, daß ich es sogleich um den bloßen Leib binden möchte. »Es sind hundert Rubel darin«, sagte sie, »wohl eingenäht. Man wird Sie visitieren und Ihnen alles Geld wegnehmen.« Mit diesen Worten schlüpfte sie aus der Tür.

Ich begriff nur halb, was sie wollte. Indessen tat ich maschinenmäßig, was sie mir gesagt hatte; und kaum war ich damit fertig, als der Hofrat wieder hereintrat.

Gute, edle weibliche Seele, die sich meiner Not so herzlich annahm! Noch heute verwahre ich dieses Säckchen unberührt, als ein Denkmal deiner Menschenliebe! So oft ich es betrachte, steigen mir die Tränen in die Augen, und ich erinnere mich mit sanfter Wehmut, daß in dem fürchterlichsten Zeitpunkte meines Lebens eine edle Seele Erbarmen für mich fühlte.

Drittes Kapitel

Der Augenblick der Abreise war gekommen. Der junge Löwenstern brachte mir außer der verlangten Arzenei auch einen Pelzschlafrock, einen Tuchmantel mit Ärmeln, ein paar baumwollene Schlafmützen, ein Paar Stiefel und Gott weiß was sonst noch. Ich umarmte ihn und bat ihn nur, meine gute Frau von meinem Schicksal zu benachrichtigen. Er versprach es heilig. Die Tränen, die in seinen Augen standen, sind mir Bürge dafür, daß er Wort gehalten hat. Mit dem ganzen Feuer des ersten unverdorbnen Gefühls und mit dem ganzen Vertrauen auf andre Menschen, welches dieses Gefühl oft so täuschend einflößt, ergriff er die Hand des Hofrats und beschwor ihn, mich gut zu behandeln und mich den Versuch der Flucht nicht entgelten zu lassen. Der Hofrat benahm sich höflich, gerade so, wie er sich gegen meine Frau benommen hatte. Das gutmütige Kammermädchen, dessen Gestalt mir unvergeßlich ist, stand am Fenster und weinte. Herr Prostenius hatte das Seinige getan und ließ sich nicht weiter sehen; wenigstens habe ich ihn nicht bemerkt. Auch von den übrigen Bewohnern des Gutes kam mir niemand zu Gesicht. Der angespannte Karren stand vor der Herberge bereit; mein Wagen war auf der Station zurückgeblieben.

Ich wurde nun mit meinen Habseligkeiten auf den offnen Karren geworfen, von einer neugierigen Menge begafft und von einigen wenigen bedauert. Der Hofrat pflanzte sich neben mich, der Kurier hinter mich, und nach einer Stunde hatten wir die Station auf der Witebskischen Grenze wieder erreicht.

So endigte sich der Versuch zu einer Flucht, zu der ich, von allen Seiten betrachtet, vollkommen berechtigt war. Solange ich hoffen durfte, nach Petersburg zu einer Untersuchung geführt zu werden, so lange war es gewissermaßen Pflicht gegen mich selbst, dieser Untersuchung nicht auszuweichen, weil eine frühere Flucht ein falsches Licht auf meine Unschuld geworfen haben würde. Auch konnte der Kaiser berechtigt sein, in seinen Staaten durch strenge Vorsicht aller möglichen Unruhe vorzubeugen, und ich ehre die Rechte der Regenten. Sobald ich aber wußte, daß weder meine Papiere noch meine etwa erweisliche Unschuld hier in Betracht kamen, sondern daß die härteste aller Strafen der Untersuchung vorhergehen sollte – welches göttliche oder menschliche Recht konnte mir auferlegen, mich als einen Gefangenen zu betrachten?

Die dicke Posthalterin auf der Grenz-Poststation schien eine große Freude über meine Wiederergreifung zu empfinden. Sie hatte, wie sie sagte, bereits einen Boten an das zunächst im Quartiere stehende Regiment abgesandt und erwartete jeden Augenblick einen Haufen Soldaten, der mich suchen helfen sollte. In Zukunft, riet sie dem Hofrat, ja immer des Nachts eine Wache zu dingen. Eins ihrer Pferde war durch sein ewiges Hin- und Herfahren sehr angegriffen worden; es blies und drohte umzufallen. Das wurde die gute Frau jetzt erst gewahr. Nun ließ sie ihren ganzen Grimm an mir aus, und ein Strom von Scheltworten, bald russisch, bald deutsch, ergoß sich über mich. Vielleicht würde ich ihr zu einer andern Zeit das Schelten verboten haben; jetzt war es ein Mückenstich für einen Menschen, der auf der Tortur liegt. Nur ein bittres Lächeln entschlüpfte mir einige Mal. Dadurch wurde sie aber noch aufgebrachter, und ich glaube, sie würde sich endlich an mir vergriffen haben, wenn der Hofrat sich nicht ernstlich ins Mittel gelegt hätte. Indes hatte ihr Geschrei eine Menge Bauern herbeigelockt; es waren ihrer wohl dreißig, die neugierig gaffend die Stube füllten und die Luft darin verderbten. Der Hofrat jagte plötzlich sie alle hinaus und bat auch die Posthalterin, ihn mit mir allein zu lassen. Ich stutzte; aber ich erschrak nicht mehr. Ich empfand eine gewisse Entschlossenheit, wie nur die Verzweiflung sie gibt.

Als wir allein waren, sagte er mir sehr höflich, ich möchte es ihm nicht übel nehmen, wenn er eine etwas strengere Maßregel gegen mich gebrauchen müsse. In diesem Augenblick dachte ich an Ketten, und fast sinnlos griff ich mit der Hand nach meiner Schere, um sie mir in die Brust zu stoßen. Er erklärte sich aber bald deutlicher. Ich hatte einen kleinen, mit Leder überzogenen Kasten bei mir, der allerlei Notwendigkeiten enthielt. Den Schlüssel zu diesem sollte ich ihm abgeben und all mein Geld, wie auch was ich etwa noch sonst in den Taschen hätte, da hineinlegen. So oft ich, sagte er, Geld brauchte, würde er es mir, ohne sich zu weigern, verabfolgen lassen; bei mir dürfe ich aber nichts tragen.

Ich wurde ruhiger und gehorchte; das Ausleeren der Taschen war mir ja nicht mehr neu. Ich gab Schlüssel, Geld, Schere, Bleistift, Papierschnitzel und was ich sonst in der Tasche hatte, auch meine Uhr willig her; und so war auch diese Expedition vollendet, ohne daß ich auch nur eine Silbe darum verloren hätte. Der Herr Hofrat geruhte selbst meine Taschen nochmals zu befühlen und verschloß darauf den Kasten sorgfältig. Das Leinewandsäckchen auf meiner Brust war seinen Nachforschungen dennoch entgangen. Jetzt erst verstand ich meine Wohltäterin und segnete sie im stillen.

Indessen war alles wieder auf meinen eigenen Wagen gepackt worden, und wir fuhren weiter. Wie mir in den ersten Tagen unserer Reise zu Mute war, wage ich nicht zu beschreiben. Ich konnte weder essen noch trinken noch schlafen; und daß ich meinen Verstand nicht verlor, habe ich wahrscheinlich allein dem wohltätigen Rütteln des Wagens zu verdanken: denn so oft wir die Pferde wechselten oder sonst stillhielten, ergriff mich jedes Mal ein betäubender Schwindel. Ich war froh, wenn wir nur erst wieder fuhren; und auf den holperichtsten Wegen, auf Knüppelbrücken und Steindämmen fühlte ich mich am meisten erleichtert. Gesprochen habe ich in den ersten zwei Tagen nicht ein Dutzend Worte. »Nein!« war meine gewöhnliche Antwort auf jedes Anerbieten von

Speise, Trank oder sonst dergleichen. In die Ecke des Wagens gedrückt, starrte ich vor mich hin; die Landschaften gingen ungesehen an mir vorüber; Wind, Kälte und Regen fühlte ich nicht. Meine Kräfte nahmen sichtbar ab: ich konnte nicht mehr ohne Hülfe des Kuriers aus oder in den Wagen steigen. Und wenn ich von ungefähr in einen Spiegel sah, erschrak ich vor meinem Gesichte.

Ich muß hier noch eines vergessenen Umstandes erwähnen. Am ersten Mittag nach meiner Wiederergreifung kamen wir in ein kleines Städtchen, dessen Name mir entfallen ist, von dem ich indessen weiß, daß es einem gewissen Starosten von Korf zugehört, der daselbst in einem antiken Schlosse residiert. Es war da kein Pferdewechsel; aber dennoch hielten wir auf seinem Schloßhofe. Er kam selbst herunter, lud den Hofrat sehr dringend zur Tafel ein, empfahl seinen Leuten, den Kurier gut zu bewirten, und sprach zu mir nicht allein kein Wort und ließ mir auch weder zu essen noch zu trinken anbieten, sondern ließ vielmehr, damit ich, während meine Begleiter schmausten, ja in sicherer Verwahrung sein möchte, die Schloßtore verschließen und den Wagen von einem unverschämten herzlosen Haufen umgeben, der mich beständig angaffte und mir ins Gesicht lachte. So unbarmherzig wurde ich eine ganze Stunde lang zur Schau gestellt. Hierauf geleitete der Herr Starost seine wohlgenährten Gäste selbst wieder bis an den Wagen. Ein brennender Durst überwand mein empörtes Gefühl; ich bat um etwas zu trinken. Da ließ er mir ein Glas Bier geben, und wir fuhren weiter. Ich würde diese Anekdote gar nicht erwähnen, wenn ich nicht nachher in Riga erfahren hätte, daß Herr von Korf sich gerühmt, er habe mich an seiner Tafel bewirtet und mich überhaupt sehr menschenfreundlich behandelt.

Dem Hofrat schien bei meinem Zustande doch bange zu werden. Mitleid empfand er nicht, aber Furcht, seinen rühmlichen Auftrag nicht ganz vollenden zu können und dann vielleicht einiger Verantwortung ausgesetzt zu sein. Er suchte alles mögliche hervor, um mich zu beruhigen. Er wetteiferte mit dem Kurier, mir Tobolsk als eine der schönsten Städte in der Welt und die Lebensart daselbst als die fröhlichste, angenehmste vorzustellen. Die Empfehlungsgründe des Kuriers waren hauptsächlich die Güte und Wohlfeilheit aller Lebensmittel. »Welche Fische!« rief er, wie begeistert: »die besten Sterlette zu zehn Kopeken, für welche die Leckermäuler in Petersburg ebenso viele Rubel bezahlen. Und Zeterino, welch ein Zeterino! Fleisch, Brot, Branntwein, alles in Überfluß!« Der Hofrat fügte noch einige andre Gründe hinzu, die etwas mehr Eindruck auf mich machten. »Sobald Sie dort ankommen«, sagte er, »sind Sie frei, gänzlich frei, können gehen und kommen, wann und wohin es Ihnen beliebt; können sich mit der Jagd belustigen, dürfen im ganzen Gouvernement umherfahren, sprechen und umgehn, mit wem Sie wollen. Von Tobolsk aus dürfen Sie auch an den Kaiser, an Ihre Frau, kurz an jedermann schreiben. Sie können Ihre Domestiken und was Sie sonst nötig haben, nachkommen lassen und leben, wie es Ihnen gefällt. Auch finden Sie in Tobolsk Bälle, Maskeraden und ein vortreffliches Theater.«

Ich lächelte wider meinen Willen und fragte nur, ob er mir dafür stehen könne, daß die Korrespondenz dort völlig ungehindert sein werde? Er schwor es mir auf seine Ehre; und diese Versicherung gab mir wirklich den ersten Hoffnungsstrahl.

»Aber«, dachte ich bei mir selbst: »werde ich auch wirklich in Tobolsk bleiben? … Irkutsk ist noch 3000 Werste weiter. Mit eben dem Rechte, mit welchem der Kaiser mich nach Tobolsk schickt, kann er mir auch den Aufenthalt in Irkutsk anweisen.«

Ich will alles sagen: bei dem rastlosen Hin- und Hersinnen nach der Ursache meiner Verbannung war mir auch eingefallen, daß ich vor zehn Jahren ein Schauspiel *Graf Benjowsky* geschrieben habe. Als es im Druck erschien, sandte die verstorbene Kaiserin Katharina einen geheimen Befehl an den Gouverneur von Reval, mich unter der Hand, und ohne sich seinen Auftrag merken zu lassen, zu befragen, aus welcher Absicht ich dieses Schauspiel geschrieben hätte. Es geschah. Ich antwortete natürlich: die Geschichte des Grafen Benjowsky habe mir ein guter Stoff zu einem Schauspiele geschienen und sei auch schon vor mir durch Herrn Vulpius dazu benutzt worden.

Dabei blieb es; und die große Monarchin hat sich, wie vorauszusehen war, nicht weiter darum bekümmert.

»Sollte vielleicht«, flisterte der Argwohn mir zu, »der Kaiser den Stoff dieses Schauspiels anstößig finden und noch zehn Jahre hinterher eine vielleicht zu lebhafte Darstellung der Leiden eines Verbannten an mir durch ähnliche Leiden bestrafen wollen?« In diesem Falle mußte ich mich auf eine Reise nach Kamtschatka gefaßt machen, welches von Irkutsk abermals 6000 Werste entfernt ist.

Der Hofrat schwor mir aber bei seinen Heiligenbildern und fügte ausdrücklich hinzu: er wolle eine Kanaille sein, wenn ich weiter als bis Tobolsk gebracht würde. Ich fragte ihn, wie er selbst so sicher davon überzeugt sein könne, da er doch vermutlich nur eine versiegelte Order an den Gouverneur bei sich habe und folglich nicht wisse, was sie enthalte. Er gestand zwar, daß die Order versiegelt sei, gab mir aber zu verstehen, daß er selbst sie geschrieben habe. »Ferner«, sagte er, »ist es gar nicht gewöhnlich, gleichsam einen Absatz in der Reise zu machen. Wären Sie nach Irkutsk bestimmt, so hätte ich selbst die Order bekommen, Sie dahin zu begleiten, wie ich schon mehrere dahin begleitet habe. Da aber mein Befehl und meine Podoroschne bloß auf Tobolsk lauten, so können Sie ganz ruhig sein. Sie fühlen auch wohl«, setzte er noch hinzu, »daß es nicht anständig für den Kaiser wäre, seinen Befehl zur Qual des Gefangenen gleichsam zu zerstückeln und ihm von Distanz zu Distanz neue Martern zu bereiten. Die Sache wäre nicht rein« – *nje tschisti* war sein Ausdruck. Alles das leuchtete mir wirklich ein, und ich fing an, die Hoffnung zu fassen, daß ich wirklich nur nach Tobolsk bestimmt sei. (Wie viel ich auf diese Hoffnung und auf die Schwüre des Herrn Hofrats bauen konnte, wird der Leser in der Folge sehen.)

Was mich aber weit mehr als die Aussicht, in Tobolsk zu wohnen, beruhigte, war eine Erzählung des Hofrats. Er hatte nämlich etwa vor einem Jahre ein Frauenzimmer nach Sibirien bringen sollen und war mit ihr bereits bis unweit Kasan gekommen, als ein anderer Kurier ihn einholte und ihm, da das Frauenzimmer bei näherer Untersuchung völlig unschuldig befunden worden war, den Befehl überbrachte, augenblicklich umzukehren und sie wieder nach Hause zu ihren Kindern zu geleiten. Diese Erzählung erschütterte mich tief. »Ich darf also noch eine Untersuchung hoffen, wenngleich in meiner Abwesenheit? Ich darf hoffen, daß auch meine Unschuld erkannt werden wird?«

»Allerdings.«

»Und was sagte das Frauenzimmer? Wie betrug sie sich?«

»Sie rang die Hände, brach in Tränen aus und gab mir eine goldene Uhr.«

Meine Einbildungskraft hielt diese Vorstellung fest, und ich kann nicht beschreiben, welchen Trost sie mir gewährte. Immer sah ich die Frau vor mir, wie sie die Hände rang, wie sie weinte, wie sie die goldene Uhr mit Freuden aus der Tasche nahm; wie nun der Wagen umkehrte, dahinflog, ihrer Heimat näher und immer näher; wie sie endlich ihr Haus wieder von fern erblickte, die Kinder am Fenster, die Kinder vor der Haustür; wie sie aus dem Wagen sprang, in ihre Umarmungen stürzte! Ja, der Mann hatte, ohne es zu wissen, den rechten Balsam ergriffen, der die Schmerzen meiner verwundeten Seele linderte.

Von diesem Augenblick an hoffte ich stündlich auf einen Kurier. So oft sich das Glöckchen, welches man in Rußland den Postpferden anzuhängen pflegt, hinter uns hören ließ, klopfte mein Herz gewaltsam. »Man wird«, dachte ich, »meine Papiere untersuchen;

der gerechte Kaiser muß und wird mich unschuldig finden; schnell wird ein Kurier sich aufmachen, mir nachsetzen, mich einholen, und dieser Augenblick wird mir jedes Leiden dreifach vergüten.« Freilich bedachte ich nicht oder entfernte vielmehr den Gedanken, daß ich ja nicht wegen meiner Papiere, die noch keines Menschen Auge gesehen hatte, verbannt worden war, sondern daß eine andre frühere Ursache zu Grunde liegen mußte. Ich malte mir mit den lebendigsten Farben bloß das Bild des hinter mir her eilenden Kuriers. Ich berechnete wohl hundertmal, wie viele Tage meine Papiere gebraucht hätten, um von Mitau in Petersburg anzulangen, wie viele Tage dort ungefähr nötig sein möchten, um sie zu untersuchen. Und ich beschloß, die Reise so viel als möglich zu verzögern, daß der Kurier Zeit gewönne, mich zu erreichen.

Es war der dritte Tag, seitdem wir Stockmannshof verlassen hatten. Jetzt wollte ich zum ersten Male wieder essen und trinken. Mein Danziger Likör war von meinen Begleitern ausgetrunken und meine italienische Wurst verzehrt. Ein Bündel mit Brot, Butter und Kalbsbraten, welches Frau von Beyer vermutlich für mich mit auf den Karren legen lassen, hatten sie auch schon längst zu sich genommen. Ich wünschte mir eine Tasse Kaffee oder ein Glas Wein; beides war aber nicht zu haben, und ich mußte mich mit ein paar frischen Eiern und einem Glase Wasser begnügen. Die Nächte waren sehr kalt, die Tage windig und kühl. Ich wollte den dicken Tuchmantel, den der junge Löwenstern mir geschenkt hatte, über meine Füße breiten; aber der Kurier hatte ihn sogleich zu seinem Eigentum gemacht und auch die Stiefel schon angezogen. Ich mochte ihm keins von beiden wieder abfordern. So ging es auf der ganzen Reise. Alles dessen, was mein war, bedienten sich meine Begleiter ohne Bedenken, als ob es das Ihrige wäre; und hatten sie es einmal genutzt, so gaben sie es auch gar nicht wieder her. Dies saubere Verfahren erstreckte sich sogar bis auf mein Geld. Wenn eine Kleinigkeit für mich zu kaufen war oder eine

Wagenreparatur bezahlt werden mußte, so gab ich eine meiner Banknoten von fünfundzwanzig Rubeln. Sie wurde gewechselt, der Überschuß aber mir selten, wenigstens nie ganz, zurückgegeben. Weiterhin, da es dem Hofrat an Gelde zu fehlen anfing, borgte er auch oft bei mir. Und als ich zuletzt Schwierigkeiten machte, um mich nicht ganz zu entblößen, veränderte sich sein Betragen so auffallend, daß ich aus hundert Ursachen genötigt war, ihm nachzugeben. Alle Zehrungskosten mußte ich ohnehin tragen. Kurz, ob ich gleich auf der ganzen Reise nichts als Milch und Eier und dann und wann ein Stück Kalbsbraten genossen habe, so hat sie mir doch mehr als vierhundert Rubel gekostet, den Wagen ungerechnet. Milch und Eier wurden überdies meistenteils mit Gewalt zusammengetrieben. Ich bezahlte sie; meine Begleiter steckten das Geld in die Tasche oder vertranken es in Branntwein, und die armen Bauern wagten es nicht, ihre Bezahlung zu fordern.

Ich kann nicht umhin, bei dieser Gelegenheit der echten anspruchlosen Gastfreiheit der russischen Bauern zu erwähnen, welche immer sichtbarer wird, je tiefer man in das Reich kommt. Sie wetteifern miteinander, ihre Wohnungen zum Nachtlager anzubieten; sie finden sich geehrt, wenn man bei ihnen einspricht; sie tragen alles auf, was sie haben, und die Freude glänzt in ihren Augen, wenn man tüchtig zulangt. Ich erinnere mich noch einer Bauersfrau, die geschäftig herumtrippelte und ängstlich klagte: »Ach! Da sind nun unvermutet drei *Gästchen* gekommen, und ich habe nichts im Hause, sie zu bewirten!« Das Diminutivum, dessen sie sich bediente, um ihre Freude über unseren Besuch auszudrücken, entlockte mir ein Lächeln.

Als wir zum ersten Male wieder in einem Posthause übernachteten, sah ich vor dem Schlafengehen gewaltige Anstalten zur Versicherung meiner Person treffen. Es wurden Wachen ausgestellt, die Fensterläden verschlossen und mein Bett ganz dicht neben das Bett des Hofrats gesetzt. Der Kurier legte sich auf die Erde, so daß ich hätte über ihn wegschreiten müssen, um aus der Tür zu kommen. Diese Vorsicht wurde von nun an jeden Abend beobachtet.

Mein Bart war indessen zu einer fürchterlichen Länge herangewachsen. Ich wollte mich rasieren und forderte mein Barbierzeug. Es wurde mir verweigert und statt dessen zu einem Barbier geschickt. Vergebens sagte ich, daß ich seit vielen Jahren gewohnt sei, dies Geschäft selbst zu verrichten, und daß ich es unleidlich finde, unter den Fäusten eines schmutzigen Dorfbarbiers zu ächzen. Vergebens stellte ich vor, daß, wenn ich Lust hätte, mich ums Leben zu bringen, ich ja nur bei der ersten Überfahrt über einen Fluß ins Wasser springen dürfe. Es half nichts; ich selbst durfte kein Rasiermesser in die Hand nehmen. Auch ließ der Hofrat sich den Wink wegen des Wassers nicht zweimal gesagt sein, sondern stellte sich von nun an bei Überfahrten immer dicht neben mich, um mich im Notfall von einem verzweifelten Sprunge abzuhalten.

Armer schwacher Mann! So weit reicht nicht einmal die Gewalt deines Kaisers. Nur ein Weg führt ins Leben, tausende führen hinaus, und keine Gewalt kann mich hindern, die Ketten zu zerbrechen, wenn sie mich erdrücken. Ich erinnere mich, (wenn ich nicht irre, im Raynal) gelesen zu haben, daß zuweilen gepeinigte Negersklaven ihre eigene Zunge im Munde umkehren, hinterschlucken und so augenblicklich ersticken. Welche Gewalt auf Erden vermag das zu hindern? Aber dem Himmel sei Dank! So weit ist es mit mir noch nicht gekommen. Das Samenkorn der Hoffnung liegt noch in der erstarrten Brust; ein einziger warmer Sonnenstrahl kann es wieder hervorlocken.

Polozk war die erste Stadt von einiger Bedeutung, welche wir erreichten, wo wir aber bloß die Pferde wechselten. Während dies geschah, schrieb der Hofrat seinen ersten geheimen Rapport nach Petersburg, mit der großen Nachricht, daß er seinen Gefangenen nun glücklich bis hierher gebracht habe. Diese Rapporte wiederholte er aus jeder Stadt, und sie waren es vorzüglich, die mich bewogen, ihn mit Vorsicht zu behandeln und ihm nicht leicht etwas abzuschlagen. Daß er meines Versuches zur Flucht nicht erwähnen würde, davor war ich wohl ohnehin sicher. Er mußte befürchten, daß seine eigene Nachlässigkeit ihn um den angenehmen Dienst bringen könnte, in Zukunft Verbannte zu begleiten, sein Auge an der Trennung von ihren Familien, sein Ohr an ihren ersten Jammerklagen zu ergetzen. Aber es war doch möglich, daß er manches andre in den Rapport einfließen ließ, was mir nachteilig sein konnte. Und wer weiß, ob es nicht vielleicht dennoch geschehen ist, so geduldig ich mich auch von ihm habe rupfen lassen!

Daß er kein großer Geschäftsmann war, bemerkte ich bald an der Länge der Zeit, die er auf die wenigen Zeilen des Rapports verwendete, und aus der ängstlichen Sorgfalt, mit welcher er ein etwas schief geratenes Kuvert dreimal anders machte. Der Herr Hofrat war also zu nichts zu gebrauchen als zum Büttel, der die Verurteilten auf den Richtplatz schleppt. Dieses Amt verstand er aber auch meisterlich und hatte es, wie ich nach und nach erfuhr, schon sehr fleißig verwaltet: nur mit dem Unterschiede, daß er bis jetzt als Offizier bei dem Regimente gestanden, welches zum Dienste des Senats bestimmt ist, und daß man ihn bloß um der gegen mich beabsichtigten Expedition willen ins Zivil versetzt und zum Hofrat ernannt hatte. Warum man es gerade für notwendig gehalten, mir einen Zivilisten zuzugeben, ob man dadurch allen Anschein von Wache und Soldaten vermeiden wollen oder welche Ursache sonst zum Grunde gelegen haben mag: das weiß ich nicht. So viel ist gewiß, daß er sein Schergenamt zum ersten Male als Hofrat verwaltete und sich nicht wenig auf seinen Titel zugute tat. Auch auf mich hatte seine Transformation insofern einigen Einfluß, daß die Leute mich Gott weiß für welche angesehene, höchst wichtige Person hielten, da sonst Männer meines Standes und auch wohl Generale ohne viele Weitläuftigkeiten mit einem Feldjäger in einem Kibitken versandt werden.

Auf dem Wege von Polozk nach Smolensk ergriff mich mein altes Übel, die Krämpfe im Unterleibe, sehr heftig. Es gesellten sich dazu noch andere Übel, die mir bisher fremd waren: ein unwillkürliches Zittern und Zucken der Glieder; eine Hitze, die mir bald in die Brust, bald in den Kopf stieg, mir auf der Brust ein sehr ängstliches Gefühl des Erstickens gab und im Kopfe ihre Gegenwart durch einen unbeschreiblichen Druck, durch Funken vor den Augen und Sausen vor den Ohren ankündigte. Dabei ging der Puls bald sehr langsam, voll und hart, bald sehr geschwind, klein, kaum fühlbar und ungleich. Appetit und Schlaf fehlten mir gänzlich. Zuweilen hatte ich aber eine Art von wachenden Träumen: ich glaubte einen Augenblick, Gegenstände zu sehen, die nicht außer mir da waren, und fuhr erschrocken zusammen, wenn ich meinen Irrtum bemerkte. Alles was ich dachte, war verworren und meine Vorstellungen ganz ohne Deutlichkeit: ein Umstand, der wenigstens dazu diente, jede Empfindung abzustumpfen. Der Gedanke an Frau und Kinder gab mir anstatt der bisherigen Wehmut gleichsam ein störrisches Gefühl, und der Gedanke an den Tod hatte seine Bitterkeit verloren.

Außer einem unbedeutenden Mittelsalze und dem auf Stockmannshof erhaltenen Cremor tartari hatte ich keine Arzenei bei mir. Alle die Rezepte, die ich von den berühmtesten Ärzten Deutschlands, Zimmermann, Selle, Marcard, Gall, Hufeland usw. seit vielen Jahren gesammelt hatte, waren mit meinen übrigen Papieren versiegelt worden, so dringend ich auch gebeten hatte, daß man sie mir zurückgeben möchte. (Vielleicht hielt man sie für eine geheime Korrespondenz in Chiffren.) Ich hatte also unterwegs gar keine Hülfe. Und da ich bei dem Hoffnungsfunken, der noch in mir glimmte, mir doch Selbsterhaltung schuldig zu sein glaubte, so empfand ich eine Art von Vergnügen bei unserer Ankunft in Smolensk, wo ich einige Ruhe, Bequemlichkeit und einen Arzt zu finden hoffte.

Es war bereits spätabends. Der Hofrat, der sorgfältig alle Wirtshäuser vermied, ließ auch hier sogleich nach dem Posthause fahren: aber glücklicherweise konnte man uns daselbst nicht beherbergen. Und da ich ihm trocken erklärte, daß ich nicht weiter könne und wolle, so sah er sich genötigt, ein Wirtshaus zu suchen. Wir hielten vor einem ansehnlichen Hause. Der Wirt empfing uns mit zwei Lichtern, führte uns eine breite Treppe hinauf, in einen geräumigen Vorsaal, und es gewann das Ansehen, als ob wir hier endlich einmal sehr bequem ausruhen würden. Als nun aber der Wirt das uns bestimmte Zimmer aufschloß – lieber Gott, welch ein wüster Anblick! Eine große, hohe Stube, in welcher jeder Fußtritt widerhallte. Zerbrochene Fensterscheiben und, anstatt aller Möbel, ein einziger wackelnder Tisch und eine leere Bettstelle. Kein Stuhl, keine Bank, noch weniger ein Spiegel oder etwas dem Luxus Ähnliches. An den Wänden hingen die Fetzen von vormaligen Tapeten.

Ich sah mich frostig um, hielt es aber nicht der Mühe wert, eine Klage laut werden zu lassen, sondern forderte bloß ein wenig Heu auf die leere Bettstelle; und als ich das erhielt, warf ich mich stumm darauf nieder. Der scharfe und kalte Nachtwind strich durch die zerbrochenen Fenster gerade auf mein Lager. Ich hatte außer dem geschenkten Schlafpelz und meinem Mantel nichts zur Bedeckung; Frost und Ungeziefer ließen mir die Nacht hindurch keinen Augenblick Ruhe. Als der Morgen anbrach, hatte ich ein starkes Fieber, das mich heftig schüttelte und dessen Glut mir dann wieder die Augen aus dem Kopfe zu drücken drohte. Ich erwartete mit Sehnsucht das Erwachen des Hofrats, um einen Arzt zu verlangen. *Der Unmensch schlug mir dieses Begehren rund ab.* Er meinte, die Ruhe werde mich ohne andere Mittel wieder herstellen, und ich könne, wenn ich Lust dazu habe, hier einen Tag verweilen. Der Kurier fügte hinzu, ich sollte nur brav essen und trinken; dann würde ich schon gesund werden. Essen und Trinken war ihm das Universalmittel gegen alle Krankheiten des Leibes und der Seele.

Ich war von diesem grausamen Verfahren so indigniert, daß ich meinen Henker bloß durch ein verachtendes Schweigen bestrafte. Das Anerbieten, mich einen Tag in diesem öden Kerker verweilen zu lassen, lehnte ich ab und erklärte, daß ich lieber unter freiem Himmel auf der Landstraße sterben wollte. Ich wurde also die Treppe halb hinunter getragen und in den Wagen gehoben, der nun weiterfuhr. Da ich mir unterwegs einige Mal ein Glas Rheinwein zur Erquickung gewünscht, so hatte der Hofrat in Smolensk eine Bouteille für mein Geld gekauft. Sie kostete zwei Rubel, und es war kein Tropfen davon zu genießen. Sie mußte endlich ausgegossen werden. Denn meine Begleiter tranken keinen Wein, sondern nur Branntwein.

Zwischen Smolensk und Moskau verschlimmerte sich mein Zustand so sehr, daß ich meistenteils in einem dumpfen Hinbrüten lag und an allem, was um mich vorging, weiter keinen Teil nahm. Wenn ich meine damaligen Empfindungen deutlich beschreiben soll, so kann ich sie bloß mit den Empfindungen eines Menschen vergleichen, der in einer *dicken Finsternis* erwacht, sich vergebens besinnt, wo er sei, um sich her tappen will, damit er seinen Aufenthalt erkunde, dann aber plötzlich fühlt, daß er an Händen und Füßen gebunden ist. Nur dann und wann leuchtete mir sekundenlang das Bild meiner guten Frau durch diese Dunkelheit. Es war kein Blitz, sondern ein sanfter Strahl, der bloß meine Augen auf sich zog, mir aber die Gegenstände umher nicht erhellte.

Der Hofrat schien es sich endlich selbst nicht länger verhehlen zu können, daß mein Zustand gefährlich sei. Er hatte manche Aufmerksamkeit für mich und versprach mir von freien Stücken, mir einen Arzt zuzuführen, so bald wir in Moskau angekommen sein würden. Fast war mir jede Hülfe jetzt gleichgültig geworden, und hätte nicht meine fieberhafte Einbildungskraft zuweilen meine Frau mit unsren Kindern bittend um mich her gestellt: ich würde dem Tode als einem lange erwarteten Freunde in die Arme gelaufen sein.

Am 7ten Mai nach altem Stil, vormittags, kamen wir in Moskau an. Der Hofrat hütete sich abermals vor den Wirtshäusern und führte mich durch die unansehnlichsten, übel bebautesten Straßen in eine Hütte, welche einer seiner Freunde und Kameraden, ein gewisser Major Maximow, bewohnte. Dieser Mann hatte nichts als eine kleine Stube mit einer noch kleineren Kammer und teilte beides überdies mit einem Fähnrich. Da nun noch drei Personen hinzukamen, so kann man sich denken, welche Bequemlichkeit diese Wohnung mir gewährte. Der Major indessen, der zwar ebenso roh, aber doch weit gutmütiger schien als der Hofrat, tat alles, was in seinen Kräften stand, mir meine Lage zu erleichtern. Er räumte mir sein eigenes Bett ein, ließ mir eine Hühnersuppe kochen und bewirtete mich mit dem lange entbehrten Kaffee. Ich warf mich auf sein hartes Soldatenlager und genoß wirklich einen Augenblick Linderung.

Als ich meine Augen geschlossen hatte und man glaubte, daß ich schliefe, teilte der Hofrat seinem alten Kameraden seine bisherigen Schicksale mit, und ich hatte das Vergnügen, zu hören, daß der Major ihm zwar zu seinem Avancement Glück wünschte, ihm aber gradeheraus sagte: er möchte doch nicht an seiner Stelle sein; das Amt, welches er da verwalte, sei ein schlechtes Amt. Der Hofrat ließ sich das nicht anfechten, sondern antwortete, wie ich blinzelnd gewahr wurde, bloß durch ein Lächeln seiner Nasenfalten, stand dann auf und begab sich in die heiße Badstube, um jedes Gefühl, das sich etwa noch bei ihm regen mochte, durch die Schweißlöcher abzutreiben.

Vergebens wartete ich indessen von einer Stunde zur andern auf den versprochenen Arzt. Er kam nicht und sollte auch nicht kommen; denn als ich endlich meinen Peiniger an sein Wort erinnerte, versetzte er mit Achselzucken: er dürfe mir diese Bitte nicht gewähren; sie laufe gegen seine Instruktion.

»Sie sind also angewiesen, mich hülflos sterben zu lassen?«

Er meinte: ich würde nicht sterben; ich sollte nur mehr essen und trinken.

Ich schwieg, an jeder Hülfe für meinen entkräfteten Körper verzweifelnd. Gehe es wie Gott will, dachte ich, wenn ich nur wenigstens meine letzten Wünsche, meine letzten Verordnungen und mein Lebewohl an Frau und Kinder noch zu Papiere bringen kann!

Das Verlangen, mein Testament zu machen, war jetzt das einzige, was sich noch in meiner Brust regte und wovon ich eine deutliche, bestimmte Idee hatte. Da ich aber leicht voraussehn konnte, daß der Hofrat mir noch weniger einen Notarius als einen Arzt bewilligen würde, so sagte ich ihm, ich wolle das heilige Abendmahl genießen, und forderte einen Prediger. Aber auch den verweigerte er mir hartnäckig.

Vergebens führte ich ihm zu Gemüt, daß, wenn er sich auch um das Heil meiner Seele wenig bekümmere, er doch wenigstens bedenken solle, daß ich ein Mann sei, der verwickelte Geldgeschäfte habe; daß ich dieselben notwendig vor meinem Tode regulieren müsse, wenn meine unschuldige Familie nicht darunter leiden solle; daß der Kaiser doch gewiß meine Frau und Kinder nicht habe strafen wollen; daß das Recht zu testieren ein heiliges Recht sei, welches man sogar einem überwiesenen Verbrecher selten verweigere. Alles umsonst! Ich predigte tauben Ohren.

»Nun denn«, sagte ich, »so wird mir doch wenigstens vergönnt sein, einige Zeilen, die Sie selbst lesen mögen, an meine Frau zu schreiben. Sie haben es ihr versprochen und mir selbst dieses Versprechen unterwegs mehrere Male wiederholt.«

Er bedachte sich einen Augenblick und bewilligte endlich diese letzte Bitte. Ich schrieb fünf Zeilen; sie enthielten nichts von meinem jammervollen Zustande, sondern nur eine liebevolle Ermahnung zur Standhaftigkeit und zur Selbsterhaltung für unsere vaterlosen Kinder. Ich übersetzte das Briefchen dem Hofrat, versiegelte es und übergab es ihm. Er bat in meiner Gegenwart den Major, es auf die Post zu schicken, und ich war ruhig. Aber einige Stunden nachher ergriff der Kurier einen günstigen Augenblick, mir zuzuflistern: *das Briefchen sei bereits in der Küche verbrannt worden.* Ich schauderte. Dieser Unmenschlichkeit hatte ich den Hofrat doch nicht fähig geglaubt. Bisher verachtete ich den Menschen, jetzt haßte ich ihn.

Indes fand ich, trotz seiner strengen Wachsamkeit, dennoch Gelegenheit, aus Moskau einen Brief an meine Frau abzusenden. Ich darf nicht sagen, wie mir das gelang, aus Furcht, einen gutherzigen Menschen zu kompromittieren. Gott segne ihn für sein Mitleid! Ich hoffe, meine liebe Christel habe die wenigen, flüchtig und ängstlich, unter Beobachtung von sechs Augen geschriebenen Zeilen richtig erhalten. Ich wurde betrogen. Sie hat sie nicht erhalten. Alexander Schülkins, dem ich trotz seiner Roheit mehr Gefühl zutraute als seinem Vorgesetzten, der sich durch ansehnliche Summen bestechen ließ und mir mit aufgereckten Fingern vor seinen Heiligenbildern schwor, den Brief zu bestellen, hat mich dennoch hintergangen.

Am 8ten Mai, gegen Abend, verließen wir Moskau, bei schöner, warmer Frühlingswitterung. Wir fuhren lange mitten in der Stadt an einer Birkenallee hin, die viel Ähnlichkeit mit den Linden in Berlin hatte und in welcher so wie dort an heiteren Tagen die schöne Welt zum Spazierengehen versammelt war: ein buntes Gewimmel von glänzenden Equipagen, schön geschmückten Damen und leichtfüßigen Herren. Keine und keiner warf einen Blick auf den armen Autor, der vielleicht noch diesen Abend im Theater durch eins seiner Stücke sie amüsierte.

Ich weiß nicht, ob die eingetretene warme Witterung oder meine vollkommne Resignation, meine gänzliche Hoffnungslosigkeit schuld daran waren – denn auch nichts mehr hoffen, gewährt zuweilen Ruhe – genug, ich erholte mich, nachdem wir Moskau verlassen hatten, und gewann mit jedem Tage neue Kräfte. Nach und nach fing ich sogar an, mir selbst wieder Mut zuzusprechen und mich durch Beispiele aus der alten und neuen Geschichte zu trösten. Die neuere Geschichte besonders lieferte mir dergleichen in Menge. Ich dachte an Napper Tandy; aber er hatte doch wirklich bei den Unruhen seines Vaterlandes eine wichtige Rolle gespielt: und was hatte ich getan? Ich dachte an die Deportierten in Cayenne; sie mußten weit mehr, weit gräßlicher leiden als ich: aber sie hatten doch wirklich teil an der Verwaltung des zerrütteten Staates genommen; sie litten zwar mit Unrecht, aber doch wegen Meinungen, die sie wirklich geäußert hatten: welche Meinung hatte ich denn geäußert? So gesellte sich zu jedem dieser Trostgründe ein zweifelndes *Aber*. Und wenn ich mir gleich gestehen mußte, daß meine Leiden geringer waren, so hatte ich doch dagegen die Überzeugung, daß meine Unschuld klarer sei. Keine Qual ist marternder als der Zustand eines Menschen, der, wochenlang in sich selbst gekehrt, immer und immer an derselben Unglücks-Idee zerren muß; der sich vergebens bemüht, sich davon loszuwinden, und immer fester von ihr umschlungen wird, wie Laokoon von seinen Schlangen. So saß ich in meinem Winkel– kein Mensch, der mir raten konnte – keiner, der mich trösten mochte – nicht einmal einer, dem ich klagen durfte. Der Kurier vertrieb sich die Langeweile entweder durch Singen oder durch den Schlaf. Sein gellender Gesang, den noch obendrein der Postillion oft akkompagnierte, war mir äußerst widrig; noch mehr aber die elenden Späßchen, durch die es dem Hofrat seinen Witz zu zeigen beliebte, die sehr oft wiederkamen und immer dieselben blieben. Wenn z.B. der Kurier schlief, so spielte jener ihm mit der Quaste seines Stockes so lange um die Nase, bis er erwachte; oder wenn er erwachte, so kitzelte er ihn mit dem Stockknopfe zwischen den

Schultern; oder wenn ein hoher, steiler Berg kam, so rief er ihm zu: *molodinka gora!* (ein junges Berglein!) oder wenn es nur ein unbedeutender Hügel war: *wot starucha!* (siehe da, ein alter Berg!) und was dergleichen Armseligkeiten mehr waren, die besonders durch ihre Wiederholung unausstehlich wurden.

Man muß so wie ich immer den feinsten, ausgesuchtesten Umgang genossen haben, um zu fühlen, daß das Unangenehme meiner Lage durch eine solche Gesellschaft einen nicht geringen Zuwachs erhielt. Denn so oft auch der Hofrat versicherte, daß er ein wohlhabender Mann sei, der 500 *Seelen* besitze, so kann ich doch mit gutem Gewissen beteuern, daß er nicht eine halbe in seinem Vermögen hatte.

Die einzige Tugend, die ich zuweilen an ihm zu bewundern Gelegenheit fand, war eine Art von Tollkühnheit, mit welcher er jeder Gefahr trotzte, selbst dann, wenn er sie vermeiden konnte.

Es war bei einer kleinen Stadt, wenn ich nicht irre, heißt sie Wasilskoe, wo wir die Sura passieren mußten, welche dort in die Wolga fällt. Die ganze Gegend umher war meilenweit überschwemmt; hin und wieder sah man die Spitzen der Bäume aus dem Wasser hervorragen. Im Sommer mag die Überfahrt unbedeutend und kurz sein; jetzt betrug sie vielleicht eine Stunde Weges. Wir kamen während eines heftigen Sturmes daselbst an. Der Prahm befand sich gerade nicht am diesseitigen Ufer, und wir mußten wohl einige Stunden warten, ehe man uns jenseits gewahr wurde. Endlich sahen wir den Prahm in Bewegung, und aus der Langsamkeit, mit welcher er sich unbeladen näherte, konnten wir berechnen, wie viele Zeit er beladen gebrauchen würde, um uns an Ort und Stelle zu bringen. Doch waren dieses Mal, wider die Gewohnheit, fünf Mann darauf, die aber sämtlich bei ihrer Ankunft erklärten, daß es kaum möglich sei, gegen den Sturm zu kämpfen, und uns rieten, da wo wir wären zu übernachten.

Der Hofrat bestand aber darauf, sogleich übergesetzt zu werden, und ich, der ich sonst eine fast unüberwindliche Furcht vor dem Wasser habe, stimmte diesmal mit einer Art von Trotz in sein Verlangen. Es war mir, als müßte ich das Schicksal herausfordern: versuch es einmal, mich noch unglücklicher zu machen als ich bin! Die Fährleute mußten einwilligen, da wir uns auf unseren Kurierpaß beriefen. Sie kreuzten sich auf Brust und Stirn, murmelten einige Mal ihr *Gospodin pomilu!* – Herr, erbarme dich unser! – und stießen vom Ufer. Anfangs ging es noch so ziemlich; denn wir fuhren eine Zeitlang im Schutze einer Landspitze, wo der Sturm nicht seine ganze Gewalt an uns auslassen konnte. Als wir aber höher hinauf kamen und freier um uns schauen konnten, da ergriff er uns mit Wut und fing sich noch obendrein in meinem halben Wagen. Trotz allem Steuern, Rudern und verdoppelten Anstrengungen trieben wir unaufhaltsam von unserer Bahn ab, nach einem noch ziemlich entfernten, dem Anscheine nach niedrigen Gebüsche hin. Der Steuermann schrie aus Leibeskräften seinen Leuten zu. Die Leute ruderten aus Leibeskräften. Umsonst! Wir kamen dem Gebüsch immer näher. Ich konnte anfangs nicht begreifen, warum der Steuermann dies so sehr zu fürchten schien; denn, dachte ich, auf den schlimmsten Fall kann man doch da nicht ertrinken, höchstens stranden, und bei der Nähe der Stadt würde uns ja doch irgendjemand zu Hülfe kommen. Aber ich wurde meinen Irrtum bald gewahr, als der Sturm uns nun wirklich mitten in das vermeinte Gebüsch hineintrieb. Es waren nur die Wipfel hoher Bäume, und die längste Stange fand da keinen Grund.

Jetzt saßen wir fest; die Baumstämme unter dem Wasser hielten nämlich das Fahrzeug gegen den Sturm. Diese Lage war nicht allein sehr unangenehm, sondern auch, wie ich bald einsah, im höchsten Grade gefährlich. Denn erstens wurden die Zweige, mit welchen die Kähne aneinander befestigt waren, durch den Sturm heftig an den entgegenstehenden Baumstämmen gerieben und konnten unmöglich lange Widerstand leisten. Trennten sich aber die Kähne, so blieb uns nichts anderes übrig, als links und rechts in dieselben zu springen, und dann fiel der Wagen mit allen unsern Habseligkeiten ins Wasser. Indessen hätten wir durch diesen Fall doch unser eigenes Leben wahrscheinlich noch gerettet. Es ergab sich aber bald noch eine zweite, schlimmere Gefahr. Einer unserer Kähne nämlich saß vermutlich gerade auf dem Wipfel eines Baumes und wurde von demselben so schief gehoben, daß der andre dadurch ins Wasser gedrückt wurde und die Wellen häufig hineinschlugen. Dadurch füllte sich der letztere immer mehr mit Wasser und sank immer tiefer, indessen der erstere immer höher stieg. Die vier Pferde, die mit auf dem Prahme standen, konnten sich kaum mehr halten, daß sie nicht hinabglitten, und wurden dadurch sehr unruhig; wir selbst mußten uns an dem Wagen festhalten. Es ist gewiß, daß diese Lage nur wenige Minuten dauern durfte, wenn sie uns nicht unfehlbar den Untergang bringen sollte.

Jetzt sah endlich der Hofrat ein, daß seine Verwegenheit ihr Ziel finden könne. Er war leichenblaß, ergriff wie der Kurier eine lange, mit eisernen Haken versehene Stange und stemmte sie mit Anstrengung aller Kräfte gegen den nächsten Baum. Zu gleicher Zeit ward Ruder und Steuer beiseite gelegt; alles bewaffnete sich mit Stangen, um nur, wo möglich, den Umsturz oder vielmehr das Sinken zu verhüten. Ich stand, in meinen Mantel gewickelt, an ein Wagenrad gelehnt, und nie hätte ich geglaubt, daß ich dem Tode mit solcher Fassung entgegensehen würde.

Es gelang endlich den vereinten Bemühungen, den Prahm durch die Stangen von den Baumgipfeln abzuhalten; ja, wir schoben uns auf diese Weise sogar ein wenig weiter aufwärts. Unser Ziel zu erreichen, war und blieb aber unmöglich. Verließen endlich – was doch bald geschehen mußte – die Arbeitenden ihre Kräfte, so befanden wir uns augenblicklich wieder in der vorigen Gefahr, und der Himmel weiß, ob wir ihr abermals entronnen sein würden, wenn man nicht zum Glück in der Stadt unsere Not gewahr geworden wäre. Es kam uns ein leichter Kahn mit vier Menschen zu Hülfe. Sie banden ihren Nachen an den Prahm und sprangen zu uns herauf. Mit dieser Verdoppelung unserer Kräfte gewannen wir endlich nach drei mühseligen Stunden den Hafen.

Wenn ich aufgelegt wäre zu scherzen, so könnte ich sagen, ich habe wie Prinz Tamino in der Zauberflöte durch Feuer und Wasser gehen müssen, um in die Sibirischen Mysterien eingeweiht zu werden. Denn ein andermal erreichten wir in der Nacht einen Wald, der zu beiden Seiten des schmalen Weges heftig brannte.

Anfangs, als wir noch ziemlich weit von der brennenden Strecke entfernt waren, ergetzte mich dieses Schauspiel, das wirklich, besonders in der Dunkelheit, einen erhabenen Anblick gewährte. Als wir aber näher kamen und ich gewahr wurde, daß unser Weg gerade hindurch führte, erschreckte mich besonders die Neuheit dieser Gefahr. Lichterloh brennende Tannen hatten sich hier und da quer über den Weg an gegenüberstehende Bäume gelehnt; und so mußten wir gleichsam durch eine brennende Ehrenpforte passieren. Oft war – ein Umstand, den ich noch immer nicht begreife – etwa sechs Fuß hoch, von der Wurzel an gerechnet, das Inwendige eines Baumes in Brand, und nur die äußere unversehrte Rinde schien ihn noch zu halten. Er konnte jeden Augenblick stürzen. Endlich kamen wir sogar an eine große Fichte, die quer über dem Wege lag und mit allen ihren emporgestreckten, hell brennenden Zweigen die Straße geradezu versperrte. Was war zu tun? Zu halten schien hier ebenso gefährlich als weiterzufahren, vielleicht noch gefährlicher. Wir ermunterten also die schnaubenden Pferde aus allen Kräften, und sie setzten glücklich mit uns über den dünnsten Teil des brennenden Baumes. Gewiß war die glühende Strecke, welche wir auf diese Weise zurücklegten, mehr als tausend Schritte lang. Ich habe während der Reise wohl hundertmal Wälder brennen sehen, doch nie wieder so nahe. Es werden nirgends Gegenanstalten

96

getroffen; auch ist man, glaube ich, bei den unendlichen Wäldern eher froh darüber, daß das Feuer sich die Mühe nimmt, sie ein wenig zu lichten.

Wir hatten jetzt Wladimir und Nischni Nowgorod passiert. Eines Morgens, als wir in einem Dorfe übernachtet hatten und unsere Pferde eben wieder vorgespannt werden sollten, wurde ich heftig durch den wohlbekannten Klang des Postglöckchens erschüttert, welches mir von dem Moskowischen Wege her in die Ohren tönte. Ein Bauer, der über den Zaun in die Ferne sah, rief aus: »Ein Kurier!«

Ich stand eingewurzelt und zitterte heftig. Jetzt kam die Glocke immer näher – jetzt bog das Kibitken um die Ecke, und es war wirklich ein Kurier – aber auch er führte einen Unglücklichen nach Sibirien!

Ein ziemlich alter Mann in einem Schlafrocke und einer Schlafmütze stieg, mit Ketten belastet, aus dem Kibitken. Er war, wie ich nachher erfuhr, ein Obristlieutenant aus Rjasan, ein wohlhabender Mann, auch Gatte und Vater, den man wegen eines Wortwechsels mit dem Gouverneur mitten in der Nacht aus seinem Bette gerissen, gefesselt und im Schlafrocke auf den Wagen geworfen hatte, ohne ihm auch nur einmal zu erlauben, daß er Kleider und Wäsche mitnehmen durfte. Die Füße des alten Mannes waren von den ungewohnten Ketten geschwollen. Er konnte nicht gehen und schien überhaupt sehr krank. Ihn begleitete außer einem Unteroffizier ein Polizeibeamter aus Rjasan, ein Grieche von Geburt, der gut Italienisch sprach und ein menschlicher, sehr aufgeweckter Mann zu sein schien. Er tat alles mögliche, das Schicksal seines Arrestanten zu erleichtern. Er nahm ihm in der Folge sogar die Ketten ab, die mein Hofrat, wie ich glaube, gern mir selbst angelegt haben würde. Überhaupt war er ein nicht ungebildeter Mann. Wegen seiner Munterkeit schien auch der Hofrat ihn in Affektion zu nehmen und verstattete ihm sogar, sich mit mir zu unterhalten, welches um so bemerkenswerter ist, da wir uns italienisch, folglich in einer Sprache, die mein Peiniger nicht verstand, unterreden mußten. Mir war es, ob ich gleich nur schwach in der italienischen Sprache bin, eine unbeschreibliche Wohltat, endlich einmal ein Wort mit einem vernünftigen Menschen sprechen zu können, da ich nun seit länger als drei Wochen ganz isoliert gelebt hatte.

Wir setzten unsere Reise von nun an mehrenteils gemeinschaftlich fort und trennten uns zwar bisweilen, fanden uns aber auch oft wieder zusammen. Der Obristlieutenant schien ein sehr sanfter, gesetzter Mann, der sich in seine üble Lage männlich fügte. In Rücksicht seines Begleiters war er weit glücklicher als ich. Ich mußte aber mir selbst gestehen, daß mein Zustand in jedem andern Stücke weit erträglicher sei als der seinige: denn er war entblößt von allem und hatte nur eben noch Zeit genug gehabt, eine Summe Geldes zu sich zu stecken, womit er sich aber freilich unterwegs weder Kleider noch sonst eine Bequemlichkeit verschaffen konnte. Dies vor meinen Augen befindliche *solamen miserum* wirkte einigermaßen auf mich. Ich nahm ein Beispiel an seiner gelassenen Ergebung und versuchte, es ihm gleichzutun. Da ich Tee und Zucker bei mir hatte, so erquickte ich ihn zuweilen damit. Er lächelte mir dann so dankbar zu und schien so gern mit mir sprechen zu wollen; doch dieser Trost war ihm und mir versagt.

Ungefähr 80 oder 90 Werste von Kasan stießen wir auf eine Naturseltenheit, deren ich nicht umhin kann zu erwähnen. Es war ein Mann von hundert und dreißig Jahren. Sein Sohn war über achtzig alt, glich aber einem Manne von kaum fünfzig. Enkel und Urenkel hatte er ohne Zahl. Der Greis lag auf einer Bank und schlummerte auf einem harten Unterpfühl mit einem Kopfkissen. Er konnte wenig mehr sehen; die übrigen Sinne fehlten ihm aber nicht. Zuweilen ging er noch selbst in den Wald, um sich Baumrinde zu seinen Schuhen zu holen. Besonders auffallend waren mir seine Hände, die nicht wie sonst gewöhnlich entfleischt und runzelig, sondern voll und rund waren. Als er hörte, daß Gäste gekommen wären, forderte er sein Oberkleid, um aufzustehen, und bot mir, da ich ihm zunächst stand, sein Bett zum Lager an. Ich kann nicht beschreiben, wie mich das rührte. Ein Mann, der 1670 geboren war, wollte mir – einem fast hundert Jahre jüngeren Manne – sein Lager einräumen und die Nacht auf der bloßen Erde liegen! Ich konnte nicht satt werden, ihn zu betrachten, und trennte mich ungern von ihm. Gern hätte ich recht viel von seiner vormaligen Lebensweise erfahren, durch welche er ein so hohes Alter erreichen konnte. Aber die Leute waren so beschäftigt und ich selbst noch so fremd in der russischen Sprache, daß ich weiter nichts herausbrachte, als daß er selten Branntwein getrunken und spät geheiratet habe.

Auf der letzten Station vor Kasan holten wir einen gewissen General Mertens ein, einen Deutschen, den ich vormals gekannt hatte. Er reiste nach Perm, wo er zum Vizegouverneur ernannt worden war. Wir trafen an der Wolga zusammen; und da auch hier die ganze Gegend weit und breit unter Wasser stand, so machten wir in Gesellschaft eine Überfahrt von mehreren Stunden. Er war der erste Mensch, mit dem ich wieder Deutsch sprechen konnte, der mich an die guten alten Zeiten erinnerte und meine Klagen teilnehmend hörte. Der Hofrat hatte vormals unter ihm gedient, bezeugte ihm noch immer viel Ehrfurcht und wagte es nicht, unser Gespräch zu stören. Von ihm erfuhr ich allerlei, was jetzt in der großen Welt vorging, doch wenig Tröstliches. Auch er war mit seinem Lose sehr unzufrieden. Als ein alter Generalmajor war er plötzlich, ohne sein Wissen oder Verlangen, in den Zivilstand versetzt und nach Perm, 2000 Werste von Petersburg, kommandiert worden. Der Posten eines dortigen Vizegouverneurs war für ihn kein Avancement, sondern vielmehr eine Art von Degradation. Überdies hatte er in Petersburg Frau und Kinder zurücklassen müssen, von welchen er mit vieler Zärtlichkeit sprach, wodurch er schnell mein Herz gewann. Ich will seine Geschichte sogleich vollenden. Die böse Laune des Glückes, die ihn nach Perm nicht viel besser als ins Exilium gejagt hatte, verwandelte sich plötzlich in eine holde Laune; oder vielmehr, das Glück hatte nur einen freilich etwas derben Scherz mit ihm getrieben: denn in Perm fand er seine Bestallung als Gouverneur von Twer vor sich, welches unweit Moskau liegt, einen ehrenvollen Rang unter den russischen Provinzen einnimmt, seinen Statthalter reichlich nährt und wohin er seine Familie leicht konnte nachfolgen lassen. Die Art und Weise, wie er dazu gelangte, war freilich etwas sonderbar; indessen wohl ihm. Er ging *per aspera ad astra;* und wollte Gott, der Kaiser hätte mich von Mitau über Sibirien nach Petersburg führen lassen, wie gern würde ich die Marterkammer meines Gedächtnisses zerstören, in welcher meine Reisegeschichte aufbewahrt liegt!

In Kasan, wo wir des Abends ziemlich spät anlangten, flohen wir wie gewöhnlich die Wirtshäuser, und ich bekam von dieser merkwürdigen Stadt wenig oder gar nichts zu sehen. Der Hofrat hatte auch hier wieder alte Freunde, bei denen er sein Absteigequartier zu nehmen pflegte. Diesesmal geschah es in der wohl drei Werste von der Stadt entlegenen sogenannten Tatarischen Vorstadt, bei einem gewissen Leutnant Justifei Timofeitsch – der Zuname ist mir entfallen – einem Manne von wenigstens fünfzig Jahren und einem der gutherzigsten Menschen seines Zeitalters. Er war verheiratet, aber kinderlos. Durch die Freundschaft des Hofrats fand er sich sehr geehrt und empfahl sich alle Augenblicke in dessen hohe Protektion. Er war nicht reich; doch sowohl er als seine Frau bewirteten uns mit einer so herzlichen Willigkeit und gaben so gern, so reichlich, so oft alles, was sie hatten und auftreiben konnten, daß das Bild dieser guten rohen Menschen mir nie aus dem Gedächtnis kommen wird. Ihren Wünschen Genüge zu leisten – dazu hätte ein andrer Magen gehört als der meinige. Zwar kam ich wirklich mit einem ziemlich starken Appetit in Kasan an, denn die letzten Stationen vor dieser Stadt werden größtenteils von den unfreundlichen, schmutzigen und aller Gastfreundschaft Hohn sprechenden Tscheremissen, Tschuwaschen und Wotjaken bewohnt, bei denen man durchaus gar nichts erhält, ja deren säuische Stuben man nicht einmal betreten kann. Aber dessenungeachtet würde ich ein weit stärkerer Esser als Sancho Pansa haben sein müssen, wenn ich alles das hätte verzehren wollen, was Justifei Timofeitsch mir vorsetzte. Des Morgens früh Kaffee mit Semmel und frischer Butter; eine Stunde nachher Piroggen (eine Art von kleinen Fleischpasteten) mit Branntwein; ein paar Stunden nachher wieder Branntwein, marinierte Fische, Wurst und dergleichen; dann das Mittagessen von vier derben Schüsseln; um drei Uhr Kaffee mit Zwieback; um fünf Uhr Tee mit allerlei Gebackenem und endlich wieder ein reichliches Abendbrot. Hilf Himmel, wie ließen es meine Begleiter sich schmecken! Sie brachten mich auf die Vermutung, daß ihr Magen einem Hamsterkopfe mit großen Backen ähnlich sein müsse und daß sie darin einen Vorrat für magere Zeiten verwahrten.

Hier schlief ich auch zum ersten Male wieder in einem guten Bette. Und wirklich würde der Aufenthalt in Kasan mich sehr erquickt haben, wenn nicht die zahllose Menge von Tarakanen – *Blatta orientalis,* im Deutschen auch Kakerlake genannt – alle jene leibliche Wohltaten mir größtenteils verbittert hätte. Man hat keinen Begriff von der unendlichen Anzahl dieser widerlichen Geschöpfe, welche in dem einzigen Zimmer hausten. Ich habe auch weder vor- noch nachher, selbst nicht in den schlechtesten Bauernstuben jemals wieder so viele beisammen gesehen. Sie liefen tausendweise an den Wänden und an der Decke herum, und diese Tausende vermehrten sich zu Millionen, sobald abends Licht in das Zimmer gebracht wurde. Ein Stück Brot auf dem Tische war in einem Augenblick von ihnen bedeckt. Den Tisch, auf welchem man etwas essen oder trinken wollte, mußte man ja nicht unterlassen, vorher von der Wand abzurücken; denn sonst war es nicht möglich, sich ihrer zu erwehren. Und auch dann noch liefen sie an die Decke und ließen sich von da auf die Speisen herunterfallen. Am wenigsten waren sie noch den Schlafenden beschwerlich; und obgleich die Bettvorhänge voll von ihnen saßen, so habe ich doch nicht gespürt, daß sie mich gebissen hätten.

Wir blieben zwei ganze Tage in Kasan oder vielmehr in der Tatarischen Vorstadt. Ich hatte hier abermals Gelegenheit, ein (zwar nur mit Bleistift geschriebenes) Briefchen an meine Frau auf die Post zu schicken. Sie hat es nicht erhalten. Übrigens beschäftigte ich mich damit, die Materialien zu einem *Mémoire* an den Kaiser schriftlich zu entwerfen. Da mir alles Schreiben aufs schärfste verboten war, so wird man neugierig sein zu wissen, wie ich das angefangen habe.

Der Kurier hatte mir in Moskau mit Vorwissen des Hofrats einen Bleistift gekauft; ich gab vor, daß ich bloß die Entfernungen der Stationen voneinander damit notieren wollte. Ferner hatte ich mir in Moskau, um mich in der russischen Sprache zu üben, ein Wörterbuch in zwei Quartbänden angeschafft. Dieses war auf gutes Schreibpapier gedruckt und hatte an den Seiten, besonders aber unten, einen weißen, ziemlich breiten Rand. Auf diesen Rand nun schrieb ich alles, was mir einfiel. Ich benutzte dazu jeden Augenblick, in welchem der Hofrat mir nicht zur Seite war. Besonders gewährten mir einige notwendige Wagenreparaturen ein paarmal das Vergnügen, mehrere Stunden darauf verwenden zu können. Denn der Hofrat pikierte sich, ein Kunstverständiger zu sein, und stand immer selbst in der Schmiede, solange an dem Wagen gearbeitet wurde. Auf diese Weise hatte ich schon manches unbemerkt niedergeschrieben, und itzt setzte ich diese Arbeit in einem mit Vorhängen rings umgebenen Bette fort, wo ich Licht genug hatte, ohne doch bemerkt werden zu können. Man meinte, ich sei der Ruhe benötigt, und störte mich nie. Ich hielt diese Arbeit jetzt schon für notwendig, besonders deshalb, weil ich der Versicherung des Hofrats, daß ich aus Tobolsk ungehindert würde schreiben können, nicht so recht traute und auf den Fall des Verbots wenigstens eine Gelegenheit wußte – nämlich Alexander Schülkins –, den fertigen Brouillon meiner Frau zu senden, die ihn dann ins Reine schreiben und an die Behörde befördern konnte.

Die übrige Zeit verfloß mir freilich in Kasan höchst langweilig. Ich saß meistens am Fenster, welches auf den Hof hinausging, und betrachtete meinen daselbst stehenden Wagen, wobei ich alle die Empfindungen gleichsam wiederholte, die mich nun seit länger als drei Wochen in seinem engen Bezirke gepeinigt hatten. Eine einzige kleine Zerstreuung gewährte mir ein sehr hübsches und junges tatarisches Weib, die Frau eines alten Tataren, der unter uns wohnte; nicht als ob ihre Jugend und Schönheit mich im mindesten interessiert hätten, sondern weil mir die tatarischen Sitten so neu waren. Ein tatarisches Weib oder Mädchen muß nämlich, so oft sie eine fremde Mannsperson gewahr wird, fliehen oder ihr Gesicht verhüllen. Nun hatte die arme junge Frau sehr oft etwas in einer Art von Vorratskammer zu schaffen, welche quer über den Hof, meinem Fenster gerade gegenüber, war. Wenn sie nun ihr Geschäft vollendet hatte und mich am Fenster erblickte, so zog sie sich zuerst schnell zurück und wartete ab, ob ich das Fenster nicht bald verlassen würde. Dauerte ihr aber ihre Gefangenschaft zu lange, so bedeckte sie sich mit einem Tuche oder, wenn sie keins bei der Hand hatte, auch wohl nur mit den vorgehaltenen Armen, was ihr zuweilen sehr sauer wurde, da sie gewöhnlich allerlei geholt und folglich die Hände nicht frei hatte. Zuweilen versuchte sie es auch, sich des Zipfels von ihrem Halstuch zu bedienen. Dann geriet aber wohl gar ihr Busen in Gefahr, gesehen zu werden. Wenn sie diese Gefahr in aller Geschwindigkeit verhüten wollte, so fiel ihr etwas aus der Hand: sie mußte sich bücken, es aufzuheben; und siehe da! Gesicht und Busen standen indessen den ungeweihten Blicken offen. Es ist unmöglich, mehr Schamhaftigkeit mit mehr Koketterie zu verbinden als diese junge Frau; und zu einer andern Zeit würden mich ihre kleinen Künste sehr ergetzt haben.

Eine der erschütterndsten Empfindungen hatte das schadenfrohe Schicksal mir für den Augenblick unserer Abreise von Kasan aufgespart. Schon waren die Pferde vorgespannt und schon wollten wir von unserm gutmütigen Wirte Abschied nehmen, als der Kurier, der am Fenster stand, plötzlich ausrief: »Ein Senatskurier!« Mit diesen Worten riß er das Fenster auf, nannte den Kommenden bei Namen und fragte ihn: »Wen suchst du?« – »Dich!« war die Antwort. Ich selbst war ans Fenster gesprungen und sah den Kurier von einem Postbeamten begleitet. Was Wunder, daß meine Knie zitterten, daß mir Hören und Sehen verging! Alles eilte hinaus, dem Ankommenden entgegen. Ich hatte nicht das Herz, auch nicht die Kraft zu folgen; aber eine Hoffnung leuchtete mir heller als jemals. »Ein Senatskurier, der uns aufsucht, dem ein Postbeamter unsere Wohnung zeigt: was kann er wollen? Was kann er bringen? Auf jeden Fall muß sein Auftrag mich betreffen – was werde ich hören!« –

Ach! Es war nichts. Zwei Senatoren befanden sich auf der Reise, um die sibirischen Gouvernements zu untersuchen. Der Kurier, den man ihnen zur Begleitung mitgegeben, hatte in Kasan unsere Anwesenheit erfahren und seinen alten Bekannten Schülkins aufgesucht. Ich wüßte mich in meinem Leben keiner so bittern Täuschung zu erinnern; auch währte es mehrere Stunden, ehe das Zittern aller meiner Glieder völlig nachließ. Seit diesem grausamen Augenblick gab ich die Hoffnung gänzlich auf, durch einen nacheilenden Kurier zurückberufen zu werden, und ich beschleunigte unsere Reise, die ich vorher verzögert hatte. Denn jetzt lag mir selbst daran, je eher je lieber an Ort und Stelle zu sein, teils um den ganzen Umfang meines Unglücks endlich übersehen, teils um desto früher an den Kaiser und an meine Frau schreiben zu können.

Wir verließen Kasan am 17ten oder nach unserm Stil am 29sten Mai und fanden von jetzt an überall noch viel Schnee in den Wäldern, ungeachtet der schon lange anhaltenden warmen Witterung. Der Weg von Kasan nach Perm beträgt nahe an 600 Werste und führt überall durch die fürchterlichsten Nadelwälder, in denen man kaum alle drei bis vier Meilen ein elendes Dorf findet. Die Straße ist zwar breit und ziemlich gerade durch die Wälder gehauen, aber größtenteils morastig und mit Baumstämmen belegt, welche einem das Herz aus dem Leibe zu rütteln drohen.

Hier trafen wir auch zum ersten Male große Haufen von Verwiesenen an, die zum Teil paarweise aneinander gekettet waren und zu Fuß nach Irkutsk oder in die Nertschinskischen Bergwerke gingen. Es befanden sich auch einige junge Mädchen unter ihnen, und sie wurden von einer Schar bewaffneter Bauern zu Fuß und zu Pferde begleitet. Solche Verwiesene bringen auf ihrer Reise oft ein halbes Jahr, auch wohl länger, zu; ihre Wache wird auf jedem Dorfe abgewechselt. Sie bettelten uns an.

Ach, ob ich gleich in einem Wagen an ihnen vorbeifuhr, so war mein Zustand doch vielleicht schlimmer als der ihrige! Nur die Seele gibt den Maßstab der Leiden.

In Perm, wo wir ohne weiteres Hindernis ankamen, hatte mein Hofrat glücklicherweise keinen Bekannten. Auch nahm die Furcht vor meiner Entweichung nach und nach bei ihm ab, und wir quartierten uns daher bei einem Uhrmacher ein, der eine Art von Wirtshaus hält. Perm ist ein elender Ort; aber bei dem Uhrmacher, einem gebornen Rigaer namens Rosenberg, der vormals dem verwiesenen Prinzen Biron gedient hatte, befanden wir uns ziemlich wohl. Der Hofrat ließ mich hier öfters allein. Auch mein Reisekasten blieb jetzt meistens offen, und in einem dieser günstigen Augenblicke sonderte ich, ohne selbst recht zu wissen warum, noch hundert Rubel von meiner übrigen geringen Barschaft ab und verwahrte sie sorgfältig, recht, als ob es mir geahndet hätte, daß mein Begleiter hier den letzten Ausfall auf meine erschöpfte Kasse tun würde. Wenige Stunden nachher bat er mich um Geld. Ich schlug es ihm anfangs geradezu ab. Er wurde aber so unwillig, so bitter und ließ so manches bedeutende Wort von Rapporten fliegen, daß ich endlich meinen Kasten öffnete. »Sehen Sie«, sagte ich, »hier sind noch 110 Rubel. Wie wenig für einen Menschen, der an einem völlig fremden Orte sich jedes Bedürfnis anschaffen und davon auch so lange leben soll, bis er seine Not fünfhundert Meilen weit in seine Heimat berichtet und von dort aus wieder Geld bekommen hat! Dessenungeachtet will ich noch einmal, zum letzten Mal, mit Ihnen teilen. Hier sind fünfzig Rubel. Mehr kann ich nicht entbehren; und wenn Sie damit nicht zufrieden sind, so mögen Sie tun, was Sie verantworten können. Aber auch ich kann klagen.« Die letzten Worte schienen ihm sehr aufzufallen. Er wurde geschmeidiger, nahm die fünfzig Rubel und fiel mir nachher in dieser Rücksicht nicht wieder beschwerlich. Übrigens aber schien er gerade die umgekehrte Maxime der Schiffer zu haben, die gewöhnlich im Anfange der Reise grob zu sein pflegen und je näher sie dem Hafen kommen, desto höflicher und freundlicher werden. Mein Hofrat wurde immer unfreundlicher, immer ungefälliger, je mehr wir uns dem Ziele der Reise näherten; vermutlich, weil er nicht mehr fürchtete, daß ich ihm entwischen könnte.

Von Perm nach Tobolsk hat man noch etwas über neunhundert Werste. Die Wege sind aber weit besser und die Gegenden weit freundlicher als zwischen Kasan und Perm. Man trifft gar keine dicke Nadelwälder mehr an, sondern meistens nur junges Birkenholz und dazwischen große Strecken des schönsten, angebauten Erdreichs mit üppigen Saaten. Wohlhabende Dörfer, bald russische, bald tatarische, liegen in geringen Entfernungen voneinander. Und wenn man es nicht wüßte, sollte man besonders an Sonn- und

Feiertagen, wo alles von frohen Menschen wimmelt, wohl nie daran denken, daß man in Sibirien sei. Auch die Häuser der sibirischen Bauern sind weit reinlicher und bequemer als die Häuser der übrigen Russen. Fast alle haben außer der gewöhnlichen Wohnstube *(Isba)* noch ein recht gutes Zimmer *(Gornitza),* wo man Fenster von Marienglas, einen mit einem Teppich bedeckten Tisch, reinliche Bänke, schön geschmückte Heiligenbilder und allerlei Hausgerät findet, welches man lange in den Bauernwirtschaften vermißte, z.B. Gläser, Tassen usw. Auch scheinen die Sibirier beinahe noch gastfreier zu sein als die Russen. Übrigens kann man sie sehr leicht an einem besondern Dialekt unterscheiden.

Nur an Werkeltagen wurde der Mangel an Bevölkerung immer sichtbarer. Denn wir fuhren oft meilenweit, ohne einem Menschen zu begegnen, und die öden Felder schienen gleichsam durch Zauberruten in ihren blühenden Stand versetzt zu sein. Nichts aber ist fröhlicher und munterer als das russische Landvolk an Feiertagen. Auf jedem freien Dorfplatze findet man einen Zirkel von rot und weiß oder blau gekleideten Mädchen, die einander bei den Händen fassen und zu ihrem eigenen Gesange tanzen, oder auch junge Burschen, die sich mit irgendeinem Spiele ergetzen. Das letztere ist indes seltener. Denn es schien mir, als hätten vielleicht die häufigen Rekrutenaushebungen in neueren Zeiten das junge Mannsvolk sehr vermindert: überall sah ich augenscheinlich mehr Weiber und Mädchen. Beide Geschlechter untereinander habe ich nie beim Spielen angetroffen. Kinder gab es in großer Anzahl, doch fast nur solche, die noch unter der vorigen Regierung geboren sein mußten. Überhaupt erinnerten sich die Bauern ihrer *Matuschka* (Mütterchen) – so nannten sie die verstorbene Kaiserin – mit vieler Liebe. Vom jetzigen Kaiser sprachen sie nicht oder, wenn es geschah, nur mit furchtsamer Zurückhaltung.

Im Permischen Gouvernement trifft man nur noch eine einzige Stadt von Bedeutung: Jekaterinburg. Dort war es, wo der Hofrat endlich durch einen Zufall bemerkte, daß ich die weißen Ränder meines Wörterbuches fast ganz beschrieben hatte. Er erschrak, geriet in heftigen Zorn und wollte das Geschriebene vernichten. Ich setzte mich aber mit gleicher Heftigkeit dagegen. Er drohte, es dem Gouverneur von Tobolsk anzuzeigen. Ich sagte, das möge er immerhin tun; was ich geschrieben, sei der Entwurf eines Memorials an den Kaiser und er selbst hätte mich ja versichert, ich dürfe an den Kaiser schreiben. »Das hängt«, fuhr er heraus, »von den Instruktionen ab, welche der Gouverneur Ihretwegen vermutlich bekommen hat.«

»So?« versetzte ich: »also wußten Sie das nicht gewiß, trotz Ihren heiligsten Versicherungen? Also wissen Sie auch wohl ebenso wenig gewiß, ob ich bestimmt bin, in Tobolsk zu bleiben oder nicht, da es Ihnen doch zu sagen beliebte, Sie wollten eine Kanaille sein, wenn es nicht geschähe?«

Er wurde betreten, schwor aufs neue, daß *er* keine Order habe, mich weiter zu bringen, und vergaß über meine Vorwürfe Wörterbuch und Memorial; wenigstens sprach er nicht weiter davon. Aber in mein gequältes Herz hatte er einen neuen Stachel gedrückt. Ich wußte nun sicher, daß mein Schicksal noch unentschieden war und daß ich vielleicht den Kelch noch nicht bis auf die Hefe geleert hatte.

Viertes Kapitel

Tjumen ist die erste sibirische Grenzstadt. Etwa 40 und einige Werste vorher, ehe man dahin gelangt, betritt man mitten in einem Walde die Tobolskische Grenze, welche durch einige Pfähle angedeutet ist. Der Hofrat war so grausam, mir diese Pfähle zu zeigen und mich mit ihrer Bedeutung bekannt zu machen. Ich antwortete nichts; aber eine gräßliche Empfindung zerriß mein Herz.

Jetzt befand ich mich also wirklich in Sibirien; und was mir gleich auf der ersten Station begegnete, war eben nicht fähig, das Ängstliche dieser Gewißheit zu mildern. Ich komme zu einer Geschichte, welche sich mit Flammenzügen in meine Brust gegraben und meine Augen mit glühenden Tränen erfüllt hat! Noch jetzt muß ich mich sammeln, um sie zu erzählen, und noch jetzt zerdrückt sie mir beinahe das Herz.

Wir hielten in einem Dorfe, um die Pferde zu wechseln, und gingen in ein benachbartes Bauernhaus, um saure Milch zu essen, die uns freundlich angeboten wurde. Als ich dann vor dem Hause eben beschäftigt war, mir ein Stück Brot in die Milch zu brocken, näherte sich ein Greis von wenigstens siebzig Jahren, mit schneeweißem Bart und Haar, warf sich mühsam auf die Erde vor uns nieder und fragte sehr angelegentlich, ob wir keinen Brief aus Reval für ihn mitgebracht hätten.

Bei diesen Worten blieb das Brot ungebrochen in meiner Hand. Ich starrte den Greis an und wußte nicht, ob ich recht gehört hatte. Die Bäuerin legte sich lachend ins Mittel und flisterte uns zu: der Mann sei wahnsinnig; so oft ein Reisender hier durchgehe, mache er sich auf von seinem Sterbelager, wanke an seinem Stabe herzu und tue immer dieselbe Frage. Zugleich bat sie uns um ein Stückchen Papier, gleichviel, wie es aussehe: denn, sagte sie, wenn man ihn befriedigen und los sein wolle, so müsse man ihm etwas einem Briefe Ähnliches vorlesen; sonst fange er an zu heulen und gehe nicht von der Stelle.

Ich gab ihr zitternd ein Stückchen Papier. Sie trat zu ihm und stellte sich, als ob sie läse: »Lieber Mann, ich befinde mich wohl; auch die Kinder sind gesund; wir werden bald zu dir kommen und dir allerlei mitbringen« usw. Der Greis hörte mit Wohlgefallen zu; er lächelte, strich seinen grauen Bart und nickte freundlich. Das Stückchen Papier verwahrte er sorgfältig auf der Brust. Er selbst erzählte mir nun ziemlich zusammenhängend, daß er Soldat gewesen, daß er vormals auf der Flotte in Reval und Kronstadt gedient habe und endlich hieher als Invalide in Ruhe versetzt worden sei. Frau und Kinder hätte er in Reval zurückgelassen und nie wieder etwas von ihnen gehört. Nach seiner Meinung war das aber nicht gar lange her, und er widersprach mit vieler Wärme, als die Bäuerin behauptete, es wären nun *fünfunddreißig* Jahre. Er setzte sich nicht weit von uns auf eine Bank. Der Hofrat und der Kurier trieben ihren Spaß mit ihm; er aber schien ihrer nicht zu achten, sondern sprach viel mit sich selbst, wovon ich aber nichts verstehen konnte. Endlich brach er laut in die mich zermalmenden Worte aus: »Wo bist du jetzt, meine Taube! Bist du in Reval, Riga oder Petersburg?«

Diese Worte paßten so ganz auf meinen Zustand und erschütterten mich so heftig, daß ich kaum noch Kraft genug hatte, mich umzuwenden und in den Hof zu gehen, wo ich in einen Strom von bittern Tränen ausbrach. Ach, dieser Greis zeigte mir vielleicht das Bild meiner Zukunft! So werde auch ich vielleicht einst wahnsinnig herumwandern und jeden Reisenden um einen Brief aus Reval anflehen! So muß auch ich schon jetzt ausrufen: Wo bist du, Geliebte! Wo sind meine Kinder! Seid ihr in Reval, Riga oder Petersburg? Nie, nie habe ich wieder einen solchen zerstörenden, das Herz gleichsam auflösenden Schmerz empfunden, und das Bild dieses Greises verfolgt mich oft noch jetzt in schlaflosen Nächten!

Ich hatte mich noch nicht erholt, als der Wagen angespannt war, und konnte mein krampfhaftes Schluchzen lange nicht unterdrücken. Meine Begleiter begriffen nicht, was mir fehlte und warum ich nicht essen mochte; es war auch nicht der Mühe wert, ihnen das zu erklären: sie hätten doch nur über mich gelacht. Ich schäme mich fast zu gestehen, daß ich dem Greise beim Weggehn ein Stück Geld in die Hand drückte. Ein Mann, der seit fünfunddreißig Jahren so an Frau und Kindern hing, hatte, trotz seinen Lumpen, ein Herz, das nicht durch Geld zu trösten war. Auch sah er es gleichgültig an und dankte mir nicht dafür. Ich sprang in den Wagen und verbarg mein Gesicht.

Diese Begebenheit also war mein Willkommen in Sibirien, mit diesem Dorn in der Brust erreichte ich die letzte Station vor Tobolsk! Hier hatten die Flüsse Irtysch und Tobol in einer Strecke von vier Meilen alles überschwemmt. Wir mußten daher den Wagen stehen lassen, unsere Sachen in einen kleinen Kahn packen und die Reise zu Wasser antreten. Es war ein stiller und sehr heißer Tag. Wir ruderten ziemlich schnell; meine Begleiter legten sich schlafen und überließen mich der marternden Ungewißheit, ob ich nun am Ziele meiner Reise sei oder nicht.

Ungefähr nach drei Stunden erblickte ich etwa in der Entfernung von einer halben Meile Tobolsk, welches am steilen Ufer des Irtysch erbaut ist. Es nimmt sich mit seinen vielen Kirchen ziemlich malerisch aus, besonders der obere Teil der Stadt, wo die Festung und der ehemalige Palast des Generalgouverneurs schön in die Augen fallen. Der letztere ist aber durch eine Feuersbrunst gänzlich verödet und imponiert nur noch in der Ferne.

Meine Begleiter erwachten; und jetzt zeigte sich sehr deutlich der Unterschied zwischen der rohen gutherzigen Natur und der bösartigen Hartherzigkeit. Der Hofrat überließ sich der ausgelassensten Freude; er spaßte, sang und lachte unaufhörlich, ohne auch nur eine leise Ahndung von dem Gefühle zu haben, welches Ehrfurcht vor dem Unglück gebietet. Er kam mir vor wie ein Scharfrichter, der, wenn er den Kopf des Delinquenten glücklich auf einen Hieb vom Rumpfe getrennt hat, sich lächelnd umwendet und das Publikum zu fragen scheint: Habe ich es recht gemacht? Der Kurier hingegen saß still und in sich gekehrt: er wußte wohl, daß hier sich mein Schicksal entscheiden werde; auf mich warf er nur verstohlne Blicke, und es ging kein Laut aus seinem Munde.

Jetzt schwammen wir durch einen Teil der untern Stadt, der noch völlig unter Wasser stand und wo die Einwohner auf Kähnen einander besuchten und ihre Geschäfte trieben. Wir landeten nachmittags um 4 Uhr, am 30sten Mai, nicht fern vom Markte – wie fast in ganz Asien Basar genannt –, ließen einen Fuhrmann mit einem Kibitken kommen, warfen unsere wenigen Habseligkeiten hinein und fuhren gerades Weges zum Gouverneur, der oben auf dem Berge wohnte. Vor dessen Hause stieg der Hofrat zuerst allein aus und ließ mich mit dem Kurier zurück, um eine geheime Audienz zu haben. Diese Viertelstunde war eine der qualvollsten meines Lebens. Des Gouverneurs Bediente kamen einer nach dem andern heraus, begafften mich und flisterten miteinander. Endlich erschien der Hofrat, winkte mir, ihm zu folgen, und führte mich durch den Garten nach einem Gartenhause, wo der Gouverneur Mittagsruhe gehalten hatte. Im Gehen tat ich nur die einzige Frage an ihn: »Werde ich hier bleiben?« – und nun antwortete mir der unverschämte Mensch ganz trocken: »Ich weiß es nicht.«

Die Tür des Gartenhauses stand offen. Der Hofrat winkte mir, daß ich hineintreten sollte; er selbst blieb zurück. Ich trat also mutig hinein. Der Gouverneur, Herr von Kuschelew, den ich bereits in Perm als einen Menschenfreund hatte rühmen hören, ist ein Mann von etwas mehr als vierzig Jahren, mit einer klugen, edlen Physiognomie. Seine ersten Worte waren: »*Parlez-vous français,*

Monsieur?« Es war mir, als hätte ein Engel vom Himmel geredet: so sehr freute ich mich darüber, daß ich mich doch endlich einmal vollkommen verständlich machen konnte. Ich stotterte mein Ja hastig heraus. Er nötigte mich darauf nicht wie einen Arrestanten, sondern wie einen Besuch, mich neben ihm niederzusetzen, und sagte: »Ihr Name ist mir sehr bekannt; es gibt einen Schriftsteller Ihres Namens.«

»Ach, leider«, rief ich aus, »bin ich selbst dieser Schriftsteller!«

Er stutzte. »Wie!« sagte er: »Wie ist das möglich? Warum sind Sie hier?«

»Das weiß ich nicht. Man hat es nicht der Mühe wert gefunden, mir das zu sagen. Ich habe bis jetzt gehofft, es wenigstens von Ewr. Exzellenz zu erfahren.«

»Von mir? Ich weiß nichts, als was in dieser Order steht: daß Sie der Präsident Kotzebue aus Reval sind und daß man Sie meiner Aufsicht anvertraut.« Er zeigte mir die Order, die kaum aus fünf oder sechs Zeilen bestand.

»Ich komme nicht aus Reval, sondern von der preußischen Grenze.«

»Hatten Sie vielleicht keine Erlaubnis vom Kaiser? Keinen Paß?«

»O ja, einen sehr förmlichen Paß, im Namen Sr. Kaiserlichen Majestät und auf Dero Befehl vom Minister ausgefertigt. Er wurde aber nicht respektiert, sondern man riß mich aus den Armen meiner Familie, unter dem Vorwande, mich nach Petersburg zu bringen; doch statt dessen schleppte man mich ohne weitere Untersuchung hieher.«

Der Gouverneur wollte etwas sagen, hielt aber an sich. »Wissen Sie denn«, fuhr er endlich fort, »gar nichts, was man Ihnen etwa zur Last legen könnte?«

»Gar nichts, und wenn ich auf der Stelle sterben sollte! Ew. Excellenz können leicht glauben, daß ich während der langen Reise mein Gehirn genug gemartert habe, um eine Ursache dieser außerordentlichen Behandlung ausfindig zu machen.«

Der Gouverneur nach einer Pause: »Ich habe alles gelesen, was von Ihnen ins Russische übersetzt ist, und ich freue mich sehr, Ihre persönliche Bekanntschaft zu machen, ob ich es gleich um Ihretwillen an diesem Orte nicht gewünscht hätte.«

»Es ist wenigstens eine große Erleichterung meines Elends, daß ich in die Hände eines solchen Mannes gefallen bin, und ich hoffe, daß ich werde hier in Ihrer Nähe bleiben dürfen.«

»So sehr ich selbst durch Ihren täglichen Umgang gewinnen würde, so steht es doch, leider, nicht in meiner Macht, Ihnen diesen Wunsch zu gewähren.«

Ich erschrak heftig. »Also nicht einmal *hier* darf ich bleiben?« rief ich schmerzlich aus: »Ist es denn nicht Unglücks genug, den Aufenthalt in Tobolsk als eine Gnade ansehen zu müssen? Soll ich mit meinem kränklichen Körper noch weiter reisen?«

»Was in meinen Kräften steht, werde ich jetzt und immer zu Ihrer Erleichterung beitragen; allein meine Order gebietet mir, Ihnen im Tobolskischen Gouvernement, nicht in Tobolsk selbst ihren Aufenthalt anzuweisen, und Sie wissen, daß ich mich genau an meine Order binden muß. Indessen lasse ich Ihnen unter allen kleinen Städten meines Gouvernements die Wahl, nur Tjumen ausgenommen, weil es an der großen Landstraße liegt.«

»Ich bin bis jetzt so unbekannt in Sibirien, daß ich diese Wahl allein dem Wohlwollen Ewr. Excellenz überlassen muß, und ich bitte nur, so nahe als möglich bei Tobolsk bleiben zu dürfen.«

Er nannte mir darauf Ischim als die nächste Stadt (sie ist 342 Werste oder ungefähr 50 deutsche Meilen von Tobolsk entfernt), setzte aber hinzu, wenn er mir als Freund raten solle, so möchte ich lieber nach Kurgan gehen. Es sei zwar etwas weiter (427 Werste oder 64 deutsche Meilen), hingegen in einem milderen Klima gelegen. »Es ist«, sagte er lächelnd, »das Italien von Sibirien, und es

114

wachsen dort sogar einige wilde Kirschen. Was aber mehr ist als Kirschen: es wohnt daselbst ein recht guter Schlag von Menschen, mit denen es sich noch am erträglichsten leben läßt.«

»Darf ich denn wenigstens einige Wochen hier bleiben, um mich von den ausgestandenen Beschwerlichkeiten zu erholen?« – Er bewilligte es nach einigem Bedenken sehr gütig und versprach, mir selbst einen Arzt zu schicken.

Jetzt lag mir noch eine schwere Frage auf dem Herzen. »Darf ich an den Kaiser schreiben?« stammelte ich.

»Allerdings.«

»Und an meine Frau?«

»Auch das. Doch nur unter dem Kuvert des Generalprokureurs, der alsdann den Brief befördern wird, wenn er nichts Bedenkliches darin findet.«

Mit etwas erleichtertem Herzen stand ich auf. Er gab Befehl, mir in der Stadt eine gute Wohnung anzuweisen, und ich empfahl mich nebst meinem Hofrat, der von ihm ziemlich geringschätzig behandelt wurde.

»Werden Sie hier bleiben?« fragte mich der Hofrat auf dem Rückwege. – »Nein!« antwortete ich ihm kurz und trocken; dem Kurier aber erzählte ich alles. Mein Hofrat sagte mir, der Gouverneur habe von ihm zu wissen verlangt, ob ich mit einem gewissen Schriftsteller meines Namens verwandt sei; er habe ihm aber diese Frage nicht zu beantworten gewußt. Ich lächelte. Überhaupt war es lustig, die großen Augen dieses Menschen zu sehen, als er nach und nach bemerkte, daß so viele Menschen in Tobolsk mich kannten und mir gleichsam den Hof machten. Sein Maximow in Moskau und sein Justifei Timofeitsch in Kasan hatten ihm davon nichts gesagt; und, die Wahrheit zu gestehn, mir selbst war es höchst unerwartet, in einem so entfernten, rauhen Erdwinkel so viele Bekannte, ja ich darf sagen, so viele teilnehmende *Freunde* zu finden. Doch ich will meiner Erzählung nicht vorgreifen.

Die Polizei wies uns das Quartier an, welches jeder unglückliche Verwiesene von höherem Range bei seiner Ankunft zuerst zu betreten pflegt. Es sind zwei völlig leere Stuben bei einem Bürger der Stadt, der, weil er dieses *onus* – ich weiß nicht warum – unentgeltlich trägt, natürlicherweise auch keinen Beruf fühlt, für die zierliche Ausschmückung der Wohnung zu sorgen. Zerbrochene Fenster, kahle Wände, mit Streifen von ehemaligen Tapeten geziert, Ungeziefer in Menge, ein großer stehender Sumpf vor den Fenstern und daher ein mephitischer Geruch: das waren die Annehmlichkeiten, die ich sogleich auf den ersten Blick übersah; doch noch immer erfreulich für einen Menschen, der vielleicht in ein dunkles Gefängnis geworfen zu werden fürchtete: denn – mußte ich nicht alles erwarten? Mit demselben Rechte, mit welchem man mich nach Sibirien schickte, konnte man mir auch Kerker, Ketten und Knute zuerkennen. Jetzt war ich wirklich ruhiger; denn die Ungewißheit marterte mich nicht mehr. Ich stand nun auf dem Gipfel meines Unglücks und übersah meine ganze Lage ungehindert.

Durch eine Freigebigkeit, die meinem Hauswirte selten schien, die aber bloß eine meiner Gewohnheitstugenden ist, brachte ich es bald dahin, daß wir doch einige schlechte Möbel bekamen, nämlich einen Tisch und ein paar hölzerne Bänke. Bettstellen zu bekommen, durfte ich nicht hoffen. Auch war es mir nichts Neues mehr, meinen Mantel auf die Erde zu breiten und mich mit einer alten seidenen Redingote zuzudecken, in die ehemals immer mein jüngstes Kind gewickelt wurde, wenn es etwa über die Straße oder durch Zugwind getragen werden sollte. Ich weiß nicht, wie es gekommen ist, daß die Kammerjungfer meiner Frau mir diese Redingote mit in den Wagen geworfen hat; aber ich danke ihr noch heute dafür: denn an ihren Anblick knüpft sich so manche sanfte Empfindung. Ich kaufte mir hier auch wieder ein Bett-Unterpfühl. »Mein Sterbebett!« dachte ich, als ich mich zum ersten Male darauf niederwarf; und ich denke es noch, indem ich dieses schreibe.

Etwa eine Stunde nachher, als wir unsre Wohnung bezogen hatten, kam ein Polizeioffizier, von einem Unteroffizier begleitet, und übernahm mich förmlich aus den Händen des Hofrats, mit dem ich von nun an zu meiner großen Freude nichts weiter zu schaffen hatte. Der Polizeioffizier – Katalinsky hieß er – war ein junger Mann von einer einnehmenden Gesichtsbildung. Er sagte mir sehr höflich, daß er, da er der Form wegen täglich Rapport über mich abstatten müsse, sich jeden Morgen nach meinem Befinden erkundigen werde. Der Unteroffizier, setzte er hinzu, müsse zwar bei mir bleiben, solle mich aber nicht bewachen, sondern bedienen. Mit diesen Worten verließ er mich und ist mir auch während meines Aufenthaltes in Tobolsk nie beschwerlich gefallen.

Sobald der Hofrat sich von der Last, mich zu bewachen, befreit sah, ging er aus, mit dem Versprechen, mir einen Freund zuzuführen, den er vor einem Jahre auch hieher geleitet und von dem er mir schon unterwegs oft viel Rühmens gemacht hatte. Da sein Lob mir aus guten Gründen sehr verdächtig war, so hatte ich eben kein Verlangen, diesen Freund näher kennen zu lernen. Desto angenehmer wurde ich aber überrascht, als ich bald darauf in dem Herrn von Kinjakow einen der gebildetsten jungen Männer kennen lernte. Er redete mich französisch an, versicherte, daß er mich als Schriftsteller kenne und ehre, erbot sich, mir aus allen Kräften zu dienen, beklagte, daß mich ein solches Schicksal betroffen und daß ich in Gesellschaft eines solchen elenden Menschen habe reisen müssen.

»Aber dieser Mensch nennt sich Ihren Freund!«

»Gott bewahre mich vor einem solchen Freunde! Daß ich ihn schonen mußte und noch schone, begreifen Sie leicht.«

Kinjakow, der Sohn eines wohlhabenden Edelmannes in der Stadt Simbirsk, ein paar hundert Werste südwärts von Kasan, war mit zweien seiner Brüder und drei andern Offizieren Hals über Kopf hieher geschickt worden, weil sie bei einem fröhlichen Gelage sich einige freie Scherze erlaubt hatten, die ein Verräter dem Kaiser hinterbracht haben mußte. Ihm allein unter seinen Gefährten war das *Glück* zuteil geworden, in Tobolsk zu bleiben. Ein paar wurden nach Irkutsk gesandt; sein jüngerer Bruder saß 4000 Werste von Tobolsk in einer kleinen Festung in Ketten; ein anderer schmachtete in Beresow, das heißt in der Hölle.

Mir gewährte es einen nicht geringen Trost, einen Menschen anzutreffen, der die edelsten Gesinnungen und die feinsten Gefühle zu haben schien und mit dem ich schon in der ersten Viertelstunde eine Art von Freundschaft errichtete. Er erwähnte einer kleinen Bibliothek, die er besitze – welch eine Nachricht! Er versprach mir Bücher– welch ein Glück! Ich hatte so lange kein Buch gesehen. Von ihm erfuhr ich auch zuerst, daß der Kaiser vor kurzem die ganze ausländische Literatur verboten habe und daß man daher jedes Buch, welches man besitze, als einen Schatz betrachten müsse. Er erzählte mir ferner, daß mehrere meiner Stücke auf dem Tobolskischen Theater gespielt würden, freilich elend, aber doch mit großem Beifall; und daß daher meine Ankunft in der Stadt mehr Sensation gemacht habe als wenn – so drückte er sich aus – der Kaiser sechs Generale *en chef* hergeschickt hätte. Er bot mir endlich sein Haus zur Wohnung und seinen Tisch an, wenn der Gouverneur es erlaube; und so trennten wir uns nach einer Stunde, gegenseitig sehr zufrieden miteinander.

Nach und nach fanden sich mehrere Verwiesene bei mir ein. Ein gewisser Baron Sommaruga, aus Wien gebürtig, seinem Vorgeben nach Obrister in östreichischen Diensten und Ritter des Theresien-Ordens, der in Riga eine Liebesgeschichte und ein Duell gehabt hatte und, wie er behauptete, deshalb verwiesen war. Ein unbegünstigter, aber mächtiger Nebenbuhler seiner Geliebten und jetzigen Frau hatte ihm dieses Schicksal zubereitet, doch selbst keinen Vorteil davon gezogen. Denn die junge, kaum achtzehn Jahre alte Frau hatte vierzehn Tage nach ihres Mannes Wegbringung ihre Vaterstadt, ihre Eltern und Freunde verlassen und war ganz allein, ohne ein Wort Russisch zu verstehen, bloß von dem Fuhrmann begleitet, der sie führte, ihrem Manne ins Elend gefolgt. In Moskau erfuhr sie, daß er in Twer krank läge. Sogleich kehrte sie wieder um, traf ihn in Twer, pflegte ihn bis zu seiner Wiederherstellung und reiste dann mit ihm nach Tobolsk, wo ich sie selbst gesehen und ihre standhafte Liebe bewundert habe. Ihr gutes Herz bewies sich auch an mir; denn da ich anfangs (nicht aus Mangel an Gelde, sondern aus Unkunde der Zubereitung) außer trockenem Brote gar nichts zu essen hatte, so schickte sie mir einigemal Suppe und Braten von ihrem Tische.

Ein anderer Verwiesener war ein gewisser Graf Soltikow, ein reicher alter Mann, der, wie man sagte, wegen Wuchers sich schon seit vielen Jahren hier aufhalten mußte und ein gutes Haus machte. Er verstand mehrere Sprachen, schien ein angenehmer Gesellschafter zu sein und versorgte mich mit deutschen und französischen Zeitungen.

Drei Kaufleute aus Moskau, zwei Franzosen und ein Deutscher namens Becker, gehörten auch unter die Zahl der Unglücklichen, weil sie sich eine geringe, 200 Rubel werte Konterbande hatten zuschulden kommen lassen. Der letztere besonders schien ein sehr wackerer, dienstfertiger Mann zu sein. Seine Frau war nach Petersburg gereist, um seine Befreiung zu versuchen; sollte ihr das aber nicht gelingen, so erwartete er sie und seine Kinder mit der ersten Schlittenbahn. Dadurch weckte er in mir die tröstende Idee, daß alsdann vielleicht meine Familie mit der seinigen Gesellschaft machen könnte.

Drei oder vier Polen, deren Namen ich vergessen habe und die sich wegen politischer Vergehungen hier befanden, besuchten mich gleichfalls. Es waren sehr arme Edelleute, deren jeder von der Krone täglich 20 Kopeken (jetzt ungefähr drei Groschen Sächsisch) zu seinem Unterhalte bekam. Kurz, mein Zimmer wurde nicht einen Augenblick leer, und die Wahrheit zu sagen, das fiel mir lästig; ich war froh, daß ich, als der Abend heran kam, mich ungestört auf mein hartes Lager werfen und meinen Gedanken nachhängen durfte.

Ich entschlummerte endlich, und in dieser Nacht begegnete mir ein höchst sonderbarer Zufall, dessen Erklärung ich meinen Freunden Hufeland oder Gall überlasse. Etwa um Mitternacht erwachte ich, und es kam mir vor, als wäre ich auf einem Schiffe; ich empfand nicht allein ganz eben dieselbe Bewegung, sondern hörte auch das Rauschen der Wellen und sogar das Schreien und Rufen der Matrosen. Dabei war ich meines Bewußtseins völlig mächtig. Da ich auf der Erde lag, so konnte ich, wenn ich nach dem Fenster blickte, nur den Himmel sehen, was denn die Täuschung noch vermehrte. Ich war mir dessen bewußt und stand daher auf; doch vergebens! Es war gleichsam ein Kampf zweier Seelen in mir, deren eine mich ebenso mächtig in meinem Wahne bestärkte, als die andre mir zurief: Es ist nur Täuschung! Ich wankte im Zimmer umher, sah den Hofrat schlafen, sah, daß alles war wie gestern Abend, trat ans Fenster und heftete mein Auge starr und lange auf ein großes steinernes Gebäude, welches mir gegenüber stand; und dieses Gebäude war das einzige, was sich nicht zu bewegen schien: alle die übrigen hölzernen Häuser schienen mir Schiffe, und ringsumher glaubte ich das offene Meer zu sehen. »Wo schleppt man mich hin?« fragte die eine Seele. »Nirgends«, versetzte die andere; »du bist in deinem Zimmer.« Dieser Zustand, dessen seltsame Qual keiner eigentlichen Beschreibung fähig ist, währte wohl eine halbe Stunde; nach und nach verminderte er sich, und endlich hörte er ganz auf. Nur ein ängstliches Herzklopfen und ein geschwinder zitternder Puls blieben mir noch zurück. Kopfschmerz hatte ich nicht dabei, auch keinen Druck, keine Hitze im Kopfe. Ich glaube daher, daß mein Zustand ein Vorbote des Wahnsinns war.

Am folgenden Morgen besuchte mich der Hofrat Peterson, Generalstabs-Chirurgus in Tobolsk, ein Revaler von Geburt. Er erklärte den Zufall freilich sehr leicht und natürlich durch die vorhergegangene viele Unruhe. Mir war diese Erklärung nicht psychologisch genug; doch zweifle ich fast selbst, daß man eine genugtuendere zu geben imstande sein wird. Übrigens empfing ich diesen wackern Mann mit dem günstigsten Vorurteil; denn er war ja ein Landsmann meiner guten Frau! Aber auch ohnedies würde er durch seine herzliche, ungekünstelte Teilnahme mein Vertrauen bald gewonnen haben. Er hat mir während meines Aufenthaltes in Tobolsk täglich Beweise seiner Menschenliebe gegeben. Ja, sie haben mich sogar bis in meine Einöde begleitet: denn ihm verdanke ich einen kleinen Vorrat von einigen der notwendigsten Arzneimittel, die mir in Kurgan, wo ich mein eigener Arzt sein muß, unschätzbar sind. Auch tat er in Tobolsk alles mögliche, um den Gouverneur zu bereden, daß er mich dort behalten sollte. Ich glaube aber in der Tat, daß dieser es nicht bewilligen konnte. Denn in der Order, welche der Begleiter jedes Gefangenen mitzubringen pflegt, steht entweder: »Der Gefangene wird nach Tobolsk gesandt« oder »in das Tobolskische Gouvernement«. Im letztern Falle ist auch zuweilen der Ort hinzugefügt, wohin er geschickt werden soll, als Beresow, Omsk usw. Ist das nicht geschehen, so steht es dem Gouverneur frei, den Ort selbst zu bestimmen. Und auf diesen Umstand gründeten meine neuen Freunde die Hoffnung, daß sie ihn vielleicht bewegen würden, mich dort zu behalten. In der Regel aber darf des Gouverneurs Wahl nie die Gouvernements-Stadt treffen, und wenn er aus besonderm Wohlwollen zuweilen von dieser Regel abweicht, so geschieht es doch nur bei wenig bekannten Personen, von denen zu vermuten ist, daß man nicht weiter nach ihnen fragen wird. Ich aber war, leider, allzubekannt; meine Sendung selbst war mit ungewöhnlichen Umständen verknüpft, die sie wichtiger machten als manche andre. Der Gouverneur mußte heimliche

Angebereien befürchten, die jetzt ohnehin nicht selten sind. Kurz, sein ganzes Benehmen hat mich überzeugt, daß es ihm selbst in der Seele weh tat, keine Rücksicht auf die Vorbitte meines Arztes nehmen zu dürfen, ungeachtet dieser sie mit medizinischen Gründen unterstützte. Er machte mir indes Hoffnung, mir zuweilen Erlaubnis zu einer Reise nach Tobolsk zu erteilen, wenn mein Gesundheitszustand es erfordern sollte.

Den ersten ganzen Tag blieb ich zu Hause und beschäftigte mich, so oft ich nicht von lästigen Besuchen unterbrochen wurde, mit meinem Memorial an den Kaiser, welches ich jetzt, da ich die Materialien unterwegs so fleißig zusammengetragen hatte, fast nur abzuschreiben brauchte. Ich kleidete es in achtzehn Punkte ein, deren jeden ich mit den bündigsten Beweisen belegte; und ich bin es meiner Ehre, meinen Kindern, meiner Unschuld, der Welt und Nachwelt schuldig, dieses Memorial dem Leser in einem Auszuge (aus dem französischen Original) mitzuteilen. Ein Teil dieses Auszuges ist noch in Kurgan geschrieben. Den Überrest und alles andere, was noch in diesem Buche folgt, habe ich erst späterhin aufgesetzt. Es enthält zugleich einen kurzen Abriß meines ganzen öffentlichen und zum Teil auch meines Privatlebens, worüber in Deutschland, England und Frankreich so manches Unwahre oder Halbwahre geschrieben worden ist.

Memorial für den unglücklichen Kotzebue, mit Beweisen unterstützt, die sich fast sämtlich unter den ihm weggenommenen Papieren befinden.

1. Kotzebue, in Weimar geboren, ein Sohn des verstorbenen Legationsrats Kotzebue, wurde in seinem zwanzigsten Jahre durch den Grafen von Goertz, damaligen preußischen Minister am Russischen Hofe, einen Freund seines Vaters, nach Petersburg berufen und

ging dahin als Sekretär des Generalingenieurs von Bawr, dem er in mancherlei Krongeschäften bis an dessen Tod redlich diente.

BEWEIS: Der General empfahl ihn in seinem Testamente der Kaiserin, welche ihn durch einen Immenoi-Ukas zum Titulär-Rat ernannte und den Befehl gab, daß er in der neuerrichteten Revalschen Statthalterschaft angestellt werden sollte.

2. K. ging also 1783 nach Reval, als Assessor des dortigen Oberappellations-Tribunals, und verwaltete dieses Amt zwei Jahre zur Zufriedenheit seiner Obern.

BEWEIS: Der Generalgouverneur, Graf Browne, empfahl ihn zu der erledigten Stelle eines Präsidenten des Gouvernements-Magistrats (welche den Rang eines Obristlieutenants erteilt), und der Senat ernannte ihn dazu im Jahre 1785.

3. K. bekleidete dieses Amt zehn Jahre lang ohne Tadel.

ERSTER BEWEIS: Als K. nach zehn Jahren durch seine sehr geschwächte Gesundheit genötigt wurde, um seinen Abschied zu bitten, erteilte ihm der Senat denselben mit Erhöhung des Ranges. Der Senats-Ukas befindet sich unter den weggenommenen Papieren.

ZWEITER BEWEIS. Die Regierung in Reval stellte ihm über seine untadelhafte Amtsführung ein förmliches Zeugnis aus, dessen Original gleichfalls unter den versiegelten Papieren befindlich ist.

4. Kotzebue zog sich im Jahre 1795 auf das Land zurück, wo er 48 Werste von Narwa sich den kleinen Landsitz Friedenthal anbaute und bis zum Herbst 1797 sich, seiner Familie und den Musen still und ruhig lebte. Dann wurde er nach Wien berufen, um an der Direktion der dortigen Hoftheater teilzunehmen. Man trug ihm vorteilhafte Bedingungen an. Er glaubte, seinen Kindern dieses Opfer schuldig zu sein, bat seinen Monarchen um dessen Einwilligung und erhielt sie.

BEWEIS: Der Paß, welchen die Regierung in Reval ihm auf höhern, ausdrücklichen Befehl ausfertigen ließ.

5. Kotzebue ging nach Wien, doch ohne seinen Landsitz in Estland zu veräußern, wohin er einst zurückzukehren hoffte. In Wien erfüllte er seine Pflichten redlich und mit Eifer.

BEWEIS: Das höchst schmeichelhafte Zeugnis der Oberhoftheatraldirektion, dessen Original unter den weggenommenen Papieren befindlich ist.

6. Se. Majestät Kaiser Franz der Zweite selbst war mit seinen Diensten und seinem Betragen zufrieden.

BEWEIS: Er bewilligte zwar den Abschied, den Kotzebue sich aus verschiedenen Ursachen erbat, behielt ihn aber als Hoftheater-Dichter in seinen Diensten, mit einer lebenslänglichen Pension von 1000 Gulden, und der Erlaubnis, diese zu verzehren, wo er wolle. Das Originaldekret und ein Brief des Ministers Grafen Colloredo über diesen Gegenstand sind gleichfalls unter den verdächtig geglaubten Papieren.

7. Kotzebue war mit diesen ehrenvollen Zeugnissen, welche bloß seine Dienste betrafen, noch nicht zufrieden; er glaubte, ehe er Wien verließ, auch noch ein Zeugnis seines Betragens als Bürger eines monarchischen Staates verlangen zu müssen, wandte sich deshalb an den Minister der Geheimen Polizei, Grafen Saurau, und erhielt die befriedigendste Antwort.

BEWEIS: Das Originalbillett des Ministers und ein offizieller Brief des Hofrats von Schilling, beide unter den weggenommenen Papieren befindlich.

8. Von Wien begab sich Kotzebue geraden Weges nach Weimar, seiner Vaterstadt, wo er aus kindlicher Liebe zu einer fast siebzig-

jährigen Mutter für einige Zeit seinen Aufenthalt wählte. Er kaufte sich Haus und Garten in der Nachbarschaft und lebte daselbst während des letzten Jahres gekannt und geachtet, sowohl von dem herzoglichen Hofe, den er zu frequentieren die Ehre hatte, als auch von allen seinen Mitbürgern.

BEWEIS. Ein Brief der regierenden Frau Herzogin von Weimar Durchlaucht an die Frau Großfürstin Elisabeth Kaiserliche Hoheit, den man gleichfalls unter seinen Papieren gefunden haben wird. Er beruft sich übrigens dreist auf das Zeugnis des regierenden Herrn Herzogs wie auch der verwitweten Frau Herzogin Mutter.

9. Teils um die Sehnsucht seiner Gattin, einer gebornen Livländerin, zu befriedigen, teils um nach einer langen Trennung zwei Söhne zu umarmen, welche so glücklich sind, in dem adeligen Landkadettenkorps in Petersburg erzogen zu werden, entschloß sich Kotzebue zu einer Reise nach Rußland. Seine Pflicht als Hoftheaterdichter des K.K. Hofes verband ihn vor allen Dingen, in Wien um einen Urlaub nachzusuchen, welcher ihm zugestanden wurde.

BEWEIS: Das Original desselben ist unter seinen Papieren und zeigt zugleich, daß er wirklich noch in K.K. Diensten steht.

10. Kotzebue wagte es nunmehr, Se. Majestät den Russischen Kaiser um einen Paß zu bitten, und erhielt ihn. (Hier wurden die näheren Umstände angeführt.)

BEWEIS: Der Brief des Herrn Barons von Krüdener im Original.

11. Kotzebue reist und wird an der Grenze arretiert. Er ist im ersten Augenblicke bestürzt, beruhigt sich aber bald durch den Gedanken: daß weise Vorsicht eine Maßregel vorgeschrieben haben könne, welche der Schwindel unserer Zeiten vielleicht sehr notwendig mache. Im Vertrauen auf die Unschuld seiner Papiere und auf sein

gutes Gewissen tröstet er seine zagende Familie und setzt seine Reise bis Mitau *ruhig* fort.

BEWEIS: Er beruft sich auf das Zeugnis des ihn begleitenden Offiziers.

12. In Mitau wird er von seiner Familie getrennt, und zwar unter dem Vorwande, nach Petersburg geschickt zu werden. Auch in diesen Befehl fügt er sich willig, erfährt aber bald, daß man ihn gerade nach Sibirien schleppt.

Jetzt erst bemächtigt sich Verzweiflung seiner Seele. Er fragt sich vergebens, welches Verbrechen er begangen habe. Sein Gewissen ist rein vor Gott und seinem Souverän.

13. Ist es vielleicht wahrscheinlich, daß er revolutionäre Grundsätze hege? – Nein.

ERSTER BEWEIS: Zwei seiner Söhne sind im Kadettenkorps zu Petersburg und der dritte im Ingenieurkadettenkorps zu Wien. Sie sind gleichsam Geiseln, die er freiwillig gestellt hat.

ZWEITER BEWEIS: Sein ganzes Vermögen so wie auch das Vermögen seiner Gattin befindet sich in Rußland, und nie hat er den geringsten Versuch gemacht, es herauszuziehen.

DRITTER BEWEIS. Es stand ihm frei zu gehen, wohin er wollte; er ging aber nicht nach Frankreich, sondern nach Weimar, und Se. Majestät der Römische Kaiser ließ ihm nach wie vor sein Gehalt auszahlen.

VIERTER BEWEIS: Er war der erste, der schon 1790 in einem Lustspiele *Der weibliche Jakobiner-Club* das Ausschweifende der Französischen Revolution persiflierte. Im Jahre 1792 schrieb er ein Buch *Vom Adel*, welches, wenn es gleich nur durch den Gegenstand Aufmerksamkeit verdient, wenigstens die loyalen Gesinnungen des Verfassers beweist.

126

FÜNFTER BEWEIS: Es ist kaum ein Jahr her, als er in einer Schrift, *Über meinen Aufenthalt in Wien* betitelt, öffentlich erklärte: »daß er die monarchische Verfassung jeder andern vorziehe und daß er nie die Hand zu einer Revolution bieten werde, ohne vorher ein Narr oder ein Schurke geworden zu sein«. – Ein Schriftsteller, der fast in ganz Europa bekannt ist, würde sich gewiß hüten, eine so starke Äußerung im Angesichte der Welt drucken zu lassen, wenn er nicht von der Dauer seiner Gesinnungen überzeugt wäre.

SECHSTER BEWEIS: Schon im Jahre 1795 überreichte er der Kaiserin Katharina der Zweiten den Plan zu Errichtung einer Universität in Dorpat und führte, unter andern Beweggründen, auch den mit an: daß die Jünglinge dort weniger in Gefahr sein würden, ruhestörende Grundsätze einzusaugen.

14. Unterhält Kotzebue vielleicht verdächtige Verbindungen? – Nein!

BEWEIS: In dem großen Buche, welches sich unter seinen Papieren befindet, wird man nicht allein die Namen aller derer antreffen, mit welchen er in Korrespondenz steht, sondern auch die Brouillons aller seiner Briefe von einiger Wichtigkeit.

15. Vermutet man vielleicht, daß seine Einkünfte aus einer unreinen Quelle herrühren? – Man würde sehr irren.

BEWEIS: Das angeführte Buch enthält die genaue Angabe aller seiner Einnahmen.

16. Hat er vielleicht jemals über Politik geschrieben? – Nein!

BEWEIS: Das angeführte Buch enthält eine jährliche Liste aller seiner schriftstellerischen Arbeiten.

17. Wäre es vielleicht möglich zu argwöhnen, daß seine persönlichen Gesinnungen gegen den Kaiser nicht den Stempel der schuldigen Ehrfurcht trügen? – Gerade das Gegenteil.

BEWEIS: Als er im Jahre 1796 einen Zug von der großmütigen Freigebigkeit des Kaisers in Erfahrung brachte, ergriff er diesen Gegenstand mit Wärme und machte ein kleines Drama daraus, *Der alte Leibkutscher Peters des Dritten,* welches, obschon vielleicht des Monarchen unwert, doch wenigstens die Gesinnungen des Verfassers in ein helles Licht stellt.

Endlich 18. Ist Kotzebue vielleicht ein so unmoralischer Mensch, daß man ihn aus der Gesellschaft verbannen muß? – Gewiß nicht!

ERSTER BEWEIS: Man öffne, wo man wolle, sein Tagebuch kleiner merkwürdiger Begebenheiten, welches gleichfalls unter den weggenommenen Papieren ist: was wird man finden? Hier einen Baum, den er am Geburtstage seiner Gattin pflanzte; dort ein ländliches Fest oder den ersten Zahn eines Kindes; kurz, man wird sehen, daß er seine süßesten Freuden immer im Schoße seiner Familie suchte und fand.

ZWEITER BEWEIS: Der Kalender, der bei seinen Papieren liegt und in welchem er Franklins Mittel, moralisch vollkommner zu werden, zu realisieren suchte, sei Zeuge, daß er die Tugend aufrichtig liebt. Man wird auf den ersten Blick bemerken, daß er diese Bekenntnisse nur für sich allein geschrieben und daß er nie geglaubt hat, sie vor seinem Tode in fremden Händen zu sehen. Er wird in diesen Bekenntnissen zuweilen als ein schwacher, aber gewiß nie als ein lasterhafter Mensch erscheinen. Wer ihn kennt, weiß überdies, daß er ein zärtlicher Gatte und Vater ist: Eigenschaften, die mit dem Laster unvereinbar sind.

Kotzebue hat also *bewiesen,* daß er seit zwanzig Jahren untadelhaft gelebt und gedient, nie revolutionäre Grundsätze gehegt und nie verdächtige Verbindungen gehabt hat; daß er nie politischer

Schriftsteller gewesen ist, daß er seinen Monarchen ehrt und daß er Weib und Kind, Tugend und Ruhe liebt. Durch welches unfreiwillige Vergehen ist er denn nun so unglücklich gewesen, sich Ewr. Majestät Zorn zuzuziehen? Er weiß es nicht; er sucht vergebens, es zu erraten, und es bleibt ihm keine andere Vermutung übrig als die: daß vielleicht ein heimlicher Feind Sätze oder Perioden seiner Schriften aus dem Zusammenhange herausgerissen und in einem nachteiligen Lichte dargestellt habe. Ist diese Vermutung gegründet, so bittet er um die einzige Gnade, sich verteidigen zu dürfen. Ew. Majestät wissen zu gut, wie leicht die unschuldigste Äußerung durch eine boshafte Wendung entstellt werden kann. Kotzebue kann sich oft geirrt haben – ein Schicksal, welches er mit allen Schriftstellern gemein hat; es kann ihm hier und da ein unbedachtes Wort, eine übel gesagte Phrase entschlüpft sein: aber nie – er schwört es vor Gott und dem Throne seines Monarchen! – nie hat er sich von der Bahn der Tugend entfernen wollen. Hat er unwissend gefehlt: nun, er hat dafür gebüßt, und – die Vaterhand seines Kaisers wird den Tiefgebeugten wieder aufrichten.

Werfen Ew. Majestät einen Blick auf seine schreckliche Lage! Seine schwangere Gattin tötet vielleicht der Gram, indem sie einem Geschöpfe das Dasein gibt, dessen erster Laut das Geschrei des Elends sein wird! Sein Wohlstand ist zerrüttet und seine verwaisten Kinder werden darben! Sein Ruf ist befleckt; die Welt wird glauben, er habe ein Verbrechen begangen! Da er seit zwölf Jahren kränklich und in einem fürchterlichen Himmelsstriche dem Mangel ausgesetzt ist, so werden Gram, Elend und Krankheit bald sein Leben endigen! Er, ein geliebter Gatte und Vater von sechs Kindern, wird, verlassen von der ganzen Welt, seine letzten Seufzer aushauchen! Dies ist das schreckliche Los eines Unschuldigen! Nein, nein! Paul der Gerechte lebt noch! Er wird dem Unglücklichen Ehre, Leben und Ruhe wiederschenken, indem er ihn in die Arme seiner Familie zurückführt. – – –

Als ich dieses *Mémoire* beinahe vollendet hatte, wollte mein Hofrat soeben einen Besuch bei dem Gouverneur abstatten. Ich trug ihm auf, sich zu erkundigen, zu welcher Zeit am folgenden Tage ich dem Gouverneur aufwarten dürfe, um ihm mitzuteilen, was ich geschrieben hätte. Er brachte mir zu seinem eigenen Erstaunen die Antwort zurück: von morgens um fünf bis abends um elf Uhr stehe der Gouverneur ganz zu meinen Diensten. Der Herr Hofrat konnte nicht begreifen, wie man mit einem Verwiesenen so viele Umstände machen und einen Hofrat so vernachlässigen könne!

Am folgenden Morgen ging ich zu dem Herrn von Kuschelew, ohne von einer Wache begleitet zu sein. Er empfing mich mit ausgezeichneter Achtung. Ich las ihm mein *Mémoire* vor. Am Schlusse desselben ließ er einige Tränen fallen, ergriff meine Hand, drückte sie mit Wärme und sagte mit einer tröstlichen Überzeugung: »Beruhigen Sie sich! Ihr Unglück wird gewiß nicht lange dauern.« Hierauf war er so gütig, das *Mémoire* selbst noch einmal mit vieler Aufmerksamkeit durchzugehen und mir jede Stelle, jedes Wort anzudeuten, wo er etwa einen mildern, schonendern Ausdruck für wirksamer hielt. Ich benutzte seine Bemerkungen, schrieb dann alles ins Reine (wozu er mir selbst von seinem besten Papiere gab) und überlieferte hierauf die Abschrift seinen Händen. Er versprach, sie durch meinen Hofrat, der in wenigen Tagen nach Petersburg zurückkehren sollte, gerade an den Monarchen zu senden; und er hat Wort gehalten.

Wo nähme ich überhaupt Ausdrücke her, den an mir bewiesenen Edelmut dieses Mannes nach Verdienst zu schildern! Es stand in seiner Willkür, mich allenfalls nach Beresow an die Küste des Eismeers zu verweisen, wo in den heißesten Sommertagen die Erde kaum in der Tiefe einer halben Elle auftaut; er wählte mir aber das mildeste Klima seines Gouvernements und ein Städtchen, dessen Bewohner er als gute Menschen kannte. In Tobolsk konnte er mich meinem einsamen Gram und dem Mangel überlassen; er zog mich aber fast täglich an seine Tafel, ohne die Blicke der beiden Senatoren zu scheuen, welche eben gegenwärtig waren, um seine Verwaltung zu untersuchen: eben die, deren Kurier meine Hoffnung in Kasan so schrecklich täuschte.

Er tat noch mehr. Da er sah, daß ich der russischen Sprache noch nicht sehr mächtig war und also oft in Verlegenheit kommen mußte, so erlaubte er mir, einen Bedienten anzunehmen, der außer der russischen Sprache noch eine andere mir geläufige verstände. Die Wahl eines solchen Subjekts war leicht. Denn es befand sich in ganz Tobolsk nur ein einziger Mensch, ein Italiener namens Russi oder Rossi (man nannte ihn gewöhnlich Ruß), der sich dazu erbot. Auch er war ein Verwiesener und schon seit zwanzig Jahren hier. Er hatte vormals auf der Flotte zu Cherson gedient und mit mehreren seiner Kameraden ein Komplott gemacht, den Offizier, der ihr Schiff kommandierte, umzubringen und das Schiff selbst den Türken zuzuführen. Die Verschwörung war aber vor der Ausführung verraten und mein Ruß durch den Fürsten Potemkin nach Sibirien geschickt worden. Hier mußte er sich zwar als Bauer einschreiben lassen und die gewöhnlichen Bauernabgaben entrichten, erhielt aber jährlich von dem Schulzen oder Vorsteher des Dorfes einen Paß, um sich in der Stadt nach eigenem Belieben zu nähren. Das verstand er denn auch vortrefflich. Er war ein Tausendkünstler, machte heute Kleider oder Schuhe und morgen kleine Bratwürste, trug sich jedem fremden Durchreisenden als eine Art von Lohnlakai an, spielte den Kuppler und ging mit auf Reisen, wenn diese nicht die Grenzen des Gouvernements überschritten; kurz, er ließ sich zu allem gebrauchen. Eine feine Physiognomie und ein sehr listiger Blick zeichneten ihn sogleich aus. Sein eigentliches Handwerk war Betrügen, und der Gouverneur warnte mich vor ihm, da er bis jetzt noch jeden seiner hundert Herren betrogen und bestohlen habe; doch mir blieb keine Wahl

131

übrig. Dieser Mensch sprach ebenso geläufig Französisch als Russisch, kannte überdies das ganze Land, war überall gewesen, konnte backen und kochen; kurz, er war mir unschätzbar. Ich nahm ihn daher für drei und einen halben Rubel monatlich und Essen und Trinken in meine Dienste. Und der Gouverneur erlaubte mir sogar, bei meiner Abreise nach Kurgan ihn mitzunehmen: eine Begünstigung, die, wenn man sie in Petersburg erfuhr, ihn leicht seine Stelle kosten konnte. Zwar stand Russis Name nicht mit in dem mir erteilten Postpaß; aber der Gouverneur sah doch durch die Finger. Übrigens schlüpfte der Kerl, da er alle Dörfer ringsumher kannte, glücklich mit durch.

In den ersten Tagen meines Aufenthaltes zu Tobolsk genoß ich, wie schon gesagt, einer fast unbegrenzten Freiheit. Ich konnte Besuche geben und annehmen, wann und so oft ich wollte. Mein Zimmer wurde selten leer von Besuchenden, und ich selbst war oft und gern bei meinem neuen Freunde Kinjakow, den ich sauber und nett eingerichtet fand und bei dem eine auserlesene kleine Bibliothek, besonders von den besten französischen Werken, mich anlachte. Ich ging allein auf den Straßen, ich ging allein außerhalb der Stadt spazieren und niemand gab acht auf mich.

Das änderte sich aber plötzlich. Der Gouverneur ließ mich eines Morgens zu sich rufen und teilte mir seine Besorgnisse sehr gütig mit. »Ihre Ankunft«, sagte er, »fährt fort, außerordentliches Aufsehen zu machen. Ich darf Sie daher nicht als einen gewöhnlichen Exilierten betrachten, sondern muß behutsam gehen. Der Hofrat, Ihr Begleiter, macht noch immer keine Anstalten zu seiner Rückreise. Vielleicht hat er insgeheim den Auftrag, mein Betragen gegen Sie zu beobachten. Auch die Senateurs könnten es auffallend finden, wenn ich Sie zu sehr auszeichnete. Es geschieht daher um meiner und sogar um Ihrer eigenen Sicherheit willen, wenn ich Sie künftig etwas mehr einschränke. Ich bitte« – der edle Mann konnte befehlen, aber er bat – »ich bitte Sie, nehmen Sie keine Besuche mehr an, außer von Ihrem Arzte; gehen Sie auch zu niemandem, außer zu dem und zu mir: mein Haus steht Ihnen immer offen.«

Ich bat ihn, wenigstens in Ansehung des Herrn Kinjakow eine Ausnahme zu machen. Er zuckte die Achseln, lobte zwar diesen verdienstvollen jungen Mann, dessen Gesellschaft er selbst liebte, gab mir aber dabei zu verstehen, daß gerade Kinjakow (von dessen Unschuld er selbst überzeugt sei) in Petersburg am schlimmsten angeschrieben stehe und daß ein Bericht über meinen Umgang mit ihm mir den meisten Schaden tun könne. Ich dankte ihm für die Güte, mit welcher er mir seine Gründe auseinandersetzte, und gehorchte schweigend.

Bis dahin hatte ich nur einen alten Unteroffizier namens André Iwanowitsch in meinem Vorzimmer gehabt, der ein etwas bornierter, sehr gutmütiger alter Mann war und fast den ganzen Tag schlief. Jetzt kam noch ein zweiter, jüngerer hinzu, der mich indessen ebenso wenig wie der ältere genierte. Beide bedienten mich, kochten mir Teewasser, holten mir vom Markte, was ich brauchte, wiesen aber auch, den Arzt ausgenommen, jedermann ab, der mich besuchen wollte, und so oft ich ausging, begleitete mich einer von ihnen. Ich merkte bald, daß sie angewiesen waren, darauf acht zu geben, daß niemand mit mir spräche und daß ich kein fremdes Haus beträte; übrigens ließen sie mich aber ungehindert in der Stadt und außerhalb der Stadt umhergehen, wo ich wollte.

Durch meinen verschmitzten Ruß konnte ich indes sehr leicht Billette mit meinen neuen Freunden wechseln. Wir gaben uns öfters Rendezvous auf dem Markte, unter den bedeckten Buden; und indem wir beide eine Ware zu besehen und darum zu handeln schienen, sprachen wir verstohlen einige Worte miteinander.

Auf die Verschwiegenheit der Kaufleute und Krämer konnten wir uns dabei sicher verlassen. Es schien überhaupt, als ob das Unglück, exiliert zu sein, in Sibirien Anspruch auf allgemeine Achtung und Hülfe gäbe. Mehrere Kaufleute, die ich zum ersten

Male in meinem Leben sah, haben mir, wenn ich an ihrem Laden vorbeiging, zugeflistert: »Wollen Sie vielleicht einen Brief an Ihre Familie schreiben? Geben Sie ihn mir. Er soll richtig bestellt werden.« Und das taten sie ohne Eigennutz, ohne etwas dafür zu verlangen. Selbst die Benennung, mit der man die Verwiesenen allgemein bezeichnete, schien entweder von zarter Schonung oder von der Überzeugung ihrer Unschuld eingegeben zu sein; denn man nannte sie *neschtschastii* – Unglückliche. Nie habe ich eine andere, am wenigsten erniedrigende, auf Verbrechen hindeutende Benennung der Verwiesenen gehört.

Der Ausländer pflegt mit den Worten *Verweisung nach Sibirien* so mancherlei teils dunkle, teils falsche Begriffe zu verbinden, daß ich ihm einen Dienst zu erzeigen glaube, wenn ich seine Vorstellungen davon berichtige. Es gibt sehr verschiedene Klassen von Verwiesenen.

Erstens: Wirklich überwiesene schwere Verbrecher, die ihre Obrigkeit gesetzlich verurteilt hat und deren Urteil vom Senat in Petersburg bestätigt worden ist. Diese werden zu den Arbeiten in den Bergwerken von Nertschinsk verdammt, müssen die Reise dahin zu Fuß in Ketten machen und leiden allerdings mehr als den Tod. Gewöhnlich haben sie vorher die Knute bekommen und man hat ihnen beide Nasenlöcher aufgerissen.

Zweitens: Eine andere Gattung von minder großen Verbrechern, die indes doch auch durch Urteil und Recht ihre Strafe dulden. Sie werden in Sibirien als Bauern eingeschrieben, erhalten einen Bauernnamen und müssen das Feld bearbeiten. Auch unter ihnen sieht man viele mit aufgeschlitzten Nasen; sie können aber, wenn sie fleißig sind, doch etwas erwerben und ihr Schicksal erträglich machen: ihre Strafe kann zu ihrer wahren Besserung gedeihen.

Eine dritte Klasse besteht aus solchen, die zwar auch das Gesetz verurteilt hat, aber bloß zur Verbannung, ohne irgendeinen entehrenden oder drückenden Nebenumstand. Sie werden, wenn sie

Edelleute sind, gewöhnlich ihres Adels nicht verlustig erklärt, dürfen an dem Orte ihrer Bestimmung ohne Zwang leben, dürfen sich auch wohl Geld zu ihrem Unterhalte von Hause kommen lassen oder erhalten, wenn sie arm sind, von der Krone täglich zwanzig bis dreißig Kopeken und wohl noch mehr.

Die vierte Klasse endlich begreift solche, die ohne Urteil und Recht, aus Willkür und auf Befehl des Monarchen verbannt worden sind. Diese werden gewöhnlich der dritten Klasse in allem gleich gehalten und dürfen auch wohl durch die Hände des Gouverneurs offene Briefe an ihre Familie oder an den Kaiser schreiben; mancher aber wird in eine Festung gebracht und in Ketten geworfen. Doch geschah das letztere wohl nur selten, und, dem Himmel sei Dank, unter der jetzigen milden Regierung des Kaisers Alexander ist die vierte Klasse gänzlich verschwunden.

Zu welcher der beiden letzten Klassen der Obristlieutenant aus Rjasan, mein seitheriger Unglücksgefährte, eigentlich zu rechnen war, weiß ich nicht. Er schien aber zu einem härteren Schicksal bestimmt zu sein. Denn obgleich bei seiner Ankunft in Tobolsk der Gouverneur ihn hoffen ließ, daß er daselbst bleiben würde, und ob er gleich, von dieser Hoffnung ermuntert, bereits angefangen hatte, für seine künftige Einrichtung zu sorgen, Kleider zu bestellen und dergleichen mehr, so erhielt er doch plötzlich zwei Tage nachher den Befehl, augenblicklich weiter nach Irkutsk aufzubrechen. In zwei Stunden war er schon unterwegs, und ich habe nichts wieder von ihm gehört. Kaum hatte man ihm Zeit genug gelassen, die zugeschnittenen, aber noch nicht genähten Kleider von dem Schneider zurückzufordern. Gewiß muß der menschenfreundliche Gouverneur wichtige Ursachen gehabt haben, so streng zu verfahren.

Ich hatte nunmehr teils durch meine neuen Freunde, teils mit Hülfe einiger gutherzigen Kaufleute bereits zehn Briefe an meine Frau geschrieben, von deren Hauptinhalte ich weiter unten etwas sagen werde. Mehr als die Hälfte derselben erreichte glücklich den Ort ihrer Bestimmung. Die Stunden, in welchen ich mich mit ihr unterhielt, waren die einzigen, die in den Kelch der Schmerzen einen Tropfen süßer Wehmut träufelten. Ich blieb übrigens zu meinem eigenen Erstaunen noch immer sehr gesund und suchte mich so viel als möglich zu zerstreuen.

Der Hofrat hatte meine Wohnung gleich in den ersten Tagen verlassen und war zu einem sogenannten Freunde gezogen. Ich schlug ein Kreuz hinter ihm her und war nur froh, wenigstens nun ungestört meinem Kummer nachhängen zu können. Den Vormittag verwendete ich meistens auf die traurige und mich dennoch anziehende Beschäftigung, meine Leidensgeschichte zu Papiere zu bringen. Anstatt der Tinte bediente ich mich Chinesischer Tusche, die häufig und gut zu haben war und die ich in meinem Augenbader rieb. Gegen Mittag machte ich einen Spaziergang oder erstieg die Felsen um Tobolsk, welche durch die Bergströme malerisch ausgewaschen worden sind. Dort überschaute ich die ungeheure Wasserfläche und die endlosen Wälder, welche sie begrenzten; dort ruhte mein Auge auf jedem ankommenden Segel, und meine Phantasie versetzte auf jedes landende Boot meine Familie. Mittags aß ich gewöhnlich bei dem Gouverneur, zuweilen auch bei dem Hofrat Peterson, nur selten zu Hause. Nie verließ ich Herrn von Kuschelew ohne Trost, wenigstens nicht ohne Milderung meines Grams. Sein zartes Gefühl lehrte ihn mehrere Wege zu meinem Herzen, und er wußte bald auf diese, bald auf jene Weise eine Hoffnung in mir zu er wecken.

Ach! Er selbst war nicht glücklich. Oft, wenn ich in seinem Gartenhause neben ihm saß und wir aus dem Fenster über den Wasserspiegel hinweg einen Blick auf die ungeheuren Wälder warfen, ließ er sein Gefühl ausbrechen. »Sehen Sie«, sagte er einmal mit ausgestreckter Hand, »diese Wälder ziehen sich 1100 Werste weit bis an das Eismeer hin. Noch hat keines Menschen Fuß sie betreten; sie sind bloß von wilden Tieren bewohnt. Mein Gouvernement ist an Flächeninhalt größer als Deutschland, Frankreich und die Europäische Türkei zusammen genommen; aber welche Annehmlichkeiten bietet es mir dar? Es vergeht fast kein Tag, an welchem nicht Unglückliche, bald einzeln, bald in Scharen vor mich geführt werden, denen ich weder helfen kann noch darf und deren Geschrei mir das Herz zerreißt. Eine schwere Verantwortlichkeit ruht auf mir. Ein Zufall, den keine menschliche Vorsicht oder Macht zu verhüten imstande ist, eine heimliche boshafte Angabe kann mich um Amt, Ehre und Freiheit bringen! Und welchen Ersatz habe ich für das alles? Ein ödes Land, ein rauhes Klima und die Gesellschaft von Unglücklichen!«

Schon lange trug er sich mit dem Gedanken, um seinen Abschied zu bitten; bis jetzt hatte er es aber noch nicht gewagt. Ach, und möchte er es nie tun! Was soll aus den armen Verwiesenen werden, wenn der von ihnen scheidet, der jedem Unglücklichen ein Vater oder Bruder ist!

Gegen Abend pflegte ich mich in der Stadt und auf dem Markte umherzutreiben. Die Stadt ist ziemlich groß, hat breite gerade Straßen und zwar meistens hölzerne, doch auch mehrere steinerne, gut und modern gebaute Häuser. Die sehr zahlreichen Kirchen sind sämtlich von Steinen gebaut und die Straßen mit halben Balken gedielt oder gebrückt, welche weit reinlicher sind als Steinpflaster und dem Fußgänger weit mehr Bequemlichkeit gewähren. Die ganze Stadt durchschneiden schiffbare, mit wohl unterhaltenen Brücken versehene Kanäle. Der Markt ist groß, und man findet daselbst außer den gewöhnlichen Lebensbedürfnissen auch viele europäische und chinesische Waren. Beide sind freilich ziemlich teuer, die erstern aber durchgehends sehr wohlfeil. Es wimmelt auf dem Markte jederzeit von Menschen aus mehreren Nationen, vorzüglich Russen und Tataren, auch wohl Kirgisen und Kalmücken. Der Fischmarkt bot mir besonders ein für mich neues

Schauspiel dar. Eine unzählige Menge von Fischen aller Gattungen, die ich sonst bloß aus Beschreibungen kannte, lag hier täglich tot und lebendig auf der Erde, in Trögen und in Booten zum Verkauf aufgeschichtet. Die köstlichsten Sterlette *(Acipenser ruthenus)* für einen Spottpreis; Hausen *(Acipenser huso),* Welse *(Silurus glanis)* und dergleichen, Kaviar von allen Farben, aus allerlei Fischen, naß und trocken. Hätte nicht auf diesem Fischmarkte gewöhnlich ein unerträglicher Geruch geherrscht, so würde ich oft längere Zeit dort zugebracht haben.

Aus Neugier besuchte ich auch einigemal das Theater, das ziemlich groß war und eine Reihe Logen hatte. Da fast jede dieser Logen einem immerwährenden Besitzer gehörte und diesem das Recht zustand, seine Loge nach Gefallen auszuschmücken, so gab das eine sehr bunte Ansicht. Seidene, meistens reiche Stoffe von den allerverschiedensten Farben hingen aus jeder Loge und bedeckten die ganze Brüstung. Inwendig waren Spiegel-Wandleuchter angebracht. Das Ganze hatte zwar ein sehr asiatisches Ansehen, frappierte aber beim ersten Anblick. Das Orchester war über alle Beschreibung elend. Die Schauspieler-Gesellschaft bestand gänzlich aus Verwiesenen. Zu ihr gehörte auch die Frau Gemahlin meines Ruß, eine Revalerin von Geburt, die wegen Liederlichkeit nach Sibirien transportiert worden war, in meinem Ruß einen würdigen Gatten gefunden hatte und jetzt auf dem Nationaltheater zu Tobolsk die edlen Mütter spielte. Dekorationen, Kleidungen, Spiel und Gesang waren sämtlich unter der Kritik. Einmal führte man die Oper *Dobri Saldat* (Der gute Soldat) auf; den Titel des zweiten Stückes habe ich vergessen. Ich hielt es beide Male nicht über eine Viertelstunde aus. Die Entree kostete übrigens auf den ersten Platz nur 30 Kopeken (noch nicht ganz fünf Groschen).

Menschenhaß und Reue, Das Kind der Liebe und einige andere meiner Stücke wurden mit großem Beifall gegeben. Jetzt eben war man beschäftigt, *Die Sonnenjungfrau* einzustudieren; da aber Dekorationen und Garderobe einen Aufwand erforderten, der die Kräfte des Unternehmers überstieg, so wurde zu diesem Behuf unter den Honoratioren der Stadt eine Kollekte veranstaltet.

Auch ein Klub oder eine Ressource (ich glaube, sie nannten es Casino) war in Tobolsk, den ein Italiener mit aufgeschlitzten Nasenlöchern hielt. Er war ein Mörder, hatte die Knute glücklich überstanden und nährte sich nun auf diese Weise. Ich bin übrigens nie bei ihm gewesen.

Während meines Aufenthaltes wurden einigemal zu Ehren der anwesenden Senatoren auch Maskeraden und Bälle gegeben. Man lud mich ausdrücklich dazu ein; ich mochte aber mein Elend da nicht zur Schau tragen und kann daher von dem schönen Geschlechte in Tobolsk wenig oder gar nichts sagen. Die wackere Familie des Hofrats Peterson und die schöne, liebenswürdige Tochter des Obristen von Krämer ausgenommen, habe ich kaum ein Frauenzimmer von Stande in Tobolsk gesehen.

Am liebsten schweifte ich unter freiem Himmel umher; wenn nur die unerträgliche Hitze am Tage und die noch unerträglicheren Mücken des Abends mir diese Zerstreuung oft erlaubt hätten. Es verging kein Tag, an dem das Thermometer nicht auf 26 bis 28 Grad Réaumur stieg; und dabei suchten uns täglich vier, fünf, auch wohl sechs Gewitter heim, die aus allen Himmelsgegenden gleichsam gegeneinander zu Felde zogen und oft einen reichlichen Regenguß herabströmten, aber doch die Luft nicht abkühlten. Bei aller dieser Wärme war die Natur dennoch sehr karg mit ihren Gaben: kein Obstbaum, auch nicht einer ist mir zu Gesicht gekommen. Der Garten des Gouverneurs, der beste im ganzen Lande, war mit einer Bretterwand umgeben, auf welche man Obstbäume *gemalt* hatte. In der Wirklichkeit zierten ihn der Faulbaum, der Sibirische Erbsenbaum und die Birke. Die letztere ist in Sibirien sehr gemein, aber meistens verkrüppelt. Einen Busch von alten Birken hält man in der Ferne für jungen Anflug. Der Faulbaum wird in Tobolsk sehr geliebt und vor vielen Häusern auf die Straße gepflanzt: teils um seiner wohlriechenden Blüten willen, teils weil man nichts anderes hat. Übrigens enthielt der sogenannte Garten des Gouverneurs einige Johannis- und Stachelbeerbüsche, verkümmerte Kohlpflanzen und einige Hoffnung zu künftigen Gurken. In der Gegend von Tjumen wächst doch schon eine Art von Apfelbäumen, deren Früchte die Größe einer Wallnuß erreichen.

Was die Natur diesem rauhen Himmelsstrich an Obst versagt hat, gab sie ihm desto reichlicher an Feldfrüchten. Der sibirische Buchweizen, der auch unter uns berühmt ist, sät sich selbst jährlich wieder aus und fordert keine andere Mühe als die, ihn zu ernten. Alles Korn gedeiht vortrefflich, und das Gras hat einen üppigen Wuchs. Der Boden ist überall eine leichte, sehr schwarze Gartenerde, welche man nie zu düngen braucht. Da nun die Bauern aus Faulheit den in ihren Ställen aufgesammelten Dünger oft nicht zu rechter Zeit bei Seite schaffen, so geraten sie dadurch zuweilen wirklich in lächerliche Verlegenheiten. Der Hofrat Peterson, der als Landphysikus jährlich auf dem Lande umherreisen muß, hat mir sehr glaubwürdig erzählt, daß er einst in ein Dorf gekommen sei, wo die Bauern beschäftigt gewesen wären, ihre Häuser abzubrechen und weiterzuziehen, weil sie es viel leichter fanden, die Häuser als die sie umgebenden Mistberge fortzuschaffen.

So unleidlich im Sommer die Hitze ist, ebenso groß wird im Winter die Kälte, und das Thermometer fällt dann oft bis vierzig Grad. Der Hofrat Peterson versicherte mir, er mache jeden Winter das Experiment, Quecksilber frieren zu lassen, schneide dann mit dem Messer allerlei Gestalten daraus und schicke sie, in Schnee wohl eingepackt, dem Gouverneur.

Übrigens ist dieses rauhe Klima sehr gesund. Mein Arzt kannte nur zwei herrschende Krankheiten, und zwei, die sich leicht vermeiden lassen. Die eine ist die Lustseuche; die andere sind häufige Erkältungsfieber, welche aus der schnellen Abwechslung in der

Temperatur der Luft bei dem Untergange der Sonne entspringen. Enthaltsamkeit und ein warmer Rock gegen Abend sind alles, was man in Sibirien braucht, um ein gesundes und hohes Alter zu erreichen.

Die Abendstunden brachte ich gewöhnlich mit Lesen zu. Meine Freunde Peterson und Kinjakow hatten mir einige gute Bücher geliehen, deren Wert ich jetzt vierfach schätzte.

Noch immer schmeichelte ich mir mit der Hoffnung, in Tobolsk bleiben zu dürfen. Der Gouverneur schwieg nämlich von meiner Abreise gänzlich still, und meine Freunde vermuteten, daß er nur auf die Entfernung der Senatoren und des Hofrats warte, um mir die gewünschte Erlaubnis anzukündigen. Die erstern setzten ihre Reise nach Irkutsk wirklich fort; der letztere aber wich nicht von der Stelle. Ich habe nachher erfahren, daß sein Zögern nur von Mangel an Gelde herrührte und daß er auf die Abreise eines gewissen Kaufmanns wartete, den er in dieser Not auf seinen Kurierpaß mitnehmen, wogegen jener ihn in der Zehrung freihalten wollte. So natürlich diese Auflösung des Rätsels auch war, so schwer ließ sie sich erraten. Was Wunder, daß sowohl der Gouverneur als ich ihn fortdauernd für einen Spion hielten! Die mir zugestandenen vierzehn Tage waren nunmehr beinahe verflossen. Am nächsten Sonntag, morgens, erschien ich, wie es die Sitte gebot, bei dem Gouverneur zur Cour. Denn die Verwiesenen der dritten und vierten Klasse pflegten sich sämtlich in Uniform, doch ohne Degen dabei einzufinden. Der Gouverneur zog mich beiseite und kündigte mir an, daß ich mich zur Abreise auf morgen bereit halten müsse, da er aus den mir wohlbekannten Ursachen mich nicht länger in Tobolsk behalten dürfe. Ich erschrak, machte aber nicht die geringste Einwendung, sondern bat ihn nur, mir noch zwei Tage zu bewilligen, damit ich mir einige Bedürfnisse, die ich in Kurgan zu finden nicht hoffen durfte, anschaffen, und vorzüglich, damit ich meinen Wagen verkaufen könnte, der mir jetzt zu nichts half und dessen Veräußerung meine ziemlich erschöpfte Kasse wieder etwas füllen sollte. Mit der liebenswürdigsten Gefälligkeit gestand der Gouverneur mir diese Bitte zu, und ich eilte, meine traurigen Anstalten zu beschleunigen, damit ich seine Güte nicht mißbrauchte.

Der reichste Kaufmann in Tobolsk – sein Name ist mir entfallen – hatte mir schon einige Tage vorher hundertundfünfzig Rubel für meinen Wagen geboten. Da er mich aber mehr als zweimal so viel kostete, so hatte ich sein Anerbieten ausgeschlagen. Jetzt zwang mich die Not, den geringen Preis anzunehmen, und jetzt hatte er die unverschämte Herzlosigkeit, mir fünfundzwanzig Rubel weniger zu bieten. Auch darein mußte ich mich ergeben; und wahrlich, es empörte mich noch weit weniger als den wackern Gouverneur, der gar nicht aufhören konnte, seinen Unwillen darüber in den stärksten Ausdrücken zu äußern, und mich sogar in allem Ernste bat, diese Anekdote zum Gegenstand eines kleinen Lustspiels zu machen, welches, wenn ich es französisch entwürfe, er selbst ins Russische übersetzen und auf dem Theater in Tobolsk spielen lassen wollte. Ach! ich war jetzt nicht gelaunt, ein Lustspiel zu schreiben.

Zucker, Kaffee, Tee, Papier, Federn und dergleichen mehr hatte ich mir eingekauft. Aber was mir am meisten am Herzen lag, war ein Vorrat von Büchern; denn wie sollte ich ohne Bücher den kommenden Winter verleben!

Der gute Hofrat Peterson gab mir, was er besaß; aber seine Bibliothek enthielt meistens nur medizinische Schriften und einige Reisebeschreibungen, die ich schon gelesen hatte. Ich fand indes Mittel, meinen Freund Kinjakow von meiner schnellen Abreise und meinem Mangel an Büchern zu unterrichten. Er schrieb mir, ich sollte um Mitternacht, wenn meine Wache schliefe, am Fenster auf ihn warten. Das tat ich, und er selbst brachte mir drei Nächte hintereinander die gewähltesten Bücher aus seiner Sammlung, unter andern den SENECA, der nachher so oft mein Tröster wurde.

An meine Frau und wohl noch an ein Dutzend edle Menschen in Rußland und Deutschland schrieb ich Briefe, machte ein einziges Paket daraus, adressierte es an meinen alten bewährten Freund Graumann, Kaufmann in Petersburg, und gab es dem Kurier Alexander Schülkins mit dem Versprechen, daß, wenn er es richtig abliefere, mein Freund ihm fünfzig Rubel dafür schenken werde. Das schien mir die beste Art, die Übergabe zu sichern; und der Erfolg hat gezeigt, daß ich recht hatte.

Die Vorbereitungen zu meiner Abreise waren vollendet. Ich zeigte es dem Gouverneur an; und da ich wußte, daß ein Unteroffizier mich nach Kurgan begleiten müsse, so bat ich ihn, dem guten André Iwanowitsch trotz seinem Alter diesen Auftrag zu erteilen. Herr von Kuschelew, der mir nichts abschlug, was nur irgend in seiner Macht stand, bewilligte auch dies. Er tat noch mehr: er gab mir Empfehlungsschreiben an die vornehmsten Personen in Kurgan, beschenkte mich kurz vor meiner Abreise mit einer Kiste sehr gutem chinesischen Tee und – was mir vorzüglich lieb war – versprach mir, das Journal de Francfort, welches er sich kommen ließ, mir wöchentlich nach Kurgan zu schicken. Er hat Wort gehalten und, wie ich nachher erfahren habe, selbst nicht wenig dabei gewagt.

Mein Kibitken, ein altes gebrauchtes Fuhrwerk, das ich dennoch mit dreißig Rubeln hatte bezahlen müssen, war gepackt. Ich nahm kühlen Abschied von dem Herrn Hofrat, dessen Abreise nun endlich auch auf den Tag nach der meinigen bestimmt war: eine für mich sehr erfreuliche Nachricht, da ich wußte, daß er mein Memorial an den Kaiser überbringen sollte. Er reiste übrigens sehr unzufrieden mit dem Gouverneur, der ihn während seines ganzen Aufenthaltes in Tobolsk auch nicht ein einziges Mal zum Essen eingeladen hatte.

Es war am 13ten Junius, nachmittags um 2 Uhr, als ich traurig hinunter an das Ufer wanderte, wo mein Fuhrwerk bereits zu

Schiffe gebracht war. Unterwegs begegnete mir noch ein lächerlicher Vorfall. Ein russisches, ziemlich wohl gekleidetes Frauenzimmer hielt mich an und machte mir eine Menge weitläuftiger Komplimente über meine Schauspiele. Mir schien der Augenblick hierzu sehr übel gewählt, und ich wollte mit einer kurzen Verbeugung vorübergehn. Nun aber gab sie sich als Mitglied der edlen Tobolskischen Schauspieler-Gesellschaft zu erkennen und vertraute mir: ihr sei in meiner *Sonnenjungfrau* die Rolle der Oberpriesterin zuteil geworden; sie wisse aber nicht, wie sie sich dieser Rolle gemäß kleiden solle, und bitte mich daher, ihr das Kostüm zu beschreiben.

In jeder andern Lage würde ich ihr ins Gesicht gelacht haben; jetzt aber ärgerte ich mich, sagte ihr mit gerunzelter Stirn, sie sehe wohl, daß ich nicht in der Stimmung sei, mich mitten in Sibirien mit peruanischen Kleidertrachten zu beschäftigen, bat sie, sich nach eignem Geschmack ein Kostüm zu wählen, und ließ sie stehen.

Fünftes Kapitel

Es war vier Uhr nachmittags am 15ten Junius, als wir Kurgan zuerst erblickten. Ein einziger unansehnlicher Turm ragte aus einer zerstreuten, noch unansehnlichern Gruppe von Häusern hervor. Das Städtchen lag an dem jenseitigen, etwas höheren Ufer des Tobol und war von einer kahlen Steppe umgeben, die sich überall einige Werste lang bis an die mit Wald bekränzten Anhöhen zog und von einer großen Menge kleiner schilfreicher Seen durchschnitten wurde. Das eingefallene Regenwetter trug nicht dazu bei, den Anblick freundlicher zu machen. Der Name Kurgan, der eigentlich einen *Grabhügel* bedeutet, dünkte mich schon längst eine Weissagung meines Schicksals. Mit beklemmter Brust und trübem Blick sah ich das Ziel überstandner und den Anfang neuer Leiden vor mir liegen; und da wir durch die Überschwemmung der Steppe genötigt waren, uns dem Städtchen nur sehr langsam und in unaufhörlichen Krümmungen zu nähern, so hatte ich Zeit genug, mein offnes Grab von allen Seiten zu betrachten.

Unter dem Haufen hölzerner Hütten, die sämtlich nur von einem Stockwerke waren, ragte ein einziges steinernes, ziemlich geschmackvoll erbautes Haus – an dieser Stelle ein Palast – hervor. Ich erkundigte mich nach dem Eigentümer; und man nannte mir einen gewissen Rosen oder Rosin, vormaligen Vizegouverneur von Perm, der in dieser Gegend Güter besitze.

Der seltsame Geschmack, sich in diesem öden Erdwinkel Güter anzukaufen, konnte mich eben nicht lüstern nach seiner Bekanntschaft machen. Indessen klang sein Name doch so deutsch; wenigstens durfte ich vermuten, daß er von deutscher Abkunft wäre. Auch war der Name meinem Herzen seit vielen Jahren teuer; er erinnerte mich an meinen alten braven Freund, den Baron Friedrich Rosen und seine vortreffliche Gattin, meine zweite Mutter: ein edles Paar, das schon so manche meiner bangen Lebensstunden erheitert hatte und nun sogar in einer der bängsten durch den bloßen Klang seines Namens mir aus der Ferne Trost zurief.

Nach manchen labyrinthischen Krümmungen gelangten wir endlich an eine sonderbare schwimmende Brücke, die bloß aus zusammengebundenen einfachen Balken bestand, welche diesseits und jenseits am Ufer des Tobol befestigt, übrigens aber ein Spiel der Wellen waren. Natürlich drückte jedes Fuhrwerk sie tief ins Wasser, und man mußte sehr aufmerksam vor sich hin sehen, um die Brücke, da wo sie den Druck noch nicht empfand, folglich noch aus dem Wasser hervorragte, zum Wegweiser über die Brücke zu nehmen.

Kurgan hat nur zwei parallel laufende breite Straßen, in deren eine wir jetzt hineinfuhren. Vor einem Gebäude, welches der Sitz des Niederlandgerichtes war, hielten wir still. Mein Unteroffizier ging hinein und kam bald mit der Nachricht zurück, daß der *Gorodnitschei* oder Stadtvogt (Polizeimeister) verreist sei, der Präsident des Niederlandgerichts aber seine Stelle vertrete und ich folglich zu diesem gebracht werden müsse. Wir fuhren nun einige hundert Schritte weiter bis an die Wohnung dieses Mannes, wo ich abermals gemeldet und nach einer kurzen Frist herein geladen wurde.

Ich fand einen Greis mit einer gutmütigen Physiognomie, der es aber in diesem Augenblicke für seine Pflicht hielt, eine etwas feierliche Amtsmiene anzunehmen. Er hieß mich kalt willkommen, setzte eine Brille auf, öffnete die meinetwegen erhaltene Order und Papiere und las sie, eins nach dem andern, sehr bedächtlich durch, ohne sich weiter um mich zu bekümmern. Ich glaubte, ihm ein kleines Zeichen geben zu müssen, auf welche Art ich jetzt und in Zukunft behandelt zu sein Anspruch mache; daher nahm ich einen Stuhl und setzte mich. Er warf mir von der Seite einen etwas befremdeten Blick zu, las aber dann still weiter.

146

Aus dem Nebenzimmer sammelte sich indessen eine neugierige Gruppe um mich her. Sie bestand außer einigen ziemlich erwachsenen Kindern aus einer jungen hübschen Frau (der zweiten Gattin des Hausherrn), seiner alten fast blinden Mutter und einem Manne von mittleren Jahren in polnischer Kleidung. Alle betrachteten mich schweigend, und es herrschte eine feierliche Stille, bis der Präsident die Durchsicht der Papiere vollendet hatte.

Mit aufgeheiterten Gesichtszügen – denn vermutlich hatte der Gouverneur mich ihm empfohlen und mehr als vermutlich sprach sein Herz für mich, dessen Güte ich bald nachher kennen lernte – wandte er sich jetzt zu mir, reichte mir die Hand, hieß mich freundlich willkommen, stellte mir seine Familie und zuletzt auch den Polen vor, dem er Glück wünschte, einen Unglücksgefährten gefunden zu haben, und den er meiner Freundschaft empfahl. Ich umarmte ihn mit Wehmut und meinte, so wie er, daß die Gleichförmigkeit unsers Schicksals uns schnell zu brüderlichen Freunden machen würde.

Der Vorsitzer des Niederlandgerichtes und die höchste Magistratsperson in Kurgan hieß de Grawi. Sein Vater, ein schwedischer Offizier, wurde in der Schlacht bei Poltawa gefangen und mit vielen seiner Landsleute nach Sibirien geschickt. Hier verheiratete er sich mit einer Eingebornen und starb im Exil. Sein Sohn diente unter den Truppen, machte den Siebenjährigen Krieg mit, kehrte in sein rauhes Vaterland zurück, ging aus dem Militär in den Zivilstand über und lebte jetzt, bei einem sehr kargen Einkommen, froh und zufrieden; wenigstens habe ich ihn nie anders als bei heiterer Laune gesehen. Vor kurzem war er zum Hofrat ernannt worden, worauf er sich, doch ohne Dünkel, nicht wenig zugute tat.

Nach den ersten Komplimenten war nun die Rede davon, mir eine Wohnung anzuweisen, die der erhaltenen Order zufolge eine der bestmöglichen in Kurgan sein sollte. Darunter war indes nur eine freie Wohnung zu verstehen, welche die Krone zu vergeben hatte und deren Einräumung von jedem Hausbesitzer als Einquartierung erzwungen werden konnte. Aus sehr begreiflichen Ursachen sucht ein jeder dieses beschwerliche *onus* so viel wie möglich von sich abzuwälzen; und muß er einen ungebetenen Gast ins Haus nehmen, so gibt er ihm wenigstens die schlechtesten Zimmer.

De Grawi dachte lange hin und her und gab endlich einer Art von Adjudanten, einem kleinen buckeligen Männchen, die Anweisung, wohin er mich führen sollte. Zum Abendessen ersuchte er mich, wieder bei ihm einzusprechen, was ich aber für heute verbat, da ich mich sehr nach Ruhe und Einsamkeit sehnte und mich in meiner neuen Wohnung ein wenig einrichten wollte.

Ich ging mit meinem Führer. Er brachte mich in ein kleines niedriges Haus, an dessen Tür ich mir beinahe den Kopf eingestoßen hätte. Das versprach nicht viel; und in den mir bestimmten Zimmern fand ich noch weniger. Es waren düstre Löcher, in denen ich kaum aufrecht gehen konnte, nackte Wände, ein Tisch, zwei hölzerne Bänke, kein Bett, kleine, mit Papier verklebte Fenster. Ich seufzte tief; die Wirtin vom Hause erwiderte den Seufzer und räumte mit stillem Verdrusse Flachs und Leinewand weg, die nebst einigen alten Kleidern und altem Geschirre hier lagen.

Ich faßte mich und machte meine kleine Einrichtungen, so gut ich konnte. Kaum war eine Stunde verflossen, als der gute de Grawi mir zum Willkommen einen Schinken, einige Brote, Eier, frische Butter und noch mehr dergleichen schickte, woraus mein Rossi eine vortreffliche Abendmahlzeit, mehr für sich als für mich, bereitete. Nachher suchte ich denn zum ersten Mal auf der schwarzen Diele den Schlaf, den aber Gram und Ungeziefer weit von mir verscheuchten.

Am folgenden Morgen ziemlich früh erhielt ich Bewillkommungsbesuche von den sämtlichen Honoratioren des Städtchens. Ich will sie nach der Reihe nennen, um einen Begriff von dem zu geben, was in Kurgan *la bonne société* war.

Stepan Osipowitsch Mammejew, *Kapitan Isprawnik,* das ist derjenige, der im ganzen Kreise auf die Polizeiordnung, die Brücken, Straßen, gehörige Einlieferung der Abgaben usw. sehen, auch die Händel der Bauern untersuchen und schlichten muß. Er war ein gutmütiger, jovialischer, dienstfertiger und wohlhabender Mann. In seinem Hause fand man sogar einige Spuren von Luxus; aber freilich wußte er diesen Luxus eben nicht mit Geschmack zu verbinden. So erinnere ich mich zum Beispiel in seinem Zimmer einige kleine Tische und Präsentierteller gesehen zu haben, die mit guten Kopien bekannter Kupferstiche bemalt und in einer bei Jekatarinburg gelegenen Fabrik recht fein lackiert waren. Sie kosteten viel Geld; er bediente sich ihrer aber weder als Tische, noch als Präsentierteller, sondern hatte sie als Gemälde an die Wände gehängt, zu welchem Behuf er die Tischfüße abgenommen und diese wieder insbesondere als Zierate aufgestellt hatte.

Juda Nikititsch, ein *Sedatel* oder Assessor im Niederlandgerichte, Bruder einer Freundin des Gouverneurs, welche mir auch ein Empfehlungsschreiben an ihn mitgegeben hatte. Er war ein sehr borchierter, völlig unbedeutender Mensch.

Noch ein andrer *Sedatel,* fast noch unbedeutender.

Der Sekretär dieses Gerichts, ein alter gutherziger Mann, der einen hohen Begriff von seiner Tüchtigkeit zu Geschäften zu haben schien. Er war der einzige im Städtchen, der die Moskowische Zeitung kommen ließ.

Ein unwissender Chirurgus.

Dies war außer dem verreisten Stadtvogt der enge Zirkel, in welchem ich nun mein Leben einsam vertrauern sollte.

Der interessanteste Mensch in Kurgan blieb mit natürlicherweise der Pole, Iwan Sokolow. Er war vormals Besitzer eines Landgutes an der neuen russisch-preußischen Grenze und hatte weder gedient noch sich sonst auf irgendeine Art in die Angelegenheiten der Revolution gemischt. Einer seiner Freunde, der vielleicht eine nicht ganz unverdächtige Korrespondenz nach den neuen preußischen Provinzen führte, hatte geglaubt, die Briefe von dorther unter Sokolows Adresse sicherer zu erhalten, und deshalb, sogar ohne es diesem vorher anzuzeigen, sie seinen Korrespondenten empfohlen. Gleich der erste Brief dieser Art wurde aufgefangen. Sokolow wußte von nichts. Er aß eines Tages auf einem benachbarten Gute bei dem General Wielhorski. Dorthin kam ein Offizier, der ihn bereits zu Hause vergebens gesucht hatte, und arretierte ihn nebst andern mehr oder weniger Schuldigen und Unschuldigen. Alle saßen lange, ich habe vergessen auf welcher Festung. Die Sache wurde nach Petersburg berichtet und ihnen von dorther *Verzeihung* angekündigt, aber mit dem Zusatze, daß sie sämtlich nach Sibirien wandern müßten.

Hierauf wurden Sokolow sowie seine Unglücksgefährten in Kibitken fortgeschleppt. Der Weg führte nur einige Werste vor seinem Landgute vorbei; er bat um Gottes willen, man möchte ihm wenigstens erlauben, seine Familie noch einmal zu sehen und einige Wäsche und Kleidungsstücke mitzunehmen. Umsonst! Wie er ging und stand, mußte er nach Tobolsk. Dort wurde er von seinen Kameraden getrennt und nach Kurgan geschickt, wo er nun schon seit drei Jahren das elendeste Leben führte, ohne von seiner Gattin und seinen sechs Kindern auch nur die mindeste Nachricht zu haben.

Er bekam von der Krone täglich 20 Kopeken (nach jetzigem Kurs etwa drei gute Groschen) und mußte, um damit auszukommen, jeder Bequemlichkeit, jeder Freude des Lebens entsagen. Im Winter wohnte er mit einem stets betrunkenen Wirte, einer stets zankenden Wirtin, Katzen und Hunden, Hühnern und Schweinen in einem einzigen finstern Loche. Im Sommer zog er, um allein zu sein, hinaus in den Stall, wo ich ihn selbst besucht habe. Eine leere Bettstelle, ein kleiner Tisch, ein Stuhl, ein Waschbecken und ein Kruzifix an der Wand waren alles, was er besaß.

150

Trotz diesem äußersten Mangel schlug er jedes Geschenk aus, das man ihm anbot, lebte von Milch, Brot und Kwaß und war immer reinlich und ordentlich gekleidet. Überall im Städtchen wurde er geliebt, und man nannte ihn nur *Wannuschka* – ein gutmütiger Mensch, der sich viel gefallen läßt, gern mit Kindern spielt. Bei dem Hofrat de Grawi war er besonders wohlgelitten; denn er verband mit feiner Lebensart eine auffallende Gutmütigkeit und behauptete in seinem Unglück einen Gleichmut, den ich bewunderte und oft vergebens zu erreichen strebte. Nur dann, wenn er allein bei mir war, wenn wir uns die Geschichte unserer Leiden zum zwanzigsten Mal wiederholten, wenn wir uns wechselseitig die Namen unserer Lieblingskinder sagten und nach und nach sie alle genannt hatten: dann traten ihm wohl die Tränen in die Augen und er versank in düstre Schwermut. – Schade nur, daß er nicht Französisch, ja auch nicht einmal Lateinisch sprach, was doch die meisten Polen können. Unsere Unterhaltung wurde dadurch oft sehr mühsam; denn ob er gleich besser Russisch sprach als ich, so hatte er es doch auch erst in Kurgan gelernt, und sein polnischer Akzent machte ihn mir oft sehr unverständlich. Doch unsere Herzen verstanden sich umso besser! Im Schoße des Unglücks wird man inniger vereint als Zwillingsbrüder im Schoße einer Mutter! Ich muß das Gemälde seines biedern Charakters noch durch einen besondern Zug vollenden. Er war so unbegreiflich gewissenhaft, daß er sogar jedes Anerbieten, einen Brief an seine Familie zu befördern, ausschlug, bloß weil es verboten war und weil er dem Gouverneur hatte versprechen müssen, keine Nebenwege zu suchen.

Ich kehre zurück zu meiner Geschichte. Keiner von denen, die mich am ersten Morgen besuchten, kam mit leeren Händen; jeder brachte mir etwas zu essen oder zu trinken, und es fehlte mir nur eine Vorratskammer, um sie anzufüllen. Auch de Grawi fand sich ein, um sich zu erkundigen, wie ich mit meinem Quartiere zufrieden wäre. Ich gestand ihm, daß es mir sehr mißfalle. Er erbot sich sogleich, mich im ganzen Städtchen selbst herumzuführen und mir zu eigner Wahl alle Wohnungen zu zeigen, über welche er disponieren könne. Ich nahm sein Anerbieten dankbar an. Wir liefen einen großen Teil des Tages aus einem Hause in das andre, fanden es aber oft noch schlechter, selten besser und immer so eng, daß ich notwendig mit meinem Bedienten zusammen in einem Zimmer hätte wohnen müssen: ein Umstand, der mir besonders zuwider war.

Ich bat ihn endlich, die Sorge für mein Quartier mir selbst zu überlassen, da ich versuchen wollte, ob nicht der große Hauptschlüssel Geld mir irgendein Haus eröffnen würde, wo sich mehr Bequemlichkeit darböte. Er gab es zu, meinte aber, ich würde nichts dergleichen finden. Ich verließ mich indes auf meinen pfiffigen Rossi, der schon in den ersten vierundzwanzig Stunden mit der ganzen Stadt bekannt war und auch, glaube ich, schon die ganze Stadt betrogen hatte. Er legte sich auf Kundschaft und kam bald mit der Nachricht zurück, daß ich ein neues kleines Haus für mich ganz allein haben könne, wenn ich monatlich fünfzehn Rubel Miete bezahlen wolle. Der Besitzer desselben war ein Kaufmann, der um des lockenden Gewinnes willen seine eigene Wohnung räumen und selbst in ein noch kleineres Hinterhaus auf demselben Hofe ziehen wollte.

Ich ging sogleich hin, die mir angebotene Wohnung zu besehen, und fand sie so bequem, auch nach Kurganischer Art so prächtig möbliert, als ich es nur immer wünschen konnte. Sie bestand aus einem großen und einem kleineren Zimmer, einer warmen sehr geräumigen Küche und einer sogenannten *Kladawei* (einer Kammer, worin man allerlei einschließt). Die Wände der Zimmer waren freilich nur Balken ohne Tapeten. Der Eigentümer aber hatte dafür gesorgt, sie mit einer Menge bunter Kupferstiche und Ölgemälde zu tapezieren, die zwar sehr elend waren, doch an diesem Orte leicht eine Art von Täuschung hervorbrachten, als befinde man sich in einem minder öden Erdwinkel. Da waren z.B. mehrere Nürnberger Produkte: eine Augsburger Bürgersfrau, eine Leipziger Jungmagd, ein Wiener Kringelverkäufer, sämtlich mit deutschen Unterschriften; und schon der bloße Anblick einiger Worte in meiner Muttersprache machte mich so froh, daß ich mich nur ungern wieder von diesen deutschen Bildern getrennt haben würde. Ferner waren da schlechte Kopien von den Attitüden der Lady Hamilton wie auch von Gemälden aus Herculaneum; Landschaften und mehr dergleichen. Die Ölgemälde von inländischer Kunst stellten sämtlich alte Zaren vor; das heißt der Maler hatte verschiedene bärtige Gesichter gepinselt, ihnen Zarenmützen auf den Kopf gesetzt, den Reichsapfel in die Hände gegeben und dann Zar Alexei Michailowitsch oder einen andern, ihm gerade einfallenden Namen darunter geschrieben.

Die Möbel waren zwei hölzerne Bänke mit Lehnen, die aber Sofas genannt wurden, weil man auf jede ein Bettkissen gelegt und ein Stück Kattun darüber gedeckt hatte; einige Stühle und Tische; ein Glasschrank mit Porzellan, der aber verschlossen blieb und den sich die Wirtin zum ausschließlichen Gebrauche vorbehielt. Die Wohnung lag vorn an der Straße und hatte hinten einen geräumigen Hof, dessen Pforte auf den Tobol führte, an welchem sich mir ein angenehmer Spaziergang darbot. Das Hinterhaus des Wirtes war von dem meinigen gänzlich getrennt. Alle diese Umstände zusammen genommen waren für mich so einladend, daß ich – trotz dem enormen Preise, der selbst in Petersburg ansehnlich gewesen sein würde und mit meiner dürftigen Kasse sehr kontrastierte – doch augenblicklich zuschlug und Anstalten traf, noch an demselben Tage einzuziehen.

Es stellte sich mir aber ein sehr unvermutetes Hindernis in den Weg: mein ehrlicher de Grawi wollte durchaus nicht zulassen, daß ich so viel Geld ausgeben sollte. Einmal über das andere rief er aus: »Ein solcher Preis ist unerhört, seitdem Kurgan steht!« Er ließ den Kaufmann kommen und machte ihn so herunter, daß dieser voller Schrecken sogleich zurücktreten wollte. Mir wiederholte er zwanzigmal das russische Sprichwort: *Bereghi denje na tschorni den* – Spare dein Geld auf den schwarzen Tag. Er wollte es dem Gouverneur melden, da es seine Pflicht sei, Sorge für mich zu tragen. Kurz, ich hatte alle mögliche Mühe, ihm begreiflich zu machen, daß ich imstande sei, diese Ausgabe zu bestreiten, und daß ich von jeher den Grundsatz gehabt habe, lieber schlecht zu essen, als schlecht zu wohnen. Er willigte endlich murrend ein, doch nicht eher, als bis der Wirt noch versprochen hatte, mir Holz und Kwaß frei zu liefern. Ich bezog nun meine neue Wohnung; und so oft de Grawi nachher zu mir kam, mußte ich jedes Mal das Klagelied über den hohen Preis anstimmen hören.

Freilich, wenn mich die Hoffnung täuschte, Geld aus Livland zu erhalten, wenn alle Briefe an mich untergeschlagen wurden und auch meine Frau nicht zu mir kommen durfte oder konnte, so war ich nach einem halben Jahre allerdings sehr übel daran, da ich von der Krone keinen Heller erhielt. Aber für die Gegenwart hatte ich Geld und für die Zukunft Hoffnung; daher ließ ich mich nicht abhalten, mir wenigstens fürs erste meine Leiden so viel als möglich zu versüßen. Übrigens war es in Kurgan so außerordentlich wohlfeil, meine Bedürfnisse so gering und die Gelegenheiten zu Nebenausgaben so selten, daß ich allenfalls auch wohl ein Jahr mit meinem Geldvorrat auskommen konnte; und bis dahin konnte sich ja so manches ändern.

Ich will die Preise verschiedener Lebensmittel anführen, wobei ich noch erinnern muß, daß mein Rossi mich wahrscheinlich immer um die Hälfte betrogen hat. Ein Pfund Brot kostete ungefähr anderthalb Pfennige – für fünf Kopeken erhielt ich ein Brot von sechs Pfunden; das Pfund Rindfleisch fünf bis sechs Pfennige; ebenso viel ein junges Huhn; das Pfund Butter etwa fünfzehn Pfennige; das Paar Haselhühner, Birkhühner und dergleichen höchstens einen Groschen; und Hasen konnte man, ohne Balg, auch umsonst bekommen, da die Russen sie nicht essen; eine Schüssel Fische etwa sechs Pfennige, ein Klafter Holz acht Groschen. Kwaß konnte auch der durstigste Trinker höchstens für ein paar Pfennige des Tages zu sich nehmen.

Hieraus kann man abmessen, daß die ersten Notwendigkeiten des Lebens in Kurgan äußerst wohlfeil waren; wenn manche derselben nur immer zu bekommen gewesen wären! Bäcker und Fleischer gab es nicht. Wöchentlich einmal und zwar sonntags nachmittag wurde eine Art von Markt gehalten, wo man sich mit Fleisch und Brot auf die Woche versehen mußte; das Fleisch blieb aber zuweilen ganz aus.

Einige andere mehr zum Luxus gehörige Artikel waren hingegen auch wieder sehr teuer. Ein Stoff sogenannter Franzbranntwein kostete zwei und einen halben Rubel; ein Pfund Zucker einen Rubel; ein Pfund Kaffee mehr als anderthalb Rubel; guter chinesischer Tee das Pfund drei Rubel; ein halbes Dutzend Spiele schlechter Karten sieben Rubel; ein Buch holländisches Papier gegen drei Rubel.

Doch das waren lauter entbehrliche Sachen, und ich fand zu Ende der ersten Woche, daß ich – Wäsche, Licht und alles andere mitgerechnet – kaum einige Rubel verzehrt hatte. Freilich war meine Tafel die mäßigste, die man sich nur immer denken kann. Ihre Hauptbestandteile waren gebeuteltes Brot (eine Seltenheit in Kurgan, mit welcher mich der gute de Grawi zweimal wöchentlich versorgte) und herrliche Butter, die täglich frisch zubereitet wurde. Nie in meinem Leben habe ich bessere Butter gegessen, welches sehr natürlich zuging, da den Kühen die üppigsten Wiesen zu Weiden dienten. Außer Brot und Butter hatte ich zuweilen ein junges Huhn mit etwas Reis, auch wohl eine Taube oder Ente, die ich selbst geschossen hatte, und zum Dessert dann einen Becher

Kwaß. Ich stand zwar immer befriedigt, aber nie eigentlich satt vom Tische auf, und ich glaube, daß ich vorzüglich diesem Umstande meine nicht allein anhaltende, sondern sogar zunehmende Gesundheit verdankte.

Meine Lebensart war übrigens folgende: Morgens um sechs Uhr stand ich auf und wandte eine Stunde an, russische Vokabeln auswendig zu lernen. Denn da von allen Einwohnern des ganzen Städtchens niemand eine andere Sprache als die russische verstand, so war es für mich höchst notwendig, daß ich sie besser zu erlernen suchte. Dann frühstückte ich und schrieb mehrere Stunden an der Geschichte meiner Leiden. Nach dieser mir fast lieb gewordenen Arbeit ging ich, gewöhnlich im Schlafrock und in Pantoffeln, eine Stunde am Tobol spazieren, wo ich mir einen Gang gerade von zwei Wersten abgemessen hatte und wohin ich durch die Hinterpforte gelangen konnte, ohne jemandem zu begegnen. Bei meiner Zurückkunft las ich noch eine Stunde im Seneca. Dann verzehrte ich mein frugales Mittagsbrot, warf mich aufs Bett, schlummerte und las dann in Pallas oder Gmelins Reisen, bis Sokolow kam, mich zur Jagd abzurufen. Nachher trank er gewöhnlich Tee mit mir, wobei wir unsere Schicksale wiederholten, einander unsre Hoffnungen mitteilten oder unsre Furcht gegenseitig mit schwachem Glauben bekämpften. Wenn er fort war, las ich wohl noch eine Stunde im Seneca, aß dabei mein Butterbrot, spielte dann eine Weile *grande patience* – eine Art von Orakelspiel – mit mir selbst und ging endlich mehr oder weniger schwermütig schlafen, je nachdem – fast schäme ich mich, es zu gestehen – das Spiel mehr oder weniger günstig für mich ausgefallen war.

Wer jemals recht unglücklich gewesen ist, wird selbst die Erfahrung gemacht haben, daß man nie mehr Hang zum Aberglauben hat als im Unglück. Was in jeder andern Lage des Lebens gar nichts sein würde, das schafft man sich im Unglück wenigstens zum Strohhalm um; und mit der Überzeugung im Herzen, daß dieser selbstgeschaffene Strohhalm keine Mücke tragen werde, greift man dennoch nach ihm und betrübt sich, wenn er ausweicht. So gestehe ich, daß ich jeden Abend in Kurgan die Karten auf die Frage legte: ob ich jemals die Freude haben würde, meine Familie wiederzusehen. Kam das Spiel glücklich aus, so – ich kann nicht sagen, daß es mich freute, aber es war mir doch lieb. Kam es nicht aus – ich kann nicht sagen, daß es meine Furcht vermehrte, aber es betrübte mich doch. Lächelt nur, ihr, deren Nachen immer auf sanft wallenden Bächen schiffte; lächelt nur über den Unglücklichen, der in offner See auf einem Wrack herumtreibt und sich am Meergrase zu halten strebt!

So vergingen meine Tage. Ich war übrigens völlig frei, von keines Menschen Auge bewacht. Mein guter alter Unteroffizier André Iwanowitsch kehrte schon zwei Tage nach meiner Ankunft in Kurgan nach Tobolsk zurück, und man hielt es gleich anfangs nicht für nötig, seine Stelle zu ersetzen, was man doch bei dem Polen in der ersten Zeit seines Aufenthaltes getan hatte. Auch wäre jede Bewachung sehr überflüssig gewesen. Unsere Jagd führte uns freilich oft mehrere Werste weit von der Stadt; aber wohin sollten oder konnten wir fliehen? Kurgan lag vormals an der Grenze der Kirgisen; doch schon seit vielen Jahren war diese Grenze um fünfzehn Meilen weiter hinausgerückt und dort eine kleine Festung gebaut worden.

Hätte sie aber auch noch jetzt an das Weichbild der Stadt gestoßen: was konnte das Leuten helfen, die von allen Mitteln zur Flucht entblößt waren und nicht einmal die russische Sprache recht verstanden, viel weniger die kirgisische. Auch selbst in diesem Falle wäre ein Versuch zur Flucht noch immer ein verzweifeltes Wagstück geblieben. Denn die Kurganer erinnerten sich mit Schrecken der Zeit, wo sie nicht vor die Stadt Spazierengehen durften, ohne daß sie der Gefahr ausgesetzt waren, von den herumschweifenden Kirgisen erwischt zu werden. Dann wurden sie an den Schweif des

Pferdes gebunden und mußten laufen, so schnell das Pferd galoppierte. Der Reiter sah sich nicht einmal nach ihnen um, sie mochten schreien und jammern, so viel sie wollten. Erst wenn er bei seiner Wohnung abstieg, untersuchte er, ob sein Gefangener noch lebe oder schon tot sei. Im ersten Falle machte er ihn zu seinem Sklaven oder, was noch öfter geschah, verkaufte ihn an die Bucharen, die ihn Gott weiß wohin schleppten. Wir dankten also dem Himmel, daß wir wenigstens sicher vor diesen Unholden auf die Jagd gehen konnten.

Diese Zerstreuung war immer sehr wohltätig für mich, so wenig Mittel wir auch hatten, uns die Jagd angenehm zu machen. Ein paar elende Flinten, die man immer vier- bis fünfmal abdrücken mußte, ehe sie losgingen, waren alles, was wir besaßen. Einen Jagdhund gab es im ganzen Städtchen nicht, auch nicht einmal einen Pudel, der aus dem Wasser apportiert hätte. Da nun die Steppe mit unzähligen kleinen morastigen Seen durchschnitten war, da Enten und Schnepfen in dieser Jahreszeit fast den einzigen Gegenstand unserer Jagd ausmachten, so mußten notwendig wir selbst die Stelle der Pudel vertreten und oft bis an den halben Leib im Wasser waten, um die erlegte Beute zu erhaschen. Mein Pole war mit dieser beschwerlichen Art zu jagen schon weit mehr vertraut als ich. Er ging ohne alle Umstände in die tiefsten Seen, verweilte halbe Stunden lang darin, jagte mir das Wild aus dem Schilfe, suchte das angeschossene und verkrochene, kurz, ersetzte, die Witterung ausgenommen, den besten Jagdhund.

Ein anderer, mich oft angenehm zerstreuender Zeitvertreib waren meine Spaziergänge am Tobol. Es gab da einige Waschplätze, wo die jungen Mädchen aus der Stadt sich versammelten und nach dem Waschen auch selbst zu baden pflegten. Dieses Baden wurde bei ihnen zu einer bewunderungswürdigen gymnastischen Übung. Sie schwammen ohne alle Anstrengung über den Tobol hinüber und wieder herüber; sie gaben sich oft lange, auf dem Rücken liegend, den Wellen preis; sie schäkerten miteinander im Wasser, bewarfen sich mit Sandklumpen, verfolgten sich, tauchten unter, ergriffen einander und warfen sich um; kurz, sie trieben es oft so arg, daß ein unkundiger Zuschauer alle Augenblick befürchten mußte, ein paar von ihnen auf immer untersinken zu sehen. Alles dies geschah übrigens mit der größten Dezenz. Da nur die Köpfe aus dem Wasser hervorragten, so wußte man oft lange nicht, ob Knaben oder Mädchen darin schwammen. Den Busen sehen zu lassen, konnten sie freilich oft nicht verhüten; und das schien ihnen auch ziemlich gleichgültig zu sein. Wenn sie aber des Spieles müde waren und nun nicht länger im Wasser bleiben wollten, so betrugen sie sich sehr schamhaft und baten den neugierigen Zuschauer entweder so lange, bis er sich gutwillig entfernte; oder wenn dieser zuweilen mit boshafter Schadenfreude dennoch stehenblieb, so zogen die Mädchen am Ufer einen dichten Kreis um die Nackende, die aus dem Wasser hervorkam. Jede warf ihr dann ein Kleidungsstück zu, und in einigen Augenblicken stand sie züchtig bekleidet unter den übrigen.

Immer waren diese Mädchen munter und mutwillig; immer lachten und schäkerten sie. Der *Kapitan Isprawnik,* ein großer Verehrer des schönen Geschlechtes, kam zuweilen gegen Abend zu mir, bloß um sich an mein Fenster zu setzen und die sämtlichen Schönheiten von Kurgan, welche immer um diese Zeit Wasser holten, vorbei passieren zu sehen. Er nannte mir dann eine nach der andern, rühmte auch mehrere als gutwillig; und die verschämte Freundlichkeit, mit der sie ihm zuzunicken pflegten, bewies, daß er aus Erfahrung sprach.

Die anfangs häufigen Besuche der Herren Kurganer waren mir oft sehr lästig, ob ich gleich ihre gute Absicht nicht verkannte. Ein Schreiber – oder etwas dergleichen –, der mir gegenüber wohnte, hatte mich einigemal am Fenster meine Morgenpfeife rauchen sehen. Da er selbst ein Liebhaber von Toback war, so schickte er die erfreuliche Botschaft herüber, daß er jeden Morgen seine Pfeife bei mir rauchen und mir einige Stunden die Zeit verkürzen wolle. Ich hatte alle mögliche Mühe, ihm sein wohlwollendes Projekt aus dem Sinne zu reden. Er und die andern Herren in Kurgan begriffen nicht, wie ich immer allein sein und gern allein sein könne. Sie wußten nicht, daß man mit dem Bilde einer geliebten Gattin im Herzen und mit dem Seneca in der Hand nirgends allein ist.

Dem Seneca verdanke ich unbeschreiblich viel! Schwerlich hat seit achtzehnhundert Jahren ein Mensch sein Andenken so innig gesegnet wie ich. Oft, wenn die Verzweiflung ihre Kralle nach mir ausstreckte, ergriff ich die Hand dieses Freundes, der täglich Geduld und Mut in meine Brust goß. Die Ähnlichkeit unsrer Schicksale kettete mich näher an ihn. Er wurde unschuldig exiliert und schmachtete acht Jahre lang zwischen den öden Felsen von Korsika. Die Beschreibung, die er von seiner Lage entwirft, war so passend auf die meinige; seine Schilderung des Klimas, der rohen Sitten, seine Klagen über die fremde, rauhe Sprache: alles war auf mich anwendbar. Und endlich die mancherlei kräftigen Sprüche gegen die Todesfurcht, welche er überall in seine Werke verwoben hat! Ich sammelte sie sorgfältig, machte sie meinem Verstande und meinem Herzen eigen und trug sie immer bei mir, wie Friedrich der Große das wohltätige Gift, dessen er sich, wenn jede Hoffnung verschwunden wäre, bedienen wollte.

Ich will nicht leugnen, daß unter diesen Sprüchen sich manche bloß glänzende Gedanken befinden, die eine nähere Prüfung nicht aushalten. Aber wer wird es mir in meiner damaligen Lage verdenken, daß ich eine solche nähere Prüfung sorgfältig vermied? Wenn nun vielleicht nach wenigen Monaten die letzte Hoffnung für mich verschwand; wenn Schrecken und Gram meine gute Frau ins Grab gestürzt hatten oder wenn Obuljaninow – der Generalprokureur unter Paul dem Ersten –, noch grausamer als der Tod, sie verhinderte, zu mir zu kommen; wenn mit den letzten Tagen des Sommers auch meine geringe Barschaft zu Ende ging; wenn ich dann in einer Kälte von dreißig Graden vielleicht für Tagelohn arbeiten mußte, um trocknes Brot und Kwaß zu verdienen: was blieb mir übrig als der Tod?

Mein Entschluß war reiflich erwogen und gefaßt. Auf den Fall, daß meine geliebte Gattin zu mir kam, hatte ich den letzten, den einzig möglichen Plan zu meiner Rettung ausgedacht. Er gründete sich auf die Erfahrung, daß man durch ganz Rußland von einem Ende bis zum andern reisen kann, ohne visitiert zu werden. Auf diesen Umstand baute ich folgendes Projekt:

In meinem größeren Zimmer sollte ein Verschlag von Brettern und in dem äußersten Winkel desselben noch eine Art von Kleiderschrank angebracht werden. Nach dieser Zurüstung wollte ich fürs erste mit meiner Familie zwei Monate lang ruhig und dem Anscheine nach zufrieden leben, dann aber eine immer zunehmende Kränklichkeit und endlich eine Geisteszerrüttung affektieren. Diese Epoche mußte wieder einige Monate dauern. Dann wollte ich eines Abends in der Dunkelheit meinen Pelz und meine Mütze am Ufer des Tobol neben das Loch legen, welches immer zum Wasserschöpfen offen gehalten wird, hierauf leise zurückschleichen und mich in dem oben offenen Schranke verbergen.

Meine Frau macht Lärm. Man sucht mich – findet meine Kleider – es ist klar, daß ich mich in das Loch gestürzt habe – ein zurückgelassener Brief bestätigt es – meine Frau ist in Verzweiflung – am Tage muß sie das Bett hüten – des Nachts steckt sie mir Lebensmittel zu. – Der Vorfall wird nach Tobolsk und von da nach Petersburg gemeldet. Dort legt man den Bericht beiseite und vergißt mich. – Einige Zeit nachher erholt sich meine Frau ein wenig und bittet nun um einen Paß nach Livland, der ihr nicht abgeschlagen werden kann. – Sie kauft ein großes Schlitten-Kibitken, worin es sich bequem ausgestreckt liegen läßt: wirklich das einzige Fuhrwerk, mit dem man so etwas zu unternehmen wagen dürfte. Ich fülle den runden Bauch desselben – über mich türmt man Kissen und Reisegepäck. Meine Frau setzt sich zu mir, lüftet meinen Kerker, so oft ich es bedarf. Und wenn ich anders nur Kräfte genug habe, die lange Reise auf diese unbequeme Art zu vollenden, so ist es unbezweifelt gewiß, daß wir ohne irgendein Hindernis vor meinem eigenen Hause in Friedenthal anlangen.

Der Hauptpunkt war also nur die Kunst, meinen Tod recht wahrscheinlich zu machen, was um so weniger schwer sein konnte, da wir in Kurgan mit Leuten zu tun hatten, die gewiß keinen Betrug argwöhnten und auch nicht Fähigkeit genug besaßen, einen etwas fein gesponnenen zu entdecken.

War ich einmal in Friedenthal, so konnte ich dort fürs erste leicht vor aller Augen verborgen werden. Dann hatte ich ja in Estland mehrere Freunde, auf die ich – um mich so stark als möglich auszudrücken – ebenso sicher rechnen konnte als auf meine Frau. Knorring oder Huek würden mich auf eben die Weise nach Reval transportiert – der edle Friedrich von Ungern-Sternberg würde mich dann auf seine Güter bei Hapsal und von da mit einem eigenen Schiffe nach seinen Besitzungen auf der Insel Dagö gebracht haben, von wo ich mit dem ersten guten Winde auf einem Fischerboote in zwölf Stunden nach Schweden gelangen konnte. Wie gesagt, es kam wirklich nur darauf an, ob mein Körper die Reise auf diese Art aushielt; übrigens war der Plan für einen Glücklichen, der eine solche Frau und solche Freunde hat, sehr ausführbar.

Mein Freund Kinjakow meinte, es sei auch leicht, sich unter einer passenden Verkleidung an eine aus China kommende Karawane anzuschließen; und er selbst würde einen Versuch, sich auf diese Weise zu retten, gewagt haben, wenn der edle Mann nicht befürchtet hätte, das Schicksal seiner Brüder dadurch zu erschweren. Für mich als Fremdling war diese Unternehmung untunlich, da man, wenn sie gelingen sollte, entweder wirklich ein Eingeborner sein oder doch die Landessprache vollkommen sprechen müßte, um für einen russischen Fuhrmann gehalten zu werden. Ich blieb daher bei meinem eigenen Plane, schrieb meiner Frau alles vor, was sie zur Erleichterung desselben mitbringen sollte, und gab ihr einen Wink von meinem Vorhaben, indem ich ihr in jedem Brief wiederholte: sie solle, wenn sie zu mir komme, mir mehr werden als *Lodoiska* ihrem *Louvet*.

Auch in Kurgan fand ich einen guten Menschen, der sich selbst zum Bestellen meiner Briefe erbot und durch den meine gute Frau wirklich schneller als auf allen übrigen Wegen einen Brief von mir erhalten hat. Aus leicht begreiflichen Ursachen nenne ich ihn nicht; vor Gott hat ihn mein Herz schon tausendmal genannt.

O, wie bedaure ich die armen schwarzgalligen Philosophen, die der menschlichen Natur eine angeborne Verderbtheit andichten! Mich hat mein Schicksal in dem Vertrauen auf Menschen bestärkt. Wie wenige Gefühllose erscheinen in dieser Erzählung! Wie wenige, die dem Hofrat oder dem Herrn Prostenius gleichen! Ja, ich sage mit froher Überzeugung: Sei unglücklich, und du wirst überall Freunde finden; im fernsten, ödesten Winkel der Erde wird man dir Arme und Herzen öffnen.

Auch die guten, unverdorbenen Kurganer kamen mir mit offenen Armen und Herzen entgegen. Zu allen ihren kleinen Festen wurde ich eingeladen; jede ihrer Freuden und jeden ihrer Leckerbissen mußte ich mit ihnen teilen. Als Schriftsteller hatten sie mich bisher nicht gekannt; aber ein Artikel, der gerade damals in der Moskowischen Zeitung stand und worin des ausgezeichneten Beifalles erwähnt wurde, dessen meine Schauspiele bei den Engländern genössen, verschaffte ihnen auch diese Bekanntschaft und gab mir in ihren Augen einen noch größeren Wert. Die gutgemeinte Zudringlichkeit, mit welcher sie mich zu zerstreuen und in ihre Gesellschaften zu ziehen suchten, fiel mir in der Tat oft lästig. Teils war mein Gemüt so wenig zur Geselligkeit gestimmt, teils mangelte auch ihren geselligen Freuden für einen verwöhnten Europäer jeder Reiz.

Hier ein Beispiel. Der Assessor Juda Nikititsch wollte seinen Namenstag festlich begehen: einen Tag, der in Rußland bekanntlich weit höher gefeiert wird als der Geburtstag. Er kam des Morgens früh selbst zu mir und bat, daß ich mich gegen zwölf Uhr mittags in seiner Behausung einfinden möchte, wo die sämtlichen Honoratioren des Städtchens versammelt sein würden. Ich kam. Bei meinem Eintritt wurde ich mit einem Geheul von fünf Menschen empfangen, die hier für *Sänger* galten und, indem sie der Gesellschaft den Rücken zukehrten und die rechte Hand, um den Schall zu verstärken, an den Mund hielten, ein Lied in den Winkel der Wand hinein brüllten. Jeder Eintretende wurde so bewillkommt. Eine große Tafel seufzte unter der Last von zwanzig Schüsseln, doch ohne Kuverts oder Stühle für die Gäste. Alles hatte vielmehr das Ansehen eines bloßen Frühstücks (*Sakuschka,* wie man es in Rußland zu nennen pflegt). Die Hauptschüsseln bestanden aus sogenannten Piroggen, einer Art Pasteten, die sonst gewöhnlich mit Fleisch, diesmal aber wegen der Fasten mit allerlei Fischgattungen gefüllt waren. Außerdem gab es noch eine Menge marinierter Fische und Backwerk, auf verschiedene Art zubereitet. Der Wirt vom Hause ging dabei mit großen Flaschen Branntwein umher und schenkte sehr fleißig ein. Es wurde sehr oft und sehr viel auf seine Gesundheit getrunken, doch zu meinem größten Erstaunen ohne daß irgendeiner der Gäste Spuren von Trunkenheit zeigte. Wein gab es nicht; und nur in Tobolsk, bei dem Gouverneur, habe ich einen inländischen, ziemlich trinkbaren Wein gefunden, den er, wenn ich nicht irre, aus der Krim hatte kommen lassen. Dagegen tischte Juda Nikititsch eine andere Seltenheit auf, nämlich Met, der zwar sehr hoch gehalten wird, weil es in Sibirien keine Bienen gibt, dem aber doch die sämtlichen Gäste, mich ausgenommen, den geliebten Branntwein vorzogen.

Ich erwartete nun jeden Augenblick, daß sich ein anderes Zimmer öffnen und uns die Mittagstafel zeigen würde; aber siehe da! einer nach dem andern nahm seinen Hut und schlich davon. Ich mußte mich also wohl entschließen, dasselbe zu tun.

»Ist damit das Fest zu Ende?« fragte ich den alten de Grawi, der mit mir ging.

»Gott behüte!« versetzte er: »jetzt begibt sich ein jeder nach Hause, um zu schlafen; man schläft bis fünf Uhr, und dann versammelt man sich wieder.«

Auch ich stellte mich denn zu der bestimmten Zeit wieder ein. Die Szene hatte sich verändert: der große Tisch stand zwar noch mitten im Zimmer, aber anstatt mit Piroggen, Fischen und Branntwein war er jetzt mit Kuchen, Rosinen, Mandeln und einer Menge chinesischer, zum Teil sehr leckerer Konfitüren bedeckt, worunter sich besonders eine Art von fester Apfelmarmelade, in Striemen geschnitten, auszeichnete.

Jetzt erschien auch die Frau vom Hause, ein junges hübsches Weib; auch kamen von allen Seiten die Ehehälften und Töchter der Vormittagsgäste in ihren altmodischen Staatskleidern herbei. Es wurde Tee mit Franzbranntwein und Punsch gegeben, bei welchem die Gluckwa-Beere *(Vaccinium Oxycoccos L.)* die Stelle der Zitronen vertrat. Nun wurden Kartentische gesetzt und Boston gespielt, so lange nur immer der reichlich genossene Punsch die Karten zu unterscheiden erlaubte. Als die Zeit zum Abendessen heranrückte, entfernte sich alles wie vormittags, und das Fest hatte ein Ende.

Man wird leicht glauben, daß ich alle meine Gefälligkeit aufbieten mußte, um an solchen Unterhaltungen teilzunehmen. Wie froh war ich, wenn ich wieder in meinem einsamen Zimmer Atem schöpfen oder, mit der Flinte über der Achsel, an der Seite meines biederen Sokolow hinaus in das freie Feld wandern durfte!

So verflossen meine Tage in Kurgan. Die Gesundheit, deren ich ununterbrochen genoß und die, ob sie gleich seit vielen Jahren bei mir nur ein seltener Gast gewesen war, jetzt auf einmal wieder mein unzertrennlicher Gefährte wurde, trug wohl am meisten dazu bei, mir eine Art von frohem Mut zu erhalten. Ich hoffte! Schon sah ich im Geiste meine Familie um mich her. Vereinigt konnten wir auch in Kurgan nicht unglücklich sein. Wohl mir! Das fühlt ich tief in meiner und meiner Gattin Seele!

Aber das war ja auch nicht meine einzige, meine letzte Hoffnung. Hatt' ich denn nicht ein Memorial an den Kaiser abgehen lassen? An einen Kaiser, der wahrhaftig gern Gerechtigkeit übte und sich nie schämte, eine Aufwallung wiedergutzumachen, zu der Verleumdung oder Argwohn ihn zuweilen verleitete; an einen Kaiser, der selbst ein zärtlicher Vater war und zu dessen Herzen die Stimme der Natur den Weg auch durch die Verschanzungen eines Generalprokureurs Obuljaninow fand!

Wie herzlich wünschte ich meinem Hofrat eine glückliche Reise! Wie oft berechnete ich die Wochen und Tage, die er brauchen würde, um in Petersburg anzukommen, die Wochen und Tage, welche dann wieder erforderlich waren, die Entscheidung meines Schicksals von den Ufern der Newa bis an die Ufer des Irtysch zu bringen! Zu Ende des August durfte ich, wenn alles schnell ging, meines Bedünkens dem Endurteil entgegensehen.

Ich hatte mich verrechnet! Gott sei Dank! Ich hatte mich verrechnet!

Die Hand, die uns durch dieses Dunkel führt,
Läßt uns dem Elend nicht zum Raube,
Und wenn die Hoffnung auch den Ankergrund verliert,
So laß uns fest an diesem Glauben halten;
Ein einzger Augenblick kann alles umgestalten.

Sechstes Kapitel

Am 7ten Julius, einem heitern, schönen Tage, hatte ich des Morgens meine gewöhnliche Beschäftigung vorgenommen: ich schrieb an meiner Leidensgeschichte. Gegen zehn Uhr trat der Hofrat de Grawi zu mir herein. Nach einer kurzen unbedeutenden Unterhaltung ergriff er, seiner lästigen Gewohnheit gemäß, die Karten, setzte sich und spielte *grande patience,* wodurch er meine eigene *patience* oft sehr hart auf die Probe stellte: denn ich mußte mich als müßiger Zuschauer oft manche Stunde mit Langerweile plagen, und der gutmütige Unbarmherzige hatte gar keine Ahndung davon, daß auch einem Verwiesenen in Kurgan die Zeit kostbar sein könne. Auch heute saß er bis nach elf Uhr. Ich ging schweigend voll innern Unwillens auf und nieder, und nur einmal nahm ich teil an dem Spiel, als er mich fragte, über welchen Gegenstand er die Karten legen solle, und ich ihm antwortete: auf die Hoffnung, meine Frau bald hier zu sehen. Es kam diesmal glücklich aus, und er freute sich herzlich darauf, Christina Karlowna bald bei sich zu bewirten.

Endlich erinnerte er sich, daß er noch Geschäfte in seinem Gerichte habe, und ging weg. Kaum war er fort, so setzte ich mich wieder an meinen Tisch, um noch ein Stündchen zu schreiben. Mitten in einer Periode unterbrach mich mein Bedienter, der in die Tür hinter mir trat und sagte: *»Eh bien, Monsieur, encore quelque chose de nouveau!«*

Ich hörte das nur mit halbem Ohr, glaubte, er wolle mir eine neue Liebesgeschichte mitteilen (deren er seit unserer Ankunft wohl schon zwanzig an- und ausgesponnen hatte), drehte, ohne die Feder wegzulegen, den Kopf nachlässig nur halb nach ihm hin und antwortete:

»Quoi donc?«

»*Dans ce moment*«, versetzte er, »*un dragon est venu vous prendre.*« Ich wurde von Entsetzen ergriffen, sprang auf und starrte ihn sprachlos an.

»*Oui, oui*«, fuhr er fort, »*nous irons peut-être encore aujourd'hui à Tobolsk.*«

»*Comment?*« stammelte ich.

Er führte mir nun einen Mann herein, der den Dragoner selbst gesehen, dessen Aussage selbst gehört und ihn bis zu de Grawi begleitet hatte, dann aber vorausgelaufen war, mich davon zu benachrichtigen. Den weitern Inhalt der mitgebrachten Depeschen wußte er nicht.

Was sollte ich vermuten? Meine Freiheit? Nein. Warum würde ich denn nach Tobolsk zurückgebracht? Es gab ja einen weit näheren Weg, gerade nach Jekatarinburg: warum ließe man mich einen Umweg von fünfhundert Wersten machen? Auch konnte ja die Entscheidung des Monarchen auf mein Memorial noch lange nicht eintreffen. Mir blieb also nur die schreckliche Wahrscheinlichkeit, daß ich von Tobolsk aus noch tiefer in das Land gebracht werden sollte, vielleicht wohl gar in die Bergwerke, vielleicht nach Kamtschatka. Ich stand bebend da, suchte mich zu fassen, ergriff schnell das Heft, an dem ich geschrieben hatte, rannte nach meinen noch übrigen Banknoten, knöpfte beides in meine Unterweste und erwartete nun wenigstens zehn Minuten lang in Todesangst mein Schicksal. Diese zehn Minuten gehörten unter die schrecklichsten, die ich während meines Unglückes erlebt hatte!

Endlich sah ich durch das Fenster den Hofrat de Grawi, von einer Menge Menschen umgeben, die Straße heraufkommen; und aus dem Haufen ragte der Dragoner mit seinem Federbusche auf dem Hute hervor. Sie waren noch zu weit, als daß ich den Ausdruck der Gesichter hätte unterscheiden können; ich stand also noch immer halb leblos da und erwartete mein Todesurteil.

Noch einmal wankte ich im Zimmer auf und ab, dann wieder an das Fenster. Der Haufe war näher gekommen; ich sah de Grawis Gesicht sehr heiter. Es blitzte ein Hoffnungsstrahl in meine Seele; aber noch lag die ganze Welt auf mir.

Jetzt war die Menge in den Hof getreten. De Grawi sah herauf, bemerkte mich und nickte mir freundlich zu: die drückendste Last fiel von meiner Brust. Ich wollte hinaus, ihm entgegen; ich konnte aber nicht, stand fest auf meinem Platze und hatte die Augen starr auf die Stubentür geheftet. Sie öffnete sich. Ich wollte fragen; auch das konnte ich nicht.

»Posdrawleju!« rief de Grawi mir entgegen, und die Tränen rollten dem alten Manne über beide Backen: »posdrawleju! wui swobodni!« – Ich wünsche Ihnen Glück! Sie sind frei!

Mit diesen Worten lag er auch schon in meinen Armen. Ich sah und hörte nicht, ich fühlte nur seine Tränen an meiner Wange; mein eigenes Auge war trocken. Posdrawleju! schallte es von hundert Stimmen um mich her; ein jeder wollte der erste sein, mich zu umarmen, und auch mein Bedienter drückte mich mit Ungestüm an seine Brust. Ich ließ alles mit mir machen, sah sie alle an und konnte ihnen nicht danken, ja nicht einmal reden.

Der Dragoner überreichte mir einen Brief des Gouverneurs. Ich erbrach ihn schnell und las folgendes:

Monsieur!
Réjouissez-Vous, mais modérez Vos transports; la faiblesse de Votre santé l'exige. Ma prédiction s'est accomplie. J'ai la douce satisfaction de Vous annoncer, que notre très-gracieux Empereur désire Votre retour. Exigez tout ce qui Vous est nécessaire, tout Vous sera procuré, l'ordre en est donné. Volez, et recevez mes compliments.
　　　　Votre très-humble serviteur
　　　　D. Kochéleff

　　　　　　　　　　　　　　　　　　　　le 4 Juillet

Jede Zeile grub sich tief in mein Herz! – Der Gouverneur schickte mir zugleich ein Pack Zeitungen und ein kleines Glückwünschungsbriefchen von dem Kaufmann Becker, der eben zugegen war, als der Dragoner abgefertigt wurde, und der mir sehr dringend seine Wohnung zum Absteige-Quartier in Tobolsk anbot.

De Grawi zog jetzt auch seine russische Order aus der Tasche und las sie mir vor. Sie enthielt den Befehl, mich mit allem, was ich verlangen würde, auch mit Geld, zu versehen, und mich so bald als möglich abzufertigen.

Noch immer war ich stumm; aber endlich stürzte ein wohltätiger Tränenstrom aus meinen Augen: ich weinte laut, heftig und lange; die meisten Zuschauer weinten mit mir.

Plötzlich stürzte Sokolow ins Zimmer, hing an meinem Halse und vergoß bittersüße Tränen. »Ich bleibe nun wieder allein!« sagte er mit tiefer Wehmut, »aber bei Gott, ich freue mich herzlich.«

Alle Einwohner von einiger Bedeutung hatten sich um mich versammelt: das Zimmer war gedrängt voll; jeder wollte mir seine Freude bezeugen, jeder mir etwas Angenehmes sagen. Der biedre de Grawi fühlte, daß mir das Gedränge lästig werden mußte. Er entfernte nach und nach den Haufen und bat mich, bei ihm zu essen. Ach Gott! Essen und trinken konnte ich nicht. Ich wünschte nur allein zu sein. Er fragte, wann ich reisen wolle. »In zwei Stunden«, war meine Antwort. – Was ich bedürfe? – »Nichts als Pferde!« Er ging lächelnd, und ich war endlich allein.

Wie mir zu Mute war, kann ich nicht beschreiben. Die Knie zitterten mir noch mehrere Stunden nachher; und doch konnte ich mich nicht setzen: ich mußte immer gehen, auf und nieder gehen. Gedanken hatte ich nicht, nur Empfindungen: schnell aufeinanderfolgende Vorstellungen, ohne deutlichen Umriß; es war mir, als ob meine Frau und meine Kinder immer in einer Wolke vor mir schwebten. Ich fühlte bald, daß meine Empfindungen schwelgten, daß ich erschöpft war. Nun wollte ich etwas denken, Betrachtungen anstellen, Zeitungen lesen, die ich sonst so gern las – aber alles vergebens! Von Zeit zu Zeit flossen meine Tränen wieder, und der Ausruf: o Gott! Gott! war alles, was ich hervorbringen konnte.

Als ich endlich der Ruhe und Unruhe wieder fähig wurde, mischten sich auch einige Wermutstropfen in den Becher meines Entzückens. Der Dragoner, dem ich im ersten Aufruhr der Freude mehr gab, als ich eigentlich geben konnte, hatte mir erzählt, es sei ein Senatskurier aus Petersburg gekommen, um mich zurückzuholen. Da aber seine Order nur auf Tobolsk laute, so habe er auch nicht weiter reisen wollen und deshalb sei es dem Gouverneur nicht möglich gewesen, mir den Rückweg dahin zu ersparen. Dieses Rätsel war mir also gelöst. Eine andere, mir weit wichtigere Frage konnte der Dragoner nicht beantworten. »Hat der Kurier Briefe von meiner Frau? Hat er wenigstens irgendeine Nachricht von ihr mitgebracht?« – Ach, das wußte er nicht! Und es war mehr als wahrscheinlich, daß auch der Kurier weder Briefe noch Botschaft an mich hatte, denn sonst würde der menschenfreundliche Gouverneur gewiß etwas davon erwähnt haben. Wußte er doch, wie unaussprechlich ich die Meinigen liebte, hatte er doch meine heißen Tränen um sie gesehen, ja die seinigen damit vermischt! Und er schwieg – hatte mir vielleicht etwas Schreckliches zu verschweigen!

Ich war sinnreich, mich zu quälen. Ein Glück, daß die Reiseanstalten mich zerstreuten. Nichts konnte mein Italiener mir rasch genug machen. Meine Ungeduld war kindisch. Es wurde alles drüber und drunter in den Mantelsack gepackt und in das Kibitken geworfen. Ich eilte indessen, die letzte Pflicht zu erfüllen und von den guten Menschen in Kurgan dankbaren Abschied zu nehmen. Daß ich mich bei jedem nur wenige Minuten aufhielt, ist begreiflich. Bei dem wackern de Grawi blieb ich am längsten, und er forderte sogar noch ein Opfer von mir, das mir sehr schwer wurde, das ich aber seinen dringenden Bitten unmöglich versagen konnte. Den 7ten Julius war nämlich gerade ein Kirchenfest, dessen Bedeutung ich nicht so eigentlich habe erraten können. Die Feier desselben bestand hauptsächlich darin, daß der Heilige eines benachbarten Dorfes *in effigie* nach der Stadt gebracht wurde, daß der Stadtheilige ihm höflich bis an seine Grenze entgegen kam, dann mit ihm umkehrte, den fremden Gast in seinen Tempel führte, ihn dort mit einigen Gebeten und Gesängen bewirtete und ihn dann abends wieder entließ. Den Stadtheiligen begleiteten bei dieser kleinen Exkursion die sämtlichen Einwohner singend. Der fromme de Grawi hielt es für Pflicht, an ihrer Spitze zu sein; und diese Zeremonie war es, an welcher ich – mochte ich wollen oder nicht – noch Anteil nehmen mußte. Er versicherte, es werde kaum eine halbe Stunde dauern; und ich ging mit ihm.

Von sechs hübschen Bauernmädchen getragen und von einem bärtigen Popen beräuchert, kam uns der Dorfheilige an der Stadtgrenze entgegen. Alles sang und schlug Kreuze. Die Bilder neigten sich höflich gegeneinander. Wir machten links um; der Fremdling zog ein in das Haus seines Gastfreundes, und ich eilte nach dem meinigen, um die letzten Verfügungen zu treffen.

Dort fand ich schon meinen guten Sokolow, der schweratmend auf und nieder ging. Noch am Abend vorher hatten wir darüber gesprochen, daß, wenn je einer von uns seine Freiheit wieder erlange, der Zurückbleibende doch sehr unglücklich sein werde. Nun war der Fall wirklich eingetreten; wir sprachen aber nicht mehr davon. Ich schenkte ihm meine Flinte, die Patrontasche, den Munitionsvorrat und alles, was ich sonst entbehren konnte. Er nahm es schweigend, und in seinen feuchten Augen las ich: es wäre doch besser, wenn du bei mir bliebest! Ich bat ihn, mir Briefe an seine Familie mitzugeben, welche sicher zu bestellen ich für meine heiligste Pflicht halten würde; aber seine unbegreifliche Gewissenhaftigkeit ließ nicht einmal das zu. Er wollte durchaus dem harten

Befehle nicht zuwiderhandeln: er setzte ein Verdienst darin, alles zu dulden und auch nicht die kleinste Blöße zu geben.

Es verbitterte meine Freude nicht wenig, daß dieser rechtschaffene Mann durch meine Anwesenheit in Kurgan offenbar unglücklicher geworden war als vorher. Durch mich hatte er sich wieder an manche Bequemlichkeiten des Lebens, an geselligen Umgang, an Freundschaft gewöhnt; mir konnte er klagen, bei mir fand er immer offene Ohren: und nun war er wieder allein in dieser Wüste! Ich hatte ihn aus seinem Loche ziehen, ihn für den Winter bei mir einquartieren wollen: und nun mußte er wieder zurück in seine Rauchhöhle. Weinend drückte ich ihn an mein Herz; er schlich weinend aus der Stube. Ich habe ihn nicht wieder gesehn. Denn als bald nachher fast alle Einwohner des ganzen Städtchens sich zum Abschied in meinem Hofe versammelten, war Simon Sokolow nicht mehr unter ihnen.

Noch wohl eine Stunde mußte ich auf Pferde warten. Nie habe ich eine größere Ungeduld empfunden. Kaum war ich imstande, die gutmütigen Äußerungen der Einwohner zu erwidern. Der eine hatte Punsch machen lassen, der andere brachte mir Viktualien, der dritte eine Menge Gurken. Ich hätte neben meinem Kibitken her gehen müssen, wenn ich alles hätte hinaufpacken wollen. Gott segne euch, ihr guten Menschen! Ich werde euch hoffentlich nie wiedersehen; aber das Andenken an eure herzliche, anspruchlose Gastfreundschaft trage ich bis zum Grabe dankbar in meiner Brust!

Endlich war angespannt; ich wurde ringsum geherzt, gedrückt und in das Kibitken gehoben. Der alte gute de Grawi setzte sich zu mir, denn er wollte mich durchaus wenigstens bis vor die Stadt begleiten. Fromme Wünsche schallten mir nach, als wir fuhren; und ich schwamm in einem Meere von Wonne.

Als wir fast zwei Werste zurückgelegt hatten, ließ de Grawi halten, bog sich über mich, küßte mich, weinte, drückte mir die Hand, ging, kam wieder, schüttelte mir die Hand, sagte schluchzend nur die Worte: *S'bogom!* (mit Gott!) und verließ mich. Ich richtete mich in die Höhe, sah ihm lange nach, betrachtete wehmütig die Stadt, warf den bösen Traum meiner Leiden hinter mich und fuhr in gestrecktem Galopp davon.

Dieses Mal war ich nicht gezwungen, meinen Rückweg über Tjumen zu nehmen; denn die Gewässer hatten sich zum Teil verlaufen. Mit meiner Mückenkappe über dem Kopfe – denn ohne die ist es unmöglich, in dieser Jahreszeit durch jene Gegenden zu reisen – fuhr ich die Nacht rasch durch. Die dortigen Mücken gleichen ganz den unsrigen, nur daß sie gelb und – so kam es mir wenigstens vor – noch weit unverschämter und gefräßiger sind.

Gegen Morgen schlummerte ich einen Augenblick ein, und mein erstes Erwachen war ein neuer froher Genuß. Ich brauchte eine Minute, um mich zu besinnen, was mit mir vorgegangen sei; aber diese Minute, in der sich nach und nach die Idee meiner Freiheit entwickelte, war himmlisch!

Am 9ten, morgens früh, kam ich auf die letzte Station vor Tobolsk. Hier hatte die Höhe der Frühlingsgewässer nur noch sehr wenig abgenommen, und ich mußte die letzten vier Meilen wie bei meiner ersten Ankunft in einem elenden Boote zurücklegen. Aber ich hatte herrliches, heiteres Wetter, gerade wie damals, und meine Empfindungen waren ebenso heiter. Ich sah alle die bekannten Gegenstände mit ganz andern Augen wieder; meine Seele glich der Spiegelfläche, auf der ich sanft hinschwamm.

Um zehn Uhr vormittags betrat ich das Ufer von Tobolsk. Obgleich der gute Becker mich in seine Wohnung eingeladen hatte, so war ich doch zweifelhaft, ob ich die Einladung annehmen sollte, da es bei der überall herrschenden ängstlichen und notwendigen Vorsicht dem Gouverneur vielleicht unangenehm sein konnte.

Ich ging also lieber gerade wieder nach meinem alten Quartiere, wo ich von dem Wirte mit großer Freude empfangen und in eben das Zimmer geführt wurde, welches während meiner Abwesenheit schon wieder ein andrer Unglücklicher bewohnt hatte. Ich ließ dem Gouverneur durch den Dragoner meine Ankunft melden und warf mich schnell in andre Kleidung, damit ich diesem bald folgen könnte.

Der nach mir gesandte Kurier namens Carpov wohnte in demselben Hause, war aber ausgegangen; ich mußte daher die sehnsuchtsvollen Fragen nach den Meinigen noch auf dem Herzen behalten und eilte zu dem edlen Kuschelew! Ich traf ihn wie das erste Mal im Garten. Er drückte mich herzlich an seine Brust; die Freude glänzte in seinen Augen.

Meine erste Frage war nach Frau und Kind. Ach, er wußte von nichts, suchte mich aber durch allerlei Scheingründe zu beruhigen. Er zeigte mir den mich betreffenden Ukas, der in wenigen Zeilen einen von dem Generalprokureur geschriebenen Befehl enthielt, »den unter seiner Aufsicht gestandenen Kotzebue augenblicklich in Freiheit zu setzen, ihn nach Petersburg zu senden und ihn auf Kosten der Krone mit allem, was er brauchen und begehren werde, zu versehen«. Der Kurier war noch überdies angewiesen, alle Kosten der Reise zu bezahlen.

Dieser Order zufolge fragte mich nun der Gouverneur, was ich bedürfe. Ich hatte noch einige hundert Rubel und wollte daher anfangs gar nichts nehmen. Doch das konnte Trotz scheinen; und da der Kaiser nun einmal so wohlwollende Gesinnungen für mich geäußert hatte, so konnte er empfindlich darüber werden, wenn ich sein Anerbieten gleichsam verschmähte. Auf der andern Seite fürchtete ich aber, zu viel zu fordern; und ich wollte ebenso wenig unverschämt als trotzig scheinen. Der Gouverneur fand meine Bemerkungen sehr richtig. Als ich ihn um seinen Rat ersuchte, meinte er, wenn ich dreihundert Rubel nähme, so würde ich die rechte Mittelstraße treffen. Dabei blieb es also, und ich hatte nun keinen andern Wunsch mehr als den, in zwei Stunden abgefertigt zu werden. Der Gouverneur wollte mich durchaus noch einige

Tage dabehalten. Als ich ihm aber ziemlich lebhaft antwortete, daß ich jede Stunde des Verzugs als meiner Frau gestohlen ansähe, gab er augenblicklich nach, wandte sich mit Rührung zu seiner Freundin und übersetzte ihr, was ich gesagt hatte. Hierauf versprach er, meine Abreise zu beschleunigen, erbot sich auch, mir meinen Wagen zurückzukaufen. Das letztere schlug ich aus und wollte lieber in einem unbequemen Kibitken reisen, weil ich nicht Lust hatte, mich alle Augenblicke wegen Reparaturen unterwegs aufzuhalten.

Indes ging es mit meiner Abfertigung doch nicht so schnell, als ich wünschte. Die Auszahlung der dreihundert Rubel – auf die ich gern Verzicht getan hätte – erforderte verschiedene Formalitäten: es mußte deshalb von der Regierung an den Kameralhof geschrieben werden. Dieser blieb nur bis zu Mittag versammelt; daher war es heute schon zu spät, und mit großem Widerwillen mußte ich mich nun entschließen, die Nacht in Tobolsk zuzubringen.

Ich aß bei dem Gouverneur, besuchte nachher meine Freunde Kinjakow, Becker und den wackern Peterson, die mich alle mit ungeheuchelter Freude empfingen, und ging dann nach Hause, wo ich endlich meinen Kurier antraf, der mir aber leider auch kein Wort von meiner Familie zu sagen wußte. Aus der ihm erteilten Spezial-Instruktion, welche er mir zu lesen gab, sah ich nun wohl, daß man von dem mir zugefügten Unrecht in Petersburg völlig überzeugt sein müsse. Denn es war ihm darin auf das angelegentlichste empfohlen, für mich auf der Reise Sorgfalt zu tragen und mir *Wsjakie Udowolstwie* zu erzeigen, das heißt: alles zu tun, was mir Vergnügen machen könne. Dazu hatte man nun aber eben nicht den rechten Mann gewählt. Denn Herr Carpov war ein unerzogener, tölpischer junger Mensch, so bequem und faul wie ein Schoßhund. Er bekümmerte sich um nichts; ihm war es ganz gleichgültig, ob wir schnell oder langsam fuhren. Auch hatte er gar nicht das Leuten seiner Art sonst sehr eigne Talent, die Posthalter, Postillione usw. durch ein herrisches, insolentes Wesen, durch Schimpfen und Drohungen anzuspornen. Das merkte man ihm überall sogleich ab, und seine nie zu erschütternde Indolenz stellte in der Folge meine Geduld auf harte Proben. Sonst war er ein recht guter Mensch, ein verdorbener Apothekerbursche, der vortrefflich hinter den Ofen taugte, um bei seiner Mama Butterbrot zu essen. Es war ihm auch gar nicht recht, daß er sich in Tobolsk nicht noch ein paar Wochen gütlich tun konnte. Dabei hatte er ein sehr begehrliches Gemüt: denn ich schenkte ihm bei unserer ersten Zusammenkunft hundert Rubel; und dies Geschenk schien noch unter seiner Erwartung zu sein.

Ich schlief diese Nacht zum ersten Male sanft und ruhig und erwachte früh mit der frohen Hoffnung, um neun Uhr abzusegeln, wozu ich bereits eine Barke gedungen hatte. Aber leider dauerte es noch bis gegen Abend, ehe wegen der unbedeutenden Summe von dreihundert Rubeln alles geschrieben, unterschrieben und gesetzlich berichtigt wurde. Vielleicht darf ich das für ein Glück halten, so unangenehm es mir auch damals war; denn wir hatten den ganzen Tag die heftigsten Gewitter, die mir auf dem Wasser leicht hätten gefährlich werden können. Auch gewann ich noch einen andern Vorteil durch diese Verzögerung. Ich hatte nämlich aus Gefälligkeit versprochen, den Sohn eines deutschen Schneiders als Bedienten mit nach Petersburg zu nehmen. Man verschwieg mir aber, daß dieser junge Mensch täglich mit epileptischen Zufällen behaftet war, und so würde ich einen sehr beschwerlichen Reisegefährten an ihm gehabt haben, wenn durch meinen längeren Aufenthalt die Krankheit sich nicht von selbst verraten hätte.

Unfreiwillig verschmauste ich diesen Tag noch bei meinen Freunden. Es war schon Abend, als man endlich alles in Richtigkeit gebracht hatte; doch ein sehr stürmisches Wetter und die hereinbrechende Nacht zwangen mich, noch einige Stunden aufzuopfern.

Ich setzte meine Abreise um drei Uhr morgens fest und warf mich angekleidet auf das Bett.

Daß ich von allen im Hause zuerst erwachte oder vielmehr, daß ich so gut wie gar nicht schlief, wird man mir leicht glauben. Mit der ersten Morgenröte sprang ich auf und trieb meinen faulen Carpov aus dem Bette. Zwar hatte der Sturm eher zu- als abgenommen; doch unmöglich konnte ich noch länger verweilen. Um vier Uhr standen wir am Ufer des Irtisch, und ich sah mit freudigem Taumel mein Fuhrwerk in den heftig schwankenden Kahn bringen. »Wird die Fahrt gefährlich sein?« fragte ich den Steuermann. – »*Nje otschen opasno* (nicht sehr gefährlich)«, gab er mir zur Antwort, die eben nicht sehr tröstlich war. Doch die Sehnsucht überwog bei weitem die Furcht, und – was auch meine Begleiter dagegen einwandten – ich bestand auf der Abreise.

Mein Italiener war mir bis ans Ufer gefolgt. Er nahm dem Anscheine nach gerührt von mir Abschied. Doch wenn seine Rührung nicht erkünstelt war, so entsprang sie wohl nur aus der Vorstellung, daß er mich in Zukunft nicht mehr bestehlen könne. Denn ob ich ihm gleich außer dem versprochenen Lohn noch ein sehr reichliches Geschenk gab, so fand ich doch einige Tage nachher, als ich meinen Mantelsack aufschnallte, daß er meine ohnehin sehr geringen Habseligkeiten christlich mit mir geteilt hatte: geteilt im eigentlichsten Sinne des Wortes; denn von allem vermißte ich gerade die Hälfte, und sogar ein Bettlaken hatte er mitten voneinander getrennt. Ich wünsche, daß er sanft darauf ruhen möge, und zweifle auch nicht an der Erfüllung dieses Wunsches. Denn was man Gewissen zu nennen pflegt, das kannte sein starker Geist nicht.

Endlich-endlich stießen wir vom Ufer! Mit wehmütiger Freude sah ich den Raum zwischen mir und der Küste sich ausdehnen. Ich heftete meine Blicke fest auf die nach und nach schwindenden Häusermassen von Tobolsk und würde ein paar selige Stunden in sanfter stummer Empfindung verschwelgt haben, wenn nicht der wachsende Sturm, das entsetzliche Schwanken des Bootes und das Wechselgeschrei zwischen Ruderern und Steuermann mich nur zu oft aus meinen süßen Träumereien geweckt hätten.

Endlich – nach einer Fahrt von mehr als sieben Stunden – gelangten wir glücklich an das jenseitige Ufer. Und hiermit hatten wir auch alle Beschwerlichkeiten zu Wasser überstanden: denn alle die unzähligen Überfahrten über ausgetretene Ströme, die mir im Frühling die Hinreise so sehr erschwerten, waren jetzt nicht mehr vorhanden. Die finstere Tura, die schöne Kama, die majestätische Wolga, die schnelle Wjatka waren bereits in ihr Bett zurückgetreten und schienen hülfreich einverstanden, mich schnell an mein erseufztes Ziel zu tragen. Doch ehe ich noch Tjumen erreichte, drohte mir eine andere Gefahr; ich wurde nämlich krank, recht sehr krank. Die Ursache weiß ich nicht; aber die Zufälle waren so, wie ich sie nie vorher gehabt hatte. Jede Erschütterung fühlte ich so schmerzhaft, daß ich genötigt war, selbst auf dem ebensten Wege nur Schritt für Schritt fahren zu lassen. Außer einem Limonadenpulver hatte ich gar keine Arzenei bei mir. Zwar wollte der gute Peterson in Tobolsk mich damit versorgen; ich hielt es aber für unmöglich, auf einer so fröhlichen Reise krank zu werden, und vernachlässigte alle Vorsicht. Auch hätte ich nicht gewußt, was ich einnehmen sollte, da ich diese Art von Krankheit nie gehabt hatte. Ich litt also geduldig und quälte mich mit dem Gedanken, vielleicht, so nahe am Ziele, dennoch meine Familie nicht wiederzusehen.

So schleppte man mich bis Tjumen, wo wir nachmittags ankamen. Mein Kurier riet mir, hier liegen zu bleiben und mich zu pflegen; ich widersetzte mich aber dem ernstlich. Welche Bequemlichkeit oder Pflege konnte ich auch dort erwarten? Sollte ich mich einem unwissenden Chirurgus anvertrauen? Denn ein Arzt war da nicht. Ich beschloß, lieber auf gut Glück weiterzufahren. War ich doch der sibirischen Grenze nun so nahe. Wenigstens wollte ich jenseits sterben!

Wir fuhren also weiter. Doch mein Zustand verschlimmerte sich in kurzem so sehr, daß ich auf der zweiten Station die Bewegung nicht mehr aushalten konnte und in einem elenden Dorfe liegen bleiben mußte. Es war Abend. Ich ließ mir, so gut es gehen wollte, ein Lager in meinem Kibitken bereiten und versuchte, ob ich schlafen könnte. Dieser Versuch mißlang gänzlich; dagegen ermannte sich die Natur in dieser Nacht. Zwar bedurfte sie dazu einer sehr schmerzlichen Gewalt; aber dieser Krisis verdanke ich vielleicht die Gesundheit, die ich während des folgenden Winters in einem reicheren Maße genoß als vorher seit zwölf Jahren.

Ich setzte am folgenden Morgen freilich noch sehr schwach, aber doch in einem merklich besseren Zustande meine Reise fort und kam um zehn Uhr vormittags an den Tobolskischen Grenzpfahl mitten im Walde, den ich auf meiner Hinreise mit so fürchterlicher Beklemmung betrachtet hatte.

Als wir damals Moskau verließen, war es mir vergönnt, mich mit einigen Bouteillen Wein zur Erquickung zu versorgen. Ich kaufte Burgunder. Da aber in Moskau die Bouteille vier Rubel kostete, so erlaubte meine Kasse mir nicht, mehr als drei Bouteillen mitzunehmen, die ich mir für kranke Tage aufsparte. Fast zwei derselben waren geleert, als ich in Tobolsk ankam. Die dritte begleitete mich nach Kurgan; ich verwahrte sie als einen Schatz und bestimmte sie, an dem Tage, an welchem meine Frau zu mir kommen würde, das Freudenfest zu verherrlichen. Jetzt aber – im Angesicht des sibirischen Grenzpfahls – zog ich sie hervor. Mit einem Korkzieher, den meine gute Mutter mir am letzten Weihnachtsfeste schenkte und der bis heute ungebraucht in meinem Kasten gelegen hatte, öffnete ich sie. Jubelnd trank ich daraus in langen Zügen, indem mir zugleich die Tränen über die Wangen rollten. Der Kurier und der Postillion mußten mittrinken. Die leere Flasche zerschlug ich gegen den Pfahl, und mit leichter Brust, als sei nun alles überstanden, fuhr ich singend weiter.

Je mehr ich stündlich an Gesundheit und frohem Mute gewann, je stärker wurde meine Begierde, die Reise zu beschleunigen. Aber zwei Hindernisse erschwerten die Eil. Das erste war mein gebrechliches Kibitken. Ich hatte es alt gekauft und nun, die Hin- und Herreise von und nach Kurgan mitgerechnet, bereits fast zweihundert deutsche Meilen damit zurückgelegt. Es wurde von Stunde zu Stunde knarrender und wackelnder. Alles verkündigte seine baldige Auflösung. Wohl schon ein dutzend Mal hatte ich anhalten müssen, um bald dies, bald jenes daran flicken zu lassen. Ich sah den Augenblick herannahen, wo ich auf der Landstraße liegen bleiben würde, und entschloß mich daher kurz und gut, das gebrechliche Fuhrwerk auf der nächsten Station zurückzulassen und meinen Weg lieber in einem Postkibitken fortzusetzen. Freilich ist ein solches Postkibitken das elendeste, unbequemste Fuhrwerk, selten einmal bedeckt gegen ungestüme Witterung, auch zu kurz, als daß man die Beine darin ausstrecken könnte, und auf jeder Station wird es gewechselt, auf jeder das Gepäck hin und her geworfen. Vergebens hat sich der Reisende in kühlen Nächten in die Betten verkrochen: kaum ist es ihm gelungen, sich zu erwärmen, so muß er heraus, das Wetter sei, welches es wolle. Wenn es regnet, so werden seine paar Kissen durch und durch naß; er muß sich wieder darauflegen und sie mit seinem Körper trocknen. Wahrlich, es gehört viel Abhärtung dazu, eine lange Reise auf diese Art gesund zu vollbringen.

Das alles stellte mein Kurier mir bündig vor. Er selbst litt zu sehr bei der Veränderung, um nicht seine ganze Beredsamkeit aufzubieten. Aber ich hatte berechnet, daß ich vielleicht einen ganzen Tag und mehr dabei gewinnen könne und daß ich also meine Familie einen ganzen Tag früher wiedersehen würde. Die Möglichkeit, daß meine gute Christel krank, vielleicht gefährlich krank sei, daß meine Ankunft wohltätig auf sie wirken, daß ihr Leben an einer einzigen Stunde früher oder später hangen könne, überwog alle Bedenklichkeiten. Ich erkundigte mich auf der nächsten Station nach dem ärmsten Manne im Dorfe; ihm schenkte ich mein Fuhrwerk und räumte so das erste Hindernis aus dem Wege.

Das zweite war schwerer wegzuschaffen; denn – wie sollte ich meinem faulen Carpov Leben und Tätigkeit einhauchen? Da half weder Spott noch Zorn, da halfen weder Geschenke noch Drohungen; seine Indolenz war unüberwindlich. Immer gähnte, immer schlief er; kommst du heute nicht, so kommst du morgen. Man hätte zu meiner Qual keinen faulern Tölpel wählen können als diesen, der mich oft zur Verzweiflung brachte.

In dieser Not erschien endlich mir zum Trost ein anderer Kurier namens Wassili Sukin. Auch er war Hals über Kopf aus den Vorzimmern des Kaisers nach Tobolsk geschickt worden, um einen Kaufmann zu befreien, den vor acht Jahren der allgewaltige Fürst Potemkin dahin geschickt hatte. Dieser Mann saß in Pelim, wenn ich nicht irre noch tausend Werste weiter, und als ich Tobolsk verließ, wartete Sukin noch immer auf seine Ankunft. Er kam endlich erst einige Tage nach meiner Abreise. Seine Füße waren geschwollen und mit Wunden bedeckt; aber auch ihm ließ die Ungeduld nicht zu, die Heilung abzuwarten: er reiste, und – Dank sei es meinem faulen Carpov! – schon unweit Jekaterinburg holte er mich ein.

Von nun an ging es schneller und besser. Denn Wassili Sukin war ein flinker, freundlicher junger Mann, dem alles rasch vonstatten ging, der willig und dienstfertig überall den Vorspann besorgte, im Notfalle selbst die Peitsche zur Hand nahm und bei Menschen und Vieh die Faulheit kräftig austrieb. Jetzt hatte mein Carpov weiter nichts zu tun, als hinter ihm herzufahren. Doch auch so blieb er oft ganz zurück, und meistenteils kamen wir eine Viertelstunde später an Ort und Stelle. Aber dann fanden wir auch die Pferde bereits angeschirrt, und es ging lustig vorwärts. Wahrlich, ohne diesen muntern Sukin wäre ich acht Tage später in Petersburg eingetroffen.

Noch ein Wort von dem russischen Kaufmann, den er begleitete. Er war vormals Kron-Podredschik gewesen – so heißen diejenigen, welche Lieferungen oder Baue gegen eine gewisse bestimmte Summe übernehmen – und hatte ein großes Vermögen, ein Haus in Petersburg und ein andres in Moskau besessen. Da man ihn mit einigen ansehnlichen Zahlungen sehr lange hinhielt und ihm allerlei Schikanen machte, bei welchen Potemkin selbst mit im Spiele war, so erlaubte er sich einige lebhafte Äußerungen in dem Vorzimmer des Fürsten und wurde auf der Stelle nach Sibirien transportiert, nachdem man ihm vorher alles, sogar seinen Pelz, geraubt hatte. Dort in dem fernen Pelim, wo er sein Brot als der gemeinste Knecht kümmerlich verdienen mußte, wurde er vergessen; ja, er wollte sogar wissen, daß man ihn einmal als tot rapportiert habe. Um so größer war sein Erstaunen und sein Entzücken, als plötzlich der Bote der Freiheit anlangte. Wie das zuging, wie und durch wen der Kaiser an ihn erinnert worden war? Das konnte er sich nicht erklären. Auch er hatte Frau und Kind ohne Abschied verlassen; und weder von diesen, noch von seinem Vermögen war ihm seit acht Jahren das geringste zu Ohren gekommen. Man denke sich seine Sehnsucht! Er war schwach und krank; auf jeder Station mußte er sich seine Füße verbinden. Aber nie ging es ihm rasch genug, und er ließ sich keinen Augenblick der Verzögerung zuschulden kommen.

Am 15ten Julius kamen wir nach Jekaterinburg und genossen einige Erquickung. Dort kaufte ich auch mehrere sibirische edle Steine, die in der dasigen Steinschleiferei geschliffen worden und sehr wohlfeil waren. Ich bestimmte sie zu zwei Halsbändern für meine Töchter und für meine Erben auf Kindeskind, daß sie sich der unglücklichsten Begebenheit in dem Leben ihres Vaters dabei erinnern sollen.

In Kungur, einer sehr schlecht gepflasterten Stadt, durch welche wir einige Tage nachher kamen, hätte ich fast mein Leben eingebüßt. Wir fuhren in vollem Galopp eine Anhöhe hinunter. Plötzlich brach mir die Achse, das Kibitken schlug um, die Pferde rannten fort, und mein Kopf schleifte auf den Steinen. Der Hut schützte mich zwar einige Augenblicke, wäre aber nicht glücklicherweise gerade Markttag in Kungur gewesen und hätten die vereinigten Kräfte der zahlreich versammelten Bauern die scheu gewordenen Pferde nicht aufgehalten, so würde ich verloren gewesen sein. Nur noch fünfzig Schritt weiter, und meine Hirnschale mußte zertrümmern. Jetzt kam ich mit einigen starken Kontusionen davon. Der Postillion war mehr als beschädigt und blutete heftig; mein fauler Carpov aber, der zu seinem Glücke nur mit heraushängenden Beinen auf dem Kibitken gesessen hatte, war sogleich heruntergefallen und lag sanft im Kote.

Am 18ten kamen wir nach Perm, wo ich wieder bei dem ehrlichen Uhrmacher Rosenberg einkehrte und auf demselben Sofa sanft ruhte, auf welchem ich mich zwei Monate vorher verzweifelnd gewälzt hatte.

Der Weg von Perm nach Kasan wurde ohne Zufall zurückgelegt und meine hoffnungsvolle Heiterkeit nur dann und wann durch den Anblick von Verwiesenen unterbrochen, die mir häufig begegneten. Einige fuhren wie ich vormals in Wagen und Chaisen; andere in unbedeckten Kibitken; die meisten gingen zu Fuß, zwei und zwei mit Ketten aneinander geschlossen und von bewaffneten Bauern begleitet: so werden sie nämlich von Dorf zu Dorf transportiert und die Wache in jedem Dorfe abgelöst. Noch andere trugen um den Hals eine hölzerne Gabel, deren dicker Stiel ihnen über die Brust herab bis auf die Knie hing; und in dem Stiele waren zwei Löcher angebracht, durch welche man ihre Hände gezwängt hatte. Ihr Anblick war fürchterlich. Alle diese Fußgänger baten kläglich um Almosen; und ach, wie gern gab ich – der Befreite, ich, der ich den Armen meiner Familie entgegen eilte – wie gern gab ich, was ich hatte!

Auch lange Züge von Kolonisten begegneten mir. Sie waren dazu bestimmt, die neue Stadt zu bevölkern, welche auf des Kaisers Befehl an der Grenze von China angelegt wird. Die erwachsenen Personen gingen zu Fuß; die Kinder, klein und groß, sahen aus den Fuhrwerken zwischen Kisten und Kasten, zwischen Hühnern und Hunden hervor. Ich kann nicht sagen, daß ich *fröhliche* Gesichter unter diesen Kolonisten bemerkt hätte.

Am 22sten Julius war ich mittags in Kasan und wohnte diesmal in einem sehr schönen, zu öffentlichen Lustbarkeiten bestimmten Hause, bei einer sanften, gefälligen Wirtin, unterließ aber auch nicht, meinen ehrlichen Justifei Timofeitsch in seiner Tarakanen-Wohnung aufzusuchen und ihm für die erwiesene Gastfreundschaft nochmals zu danken.

Was mich besonders bewog, diesen Tag in Kasan zu verweilen, war eine leibliche Kusine meiner Frau, welche daselbst verheiratet ist. Ich wußte, daß sie mit ihrer Familie in Estland korrespondierte; bei ihr hoffte ich also die Sehnsucht meines Herzens zu stillen und Nachricht von meiner Christel zu erhalten. Mit Zittern betrat ich ihr Haus und wurde sehr liebreich empfangen; aber ach, auch hier kein Trost! Sie wußte nichts, gar nichts von meiner Familie. Zwar hatte ihr erst vor kurzem einer ihrer Brüder geschrieben und ihr mehrere unbedeutende Familiennachrichten mitgeteilt, z.B. daß die Schwester meiner Frau, die Baronin Dellingshausen, nach Deutschland reisen werde; aber von meiner guten Christel nicht eine Silbe. Hätte der unfreundliche Mann gewußt, welche bittere Empfindung er mir durch dieses Schweigen verursachte, er würde seine übertriebene Bedenklichkeit besiegt und wenigstens mit einigen, für Fremde nichts bedeutenden Worten ganz ohne Erwähnung meines damals verhaßten Namens gesagt haben: Unsere Kusine Christel ist da oder dort; so oder so geht es ihr. – Indessen schöpfte ich doch eine Hoffnung aus seinem Briefe: tot, dachte ich, kann sie nicht sein; denn das würde er doch geschrieben haben.

Meine Aufnahme in Kasan überraschte mich höchst angenehm. Bekannte und Unbekannte, Deutsche, Franzosen und Russen drängten sich mit freundlicher Neubegier zu mir, und alle wetteiferten, mir ihr Wohlwollen zu bezeigen. Sie hatten vor zwei Monaten etwas von meiner Durchreise gehört und sich viele Mühe gegeben, mein damaliges Nachtquartier zu erfahren; aber vergebens! Mein wackerer Hofrat hatte seine Maßregeln zu gut genommen.

Als ich abreiste, begleiteten mich ein halbes Dutzend Wagen und Droschken bis an die Ufer der Wolga, deren Gewässer jetzt nicht mehr [wie bei meiner Hinreise] die Mauern der Stadt bespülten, sondern sich in ihr Bett, sieben Werste von da, zurückgezogen hatten. In Kasan kaufte ich mir endlich wieder ein eigenes Kibitken und setzte nun meinen Weg mit mehr Bequemlichkeit fort.

Zwischen Kasan und Nischni Nowgorod sah ich zu beiden Seiten des Weges so oft um Feuer gelagerte, bewaffnete Gruppen von Menschen, daß ich endlich neugierig wurde, ihre Bestimmung zu wissen. Die Erklärung lautete eben nicht tröstlich. Es waren Leute, die wegen häufig hier vorgefallener Räubereien Wache hielten. Ein berühmter Jahrmarkt in einer nahen Stadt Makarjew lockte die Straßenräuber jetzt besonders in diese Gegend. Mir ist glücklicherweise nichts Verdächtiges aufgestoßen.

Wenn man in jenen Gegenden zum ersten Mal der Post begegnet, so sollte man die Wege für weit unsicherer halten, als sie wirklich sind. Man sieht nämlich das Kibitken, auf welchem der Postkurier liegt, jederzeit von vier bis fünf mit Flinten und Säbeln bewaffneten Bauern umgeben, die zuweilen kaum schnell genug folgen können. Diese Vorsicht gründet sich aber bloß auf einen Befehl Kaiser Pauls, kraft dessen, im Falle daß die Post beraubt wird, der Gouverneur, in dessen Gouvernement es geschehen ist, für allen Schaden haften muß. Natürlicherweise nehmen nun die Herren Gouverneure besonders in jenen wüsten Gegenden alle nur mögliche Vorsichtsmaßregeln; aber dennoch scheint der Befehl mir hart: denn in einem Lande, wo unermeßliche Wälder den Räubern eine sichere Zuflucht geben, welches Menschen Kraft kann da jedes Unglück verhüten?

Als ich mich Nischni Nowgorod näherte, wurden meine Augen durch einen Gegenstand entzückt, dessen Anblick ich seit langer Zeit entbehrt hatte; es waren die ersten Kirschenbäume und die ersten Bienenstöcke. Es ist bekannt, daß in ganz Sibirien – ich weiß nicht, warum – keine Biene so wie kein Krebs gefunden wird. Ebenso wenig gibt es dort Obstbäume, und ich kann daher nicht beschreiben, welchen fröhlichen Eindruck der Anblick meiner alten Bekannten auf mich machte. Nun war ich wieder in Europa und, wie es mir vorkam, meiner Heimat schon nahe!

Von dieser Täuschung ergriffen, wollte ich mir in Nischni, da es eben Mittag war, in einem Wirtshause eine gute Mahlzeit bereiten lassen; aber da war kein andres Wirtshaus als elende russische Kabacken. Ich hielt also vor dem Posthause und machte Anstalten, ein Stück Brot mit Käse in meinem Kibitken zu verzehren, indessen Sukin hinein ging, das schnelle Umspannen zu befördern. Durch ihn erfuhr man im Hause, wer ich sei; und gleich darauf kam ein Bedienter, der mich im Namen der Frau Postdirektorin sehr höflich zum Essen einlud. Mein langer Bart, mein verworrenes Haar und mein zerrissener Schlafrock liehen mir eine sehr gültige Entschuldigung, die Einladung auszuschlagen; sie wurde aber dringend und mit dem Zusatze wiederholt, daß ich ganz allein in einem Zimmer essen solle und daß sich niemand vor mir sehen lassen werde.

Ich konnte dieser Höflichkeit nicht länger widerstehn, zumal da auch mein seit mehreren Tagen wenig versorgter Magen mich antrieb. So stieg ich denn aus und erschien beinahe in der Gestalt des armen Tom in Shakespeares *Lear*. Man führte mich in ein elegantes Zimmer, wo man einen kleinen Tisch für eine Person servierte und wo ich wirklich einige Augenblicke allein blieb. Doch plötzlich trat eine junge blühende Dame herein, die Frau vom Hause, die mich deutsch anredete und sich mit ihrem Verlangen, meine Bekanntschaft zu machen, entschuldigte.

So ein großer Freund des schönen Geschlechts ich auch bin, so setzte mich doch die Erscheinung meiner Wohltäterin in nicht geringe Verlegenheit. Ich stand ihr gegenüber wie ein Cyniker der Aspasia. Ihre holde Freundlichkeit konnte meine Verwirrung nicht besiegen, wenn mein Blick auf den zerlumpten Schlafrock oder gar in einen Spiegel fiel. Was wurde aber vollends aus mir, als sich nach und nach das ganze Zimmer mit Damen und Herren, Russen und Deutschen vom ersten Range, füllte, die sich alle höflich zu mir drängten, in deren Mitte ich ganz allein, wie ein König von Spanien, essen mußte, die mich bald durch herzliche Teilnahme rührten, bald durch schmeichelndes Lob verwirrten und endlich gar den ersten Band meiner neuen Schauspiele herbeiholten, um die Ähnlichkeit des davor befindlichen Bildnisses an dem langbärtigen Original zu erproben!

So reichliche Nahrung auch mein Körper und meine Eitelkeit hier zugleich bekamen, so gestehe ich doch gern, daß ich dieses Genusses erst recht froh wurde, als ich wieder in meinem Kibitken saß. Dann aber – warum soll ich es leugnen – gewährte es mir eine angenehme schmeichelnde Erinnerung, noch an den Grenzen von Asien und selbst in diesem dem Rufe nach so unwirtbaren Weltteile Freunde meiner Muse gefunden zu haben, die mir in bedrängten Stunden meines Lebens willig Trost und Hülfe entgegenbrachten, weil sie in mir einen alten Bekannten sahen, den sie schon lange lieb gewonnen hatten. O, dieser Lohn ist wahrlich mehr wert als Journal-Lob, das heutzutage – möchte ich beinahe behaupten

– an *lebende* Dichter nie anders als aus trüben Quellen gespendet wird.

Nur noch einmal drohte mir auf der Straße nach Moskau wahrscheinlich eine Gefahr, der ich durch meine Wachsamkeit entgangen bin. Bereits vier Nächte hatte ich der Ruhe entbehrt und beschloß daher eines Abends, weil es überdies stark regnete, bis zum Anbruch des Tages in einem Dorfe zu verweilen. Ich gab gemessenen Befehl, die Pferde um vier Uhr morgens vorzuspannen und mich dann sogleich zu wecken. Geweckt wurde ich wirklich; es kam mir auch bei einem Blicke nach dem Fenster so vor, als bräche der Tag schon an, und ich warf mich nun schnell in das Kibitken. Wassili Sukin fuhr mit seinem Kaufmann in einem Postkibitken vor uns her; das seinige führte ein Knabe, das meinige ein schwarzbärtiger, wild um sich schauender Kerl.

Schon dicht vor dem Dorfe bemerkte ich, daß die Helle, welche ich für den Anbruch des Tages gehalten hatte, nur Mondlicht war. Ich zog meine Uhr hervor und siehe, es war erst Eins. Das fiel mir auf. Die russischen Postillione kommen wie alle in Europa lieber zu spät als zu früh; wie ging es denn nun zu, daß man mich drei Stunden vor der bestimmten Zeit weiterzufahren nötigte? Ich beschloß sogleich, nicht zu schlafen; und da ich, so lange ich mit dem andern Kibitken beisammenblieb, nichts befürchtete, so trieb ich den Kerl fleißig an, nicht zurückzubleiben, was er unter mancherlei Vorwand sehr oft versuchte.

Mein Carpov war gleich anfangs seiner löblichen Gewohnheit gemäß fest eingeschlafen; und solange ich meiner Sache nicht gewiß zu sein glaubte, wollte ich ihn nicht wecken. Der Postillion sah sich sehr oft nach ihm und dann wieder nach mir um. Ich sah ihm jedes Mal starr ins Gesicht, um ihm meine Wachsamkeit zu zeigen. Endlich aber kam ich auf den Einfall, zu versuchen, was wohl daraus entstehen würde, wenn auch ich schliefe, um darnach meine weitern Maßregeln zu nehmen. Ich schloß die Augen, blinzelte aber natürlicherweise so viel als nötig war, um jede verdächtige Bewegung unseres Fuhrmanns auszuspähen. Dies schien mir jetzt höchst nötig. Ich hatte nämlich, als er das letzte Mal abstieg, um einen morschen, alle Augenblick reißenden Strick wieder anzuknüpfen, ein langes Messer bemerkt, welches in einer Scheide an seinem Gürtel hing. Wir hingegen waren gänzlich unbewaffnet, und mit zwei schnellen Stößen rückwärts konnte er, ohne seinen Sitz zu verlassen, uns beide schlafend in die andre Welt befördern.

Kaum hatte ich angefangen den Schlummernden zu spielen, als er sich oft und lange nach mir umsah und mir gleichsam prüfend ins Gesicht schaute. Durch meine Wachsamkeit, mein Schimpfen und Fluchen in Furcht gesetzt, war er bis jetzt immer dicht hinter dem vordern Kibitken geblieben; nun aber fing er wieder an langsamer zu fahren. Um ihn von seiner bösen Absicht zu überführen, wollte ich jenes einen kleinen Vorsprung gewinnen lassen, als von ungefähr der Knabe, der es fuhr, anhalten mußte, was bei dem elenden Geschirre der Russen sehr oft zu geschehen pflegt.

Auch wir hielten nun. Unser Postillion stieg ab und stellte sich, als müßte er die Glocke an dem Krummholze fest binden; ich sah aber, da jetzt der Tag bereits angebrochen war, sehr deutlich, daß sie so fest als möglich saß und daß er sich nur vor dem Pferde etwas zu tun machte, um nach mir zu schielen.

Als er glaubte, daß ich fest genug schliefe, rief er mit leiser Stimme den Knaben und fragte ihn etwas, das ich nicht verstehen konnte. Aus der Antwort erriet ich aber leicht, daß er wissen wollte, was die beiden Passagiere im ersten Kibitken machten; denn der Knabe antwortete laut genug: *Spit* – Sie schlafen.

Nun entspann sich zwischen beiden ein langes leises Gespräch, bei dem mir nicht wohl zu Mute wurde. Ich unterbrach es endlich auf einmal mit einem kräftigen Fluche und gab meinem Postillion gradezu auf den Kopf Schuld, er sei ein Spitzbube! Er beteuerte seine Unschuld; ich behauptete aber dreist, alles, was er gesprochen,

190

verstanden zu haben; prahlte mit der Wichtigkeit unserer Depeschen; drohte ihm mit einer Pistole, (die ich gar nicht hatte); rüttelte meinen Kurier aus dem Schlafe und unterrichtete ihn von dem mutmaßlichen Anschlage; sprang dann aus dem Kibitken und weckte auch Sukin und den Kaufmann. Alle wurden munter, und die einsame waldige Gegend gab meinen Worten noch mehr Nachdruck. Sie schimpften und drohten; der Postillion setzte sich, in den Bart murmelnd, wieder auf und fuhr, ohne weiter um sich zu blicken, davon.

Kaum eine Werst von da, etwa auf dem halben Wege, standen zwei Kerle, die uns zu erwarten schienen; denn ich erblickte sie schon in einer großen Entfernung. Unser Postillion trieb, sobald er sie gewahr wurde, großen Lärm mit seinen Pferden, vermutlich um ihnen anzudeuten, daß wir wachten. Wir fuhren also rasch an ihren verdächtigen Physiognomien vorüber; sie sahen uns neugierig an, wagten aber nichts, und wir kamen glücklich an Ort und Stelle.

Ich bin noch jetzt überzeugt, daß ein Mord- oder wenigstens ein Raubanschlag, vorzüglich gegen mich, geschmiedet war. Alles erklärt sich sehr natürlich. Der Kaufmann fuhr in einem offenen Postkibitken; beim Umpacken hatte man seine geringen Habseligkeiten gesehen, die niemanden eben reizen konnten. In meinem Kasanischen Kibitken hingegen konnten Schätze sein; auch hatte ich abends meinen Reisekasten geöffnet, der eine silberne Kaffeekanne und verschiedne andere Kleinigkeiten von Silber enthielt. Ferner bedurfte es keiner tiefen Menschenkenntnis, um meinen Carpov in der ersten Viertelstunde als einen dummen Jungen kennen zu lernen, mit dem leicht fertig zu werden sei. Die Absicht war also vermutlich, Sukin und den Kaufmann rasch vorausfahren zu lassen, mit mir aber immer weiter und weiter zurückzubleiben, bis man mich zu der Stelle gebracht haben würde, wo die vorausgeschickten Kerle unser warteten. Dort hätte man uns nach Wohlgefallen beraubt oder gar totgeschlagen, und der Postillion würde noch obendrein seine Unschuld haben beteuern können. Was mich noch mehr in dieser Vermutung bestärkt, ist der Umstand, daß der Postillion anfangs immer über seine schlechten Pferde klagte, die nicht von der Stelle wollten; auf der zweiten Hälfte des Weges aber, als ihm nichts mehr daran lag, sie zurückzuhalten, liefen sie offenbar weit besser als die Pferde des Knaben.

So war ich denn der letzten Gefahr, welche mir auf meinem langen einsamen Wege drohte, glücklich entronnen, und am 28sten Julius mittags breitete sich das unermeßliche Moskau vor meinen Blicken aus.

Lange stand ich auf einer Anhöhe, es zu betrachten. Voll froher Hoffnung, hier endlich etwas von meiner Familie zu erfahren, fuhr ich hinein, durchkreuzte die zahllosen Straßen und kehrte in dem Gasthofe einer alten freundlichen Französin ein, der ich durch Herrn Becker empfohlen war. Hier tat ich mir einige Stunden gütlich, so lange es meine Ungeduld erlaubte. Kaum hatte ich mich aber ein wenig erholt und meine Gestalt durch Kamm und Schermesser der menschlichen wieder näher gebracht, als ich auch schon ausging, den Buchhändler Herrn Franz Courtener aufzusuchen, der mir gleichfalls durch Becker als ein sehr wackerer Mann gerühmt worden war. So fand ich ihn denn auch und in seinem Hause die gastfreiste Aufnahme.

Mein erstes Wort war natürlich wieder meine Frau; und siehe da, er erinnerte sich gehört zu haben, daß der Kaiser sie nach Petersburg eingeladen und sie dort wirklich auf das gnädigste empfangen habe. Ängstlich fragte ich, wo gehört, von wem? Daran konnte er sich, leider, nicht mehr erinnern.

Mit ihm besuchte ich den durch seine *Briefe eines reisenden Russen* auch in Deutschland bekannten, liebenswürdigen Schriftsteller Karamsin, der mich herzlich aufnahm und dem das erwähnte Gerücht gleichfalls zu Ohren gekommen war. Aber auch er wußte nicht mehr, wie oder wo. Indessen versprachen mir beide, sich näher danach zu erkundigen.

Man denke sich übrigens den angenehmen Eindruck, den die ersten Stunden des Lebens und Webens unter Schriftstellern und Buchhändlern auf einen Menschen machen mußten, dem seit vier Monaten kaum ein Buch zu Gesicht gekommen war! In Herrn Karamsins Zimmern hing eine Sammlung von Bildnissen deutscher Gelehrten; und mit ihm selbst sprach ich von Wieland und Schiller, von Herder und Goethe, von meiner lieben Vaterstadt, wo es ihm gefallen hatte.

Ich blieb in Moskau bis zum folgenden Abend, ruhte aus, besah einige Merkwürdigkeiten, schmeichelte mir aber vergebens mit der Hoffnung, nähere Nachrichten von meiner Familie einzuziehen, und hielt daher, was ich gehört hatte, für ein leeres, ohnehin un-wahrscheinliches Gerücht.

In Wyschni Wolotschok beschloß ich, da ich nur noch 432 Werste (etwa 62 deutsche Meilen) von Petersburg entfernt war, mich von dem flinken Wassili Sukin zu trennen, und ihn – der bloß aus Gefälligkeit mich nicht verlassen hatte, um mich nicht der Faulheit meines Carpov ganz preiszugeben – jetzt eilig voraus-zuschicken, um meine Frau, im Falle daß sie wirklich in Petersburg wäre, von meiner nahen Ankunft zu benachrichtigen. Ich schrieb deshalb einen Zettel, worin ich sie ersuchte, mir bis auf die erste Station entgegenzukommen. Zugleich gab ich ihm die Adresse meines seit vierundzwanzig Jahren unveränderten, redlichen Freundes Graumann, der ihm gewiß würde sagen können, ob sie da sei und wo sie wohne.

Von meinen heißen Wünschen begleitet fuhr er davon, und ich berechnete, daß er wohl vierundzwanzig Stunden vor mir in Peters-burg eintreffen könne. Es schien denn aber doch, als ob ich durch das Vertrauen auf Sukins Schnelligkeit den Ehrgeiz meines Carpov geweckt hätte. Er war munterer und tätiger als bisher. Wir passierten das durch den hanseatischen Bund berühmt gewordene Nowgorod, ohne uns aufzuhalten, und überall, wohin wir kamen, war Sukin nur wenige Stunden vor uns abgereist.

Endlich, auf der vorletzten Station, hatte der Eilige sogar seinen Kurierpaß vergessen, ohne welchen er durchaus nicht in Petersburg eingelassen werden konnte. Wir nahmen den Paß mit und fanden ihn auf der letzten Post uns ängstlich erwartend. Es war nachmittags, ungefähr um vier Uhr. Wir brachten unsern Anzug in Eil ein wenig in Ordnung, und mit klopfendem Herzen bestieg ich zum letzten Male mein Kibitken.

In Zarskoje Selo, einem kaiserlichen Lustschlosse, wurden wir drei- oder viermal durch Pikette angehalten, deren Weitläuftigkeit mir manchen Seufzer auspreßte. Aber meine Geduld sollte auf noch härtere Proben gestellt werden; denn ach, gerade an diesem Tage waren eine Menge Truppen nach Gatschina, dem Lieblingsaufenthalte Kaiser Pauls des Ersten, zu der bevorstehenden Revue beordert, und ich begegnete, kaum noch zwölf Werste von Petersburg entfernt, sechs marschierenden Regimentern mit Munitionskarren, Krankenwagen usw., durch welche es unmöglich war, sich einen Weg zu bahnen. Wir mußten also länger als eine Stunde halten. Man denke sich meine Verzweiflung!

Überdies hätte ich mir leicht hier wieder einen schlimmen Handel zuziehen können. Der Großfürst Alexander ritt nämlich an der Spitze der Truppen. Ich kannte ihn nicht; und hätte ich ihn auch gekannt, so wußte ich doch nichts von dem strengen Befehle, vor jeder Person der kaiserlichen Familie auszusteigen. Auch mein indolenter Carpov kannte ihn vermutlich nicht, und wir blieben sitzen; so hätte ich denn von rechtswegen sogleich in ein Polizeigefängnis gebracht werden müssen, wenn der liebenswürdige Großfürst, der mich starr ansah, nicht weit erhaben über das unwillkürliche Vernachlässigen einer solchen Ehrenbezeigung gewesen wäre.

194

Siebentes Kapitel

Um neun Uhr abends kamen wir endlich an die Barrieren der Residenz. Hier und dann am Tore selbst wurden wir abermals die Kreuz und die Quer examiniert; dann gab man uns einen reitenden Kosaken mit, um uns zu dem Kommandanten, dessen Wohnung im kaiserlichen Schlosse war, begleiten zu lassen. Die Kuriere gingen hinauf; ich stand indessen mit unnennbaren Empfindungen auf dem mir wohlbekannten Platze.

Es verstrich wieder eine Viertelstunde. Jetzt mußten wir noch zu dem Militärgouverneur, Grafen Pahlen. Er war nicht zu Hause, und wir durften weiterfahren. Gern wäre ich, so spät es auch schon war, noch bei meinem Freunde Graumann eingekehrt. Aber die Kuriere hatten ausdrücklichen Befehl, uns bei dem Generalprokureur abzusetzen. Wir fuhren also dahin. Er befand sich in Gatschina, und sein Stellvertreter bei der sogenannten Geheimen Expedition, der Herr Etatsrat Fuchs, wohnte weit von da. – Was war zu tun? Die Kuriere ließen mich und den Kaufmann auf offener Straße unter der Aufsicht der in Menge herbeigekommenen Domestiken des Generalprokureurs, und fuhren schleunig davon.

Eine gute halbe Stunde stand ich einsam an das Geländer der Moika gelehnt und blickte hinab in ihre sanften Wellen, wobei tausend widersprechende Gefühle in meiner Seele wechselten. Endlich kamen die Kuriere zurück und gleich hinter ihnen der Herr Etatsrat Fuchs selbst, der mich sehr höflich empfing und mich in ein kleines Zimmer führte, um daselbst die Nacht zu verweilen. Ich äußerte den Wunsch, zu meinem Freunde Graumann gehen zu dürfen. Er sagte mir aber, ob ich gleich durchaus kein Gefangener mehr sei, so habe er doch meinetwegen keine bestimmtern Befehle, sondern müsse meine Ankunft zuvor nach Gatschina rapportieren, welches auch sogleich durch eine Stafette geschehen solle. Bis zum Einlaufen der Antwort, die er morgen früh erwarte, müsse ich mich schon hier behelfen.

Ich fragte nun nach meiner Frau. Er wußte nichts von ihr; und so zerfloß auf einmal wieder der schöne Traum, der mir zwischen Moskau und Petersburg so manche Stunde versüßt hatte.

Ich bat um Aufschluß des fürchterlichen Rätsels, warum ich eine solche Behandlung erfahren habe. Auch darauf konnte er mir weiter nichts antworten, als daß man alles auf ausdrücklichen Befehl des Monarchen getan und daß dieser in der letzten Zeit einige Mal gefragt habe, ob ich noch nicht zurückgekommen sei; ferner, daß alle meine Papiere in der Expedition des Generalprokureurs in Verwahrung lägen und daß ich sie sämtlich zurückbekommen würde.

Er wünschte mir bald darauf eine gute Nacht und verließ mich, um die Stafette abzufertigen.

Die erste Nacht verging mir sehr traurig und fast ohne allen Schlaf. Bittrer als je vorher fühlte ich die Qual der getäuschten Erwartung, weil ich noch nie so sicher darauf gerechnet hatte, nun endlich einmal zu erfahren, was aus meiner Familie geworden sei. Zu diesem Kummer gesellte sich noch die düstre Vorstellung von dem Lokale, wo ich mich befand: einem kleinen, schmalen Zimmer, in das man jeden führte, der – schuldig oder unschuldig – der Geheimen Expedition in die Hände geriet. Außer einem Tisch, einem Stuhl und einer Bettstelle ohne Betten waren keine Möbel darin. Die Bettstelle wimmelte übrigens noch obendrein von Ungeziefer; und so wurden mir vollends die wenigen Minuten geraubt, welche die Leiden meiner Seele dem Körper zum Schlummer übrig ließen. O, wie froh war ich, als der Tag wieder anbrach. Wie seufzte ich nach der Zurückkunft der Stafette, um zu meinem Freunde Graumann eilen zu können!

Es war ungefähr acht Uhr morgens, als der Herr Etatsrat Fuchs wieder zu mir hereintrat. Noch keine Antwort aus Gatschina. Aber

– o Gott! – welche Empfindung durchströmte mich, als er mich mit den Worten anredete: »Ihre Frau Gemahlin ist hier in Petersburg.«

So ist dem lange gelähmten Kranken zu Mute, dem ein wohltätiger elektrischer Schlag plötzlich die Bewegung wiedergibt. Ich staunte ihn an – meine Freudentränen quollen – »Wo?« stammelte ich. Das wußte er nicht. Auch durfte er die Art von Arrest, in der ich noch immer gehalten wurde, nicht aufheben. »Doch steht es Ihnen frei«, sagte er zu meinem Tröste, »zu sich kommen zu lassen, wen Sie wollen.«

Geschwind sandte ich meinen muntern Wassili Sukin mit einem Zettel zu Graumann. Er kam bald zurück, schilderte mir das Entzücken meines biedern Freundes, der ihn freigebig beschenkt hatte, und brachte mir eine Antwort des Inhalts:

Deine Frau und deine Kinder sind gesund und wohnen nicht weit von mir. Doch ehe du sie siehst, komm vorher zu mir, damit ich Christel vorbereite; die plötzliche Freude könnte ihr tödlich werden.

Sogleich eilte mein Bote zurück, ihm zu melden, daß ich noch nicht ausgehen, wohl aber Besuche annehmen dürfe und daß ich ihn bei unserer Freundschaft beschwöre, mich bald mit meiner Familie zu vereinigen.

Jetzt kam er selbst.

Ich schweige von unserer stummen, wehmütigen Freude; sie war die erste Sprosse der Leiter zum Himmel, in den ich bald versetzt werden sollte! Er erzählte mir, meine Frau befinde sich zwar wohl, aber natürlicherweise sei sie noch sehr geschwächt, da ihr mein Unglück eine zu frühzeitige Niederkunft verursacht und ein Blutsturz sie an den Rand des Grabes gebracht habe. Es sei daher äußerst notwendig, sie behutsam vorzubereiten, ob sie mich gleich schon sehr lange erwarte. Ich fühlte die Wichtigkeit seiner

Gründe, bezähmte meine heiße Sehnsucht und ließ ihn nach seinem Gefallen handeln.

Er war, noch ehe er zu mir kam, schon bei ihr gewesen; sein heiteres Gesicht beim Eintritt in das Zimmer hatte ihr sogleich etwas Gutes versprochen. »Gewiß«, rief sie ihm entgegen, »bringen Sie mir Nachricht von Kotzebue!« – »Ja«, erwiderte er, »seine Ankunft ist nicht mehr fern.« Und nun zog er den Zettel aus der Tasche, den ich in Wyschni Wolotschok geschrieben und worin ich sie gebeten, mir auf die erste Station entgegenzukommen. Diesen Zettel hatte ihm Wassili Sukin, ob er gleich jetzt unnütz schien, dennoch diesen Morgen mit abgegeben, und mein Freund wußte einen sehr glücklichen Gebrauch davon zu machen. Die gute lebhafte Christel geriet außer sich: sie befahl auf der Stelle, nach Wagen und Pferden zu gehen, und traf schon eilig Anstalten zur Reise. Sie verlangte, Graumann sollte sogleich zu dem Militärgouverneur eilen, um ihr den nötigen Paß zu verschaffen, ohne welchen man nicht einmal zum Tore hinaus fahren konnte. Er mußte versprechen, ihre Wünsche augenblicklich zu erfüllen, und verließ sie unter dem Vorwande, sich zu dem Militärgouverneur zu begeben, aber mit dem Vorsatze, mich selbst aufzusuchen.

Bei mir fand er nur gleiche Sehnsucht, gleiche Ungeduld: ich segnete und schalt seine kluge Behutsamkeit. Er ging nicht lange nachher mit dem Versprechen, mir meine gute Frau zu bringen, sobald er glaube, daß es sich ohne Gefahr tun lasse.

Als er wieder zu ihr hereintritt, eilt sie ihm reisefertig entgegen und fragt: »Bringen Sie mir den Paß?« – Er lächelt. »Jetzt ist er nicht mehr nötig.« Sie versteht ihn und hängt an seinem Halse!

Nun ist es vergeblich, ihr länger Vorsicht zu predigen. Graumann muß sie auf der Stelle mit in seinen Wagen nehmen und nur noch froh sein, daß sie sich das Versprechen abnötigen läßt, an der Ecke der Straße so lange ruhig halten zu wollen, bis er mich von ihrer Anwesenheit benachrichtigt habe.

Ich war eben mit dem Herrn Etatsrat Fuchs in einem Gespräche begriffen, als Graumann mit der Freude eines Seligen im Gesicht hereintrat und mir sagte: »Deine Frau ist hier; ich habe sie nicht länger abhalten können.« Ich jauchzte laut auf. Der Herr Etatsrat Fuchs war so delikat, sich wegzubegeben, um unsere erste Freude nicht durch seine Gegenwart zu stören. Mein guter Graumann eilte zurück. Ich stand bebend am Fenster, das gerade über der Haustür war – sah ihn meine Christel hereinführen – wankte zur Tür und – sie lag ohnmächtig in meinen Armen!

Weg mit jedem Versuche, diese Szene zu beschreiben! Wehe dem Leser, der sie nicht fühlt! O Gott! Ja, es gibt Augenblicke, die eine Reihe von Jahren aufwiegen–auch eine Reihe von elenden Jahren! Nicht für alles in der Welt hätte ich in dieser Minute das Andenken an meine Leiden vertilgen mögen; der unaussprechliche Genuß dieser Minute überwog sie alle!

Mit Graumanns Hülfe hatte ich meine Frau auf einen Stuhl gesetzt; ich kniete vor ihr, legte meinen Kopf in ihren Schoß und weinte – o, wie ich nie geweint habe! Sie erholte sich, beugte sich liebevoll zu mir herab und mischte ihre Tränen schluchzend mit den meinigen. Reden konnten wir lange, sehr lange nicht. Auch mein Freund ging stumm im Zimmer auf und ab und genoß des rührenden Anblicks. Ja, du guter, redlicher, wahrhafter Mensch! Deinem edlen Herzen wurde in dieser Stunde vergolten, was du für mich und die Meinigen getan hattest. Du warst Zeuge einer Szene, wie sie gewiß nur selten auf der großen Bühne der Welt vorkommt, und deine edelmütige Freundschaft hatte diese Szene vorbereiten helfen!

Als der erste Sturm des Entzückens sich legte und das Chaos unserer Empfindungen sich entwickelte, als wir wieder sprechen konnten und Worte fanden: o, wie viel gab es da zu fragen, zu erzählen, zu beantworten! Wie oft unterbrachen wir uns selbst, indem wir uns die Tränen lächelnd von den Lippen küßten! Es war, als ob unsere Gräber sich geöffnet hätten, als ob wir zu neuer Vereinigung in einer bessern Welt verklärt hinaufstiegen und nun einen Blick auf die Leiden der irdischen Vergangenheit zurückwürfen.

Meine gute Frau erzählte mir ihre Schicksale seit dem Augenblicke unserer Trennung. Sie malte mir das fürchterliche Erwachen aus ihrer Ohnmacht – die öde Stille um sie her – nur von dem Schluchzen meiner Emmy unterbrochen, die sich in einem Winkel auf den Boden gesetzt hatte und heimlich weinte.

Vergebens hatte ich mir in meinem Elende geschmeichelt, daß der Gouverneur von Kurland und seine Familie sich ihrer annehmen würden. Verlassen von allen, fand sie nur da Trost in ihrem Leiden, wo sie ihn nicht gesucht hatte. Der wackere Gastwirt Räder und seine Frau behandelten sie mit Menschlichkeit und feinem Gefühl und gaben einen schönen Beweis, daß Eigennutz selbst in solchen Ständen, in denen er so gewöhnlich ist, dennoch vor edleren Gefühlen schweigt. Durch meine Abreise aus Wahl und Notwendigkeit zu strenger Ökonomie bewogen, versagte meine Frau ihren Kindern die kleinen gewohnten Näschereien; aber Madame Räder versorgte diese reichlich im stillen damit. Auch der kranken Mutter brachte sie täglich Gelees und andere teure Speisen, welche nie auf die Rechnung gesetzt wurden. Es ist meinem Herzen Bedürfnis, diese kleinen Züge öffentlich bekannt zu machen.

Es gelang ihr doch endlich, sich eine Audienz bei dem Gouverneur zu verschaffen. Er empfing sie im Schlafrock mit der Tabakspfeife, nötigte sie nicht einmal zum Sitzen, sagte ihr allerlei artige, nichts bedeutende Dinge, entschuldigte seine Frau mit ihrer Schwangerschaft, wodurch sie gehindert werde, eine Unglückliche bei sich aufzunehmen, empfahl sich und bekümmerte sich nicht weiter um sie. Was eigentlich mit mir vorgegangen sei, wurde ihr noch immer sorgfältig verschwiegen. Täglich erwartete sie meine Zurückkunft; bei jedem schnell rasselnden Wagen sprang sie hoffnungsvoll auf. Alle Briefe, die sie indessen schrieb, mußte sie dem Gouverneur abliefern. Von ihrer traurigen Lage und von meinem Unglück durfte kein Wort darin stehn. Die wenigsten wurden abgesandt, doch alle kopiert und diese Kopien nach Petersburg geschickt. Einen einzigen Brief an Graumann rettete der Gastwirt Räder, indem er ihn selbst auf die Post trug.

Gott sei Dank, daß keine Gefahr mehr dabei ist, sowohl die edlen als die unedlen Züge in dieser Geschichte öffentlich aufzustellen!

Endlich, nach zwei bange verseufzten Wochen, erhielt meine Frau vom Kaiser die Erlaubnis, sich nach Estland zu ihren Verwandten zu begeben. Sie reiste ab; doch schon in Riga nötigte sie Krankheit, abermals zu verweilen. Der Gastwirt Langwitz im Hotel de Petersbourg, wo sie einkehrte, war der erste, der ihr auf ihre Frage, ob ich bei ihm logiert habe, sehr unbehutsam antwortete: nein; ich sei gerade durch Riga nach Tobolsk gebracht worden. Man denke sich ihren Schrecken! Diese Vorstellung war ihr noch nie in den Sinn gekommen. Doch glaubte sie es noch nicht, und mein biederer Freund, der Regierungssekretär Eckardt, den einige andre gute und edle Menschen unterstützten, suchte ihr so viel als möglich Trost und Mut einzusprechen.

Sobald meine Frau nur wieder einige Kräfte hatte, setzte sie ihre Reise über Dorpat nach unserem lieben Friedenthal fort. Die bittersten Gefühle erwachten mit neuer Stärke, als sie von einer Anhöhe herab nun den Ort wiedersah, wo wir mehrere Jahre in stiller häuslicher Glückseligkeit miteinander verlebt hatten. Sie mochte es nicht wagen, unser eigenes Haus, unsere freundlichen Zimmer zu betreten, in denen jeder Winkel, jedes Hausgerät sie an mich erinnern mußte, sondern fuhr zu dem Probst Koch, Prediger des Kirchspiels, einem der vortrefflichsten Menschen von allen, die je eine Kanzel bestiegen haben. Ihm gleich an Herz und Sinn, an Gefühl und Bildung ist seine edle Gattin, eine Französin, die vormals als Gouvernante meiner Frau zuerst ihren Geist und ihr Herz mit Vernunft und Empfindung ausstattete. Ihr Gatte war damals Hofmeister in demselben Hause; dort lernte sie ihn kennen und lieben; dort verheiratete sie sich mit ihm. Er war zugleich einer meiner alten akademischen Freunde: daher blieben unsere Häuser immer eng und herzlich verbunden; daher wurde meine gute Christel jetzt von dem edlen Paare wie von Vater und Mutter aufgenommen, mit der zartesten Schonung getröstet und mit der liebevollsten Sorgfalt gepflegt.

Es gab dienstfertige Leute – ich will sie nicht nennen –, die dem redlichen Manne rieten, meine Frau aus dem Hause zu schaffen, um eigne Gefahr zu vermeiden. »Nein«, versetzte er unwillig, »und sollte ich heute selbst nach Sibirien geschickt werden, das tue ich nicht.«

Gott segne diese seltene Familie, die in einem abgeschiedenen Winkel der Welt Gutes tut ohne Geräusch und die Redlichkeit guter Landleute mit der feinsten Geistesbildung vereinigt! Gott segne sie! Und sollte jemals irgendeine böse Laune des Schicksals eins ihrer Kinder oder Kindeskinder treffen, so will ich, daß diese Zeilen für mich und meine Nachkommen als ein offener Wechsel gelten, und erkläre hier im Angesichte von Europa: daß, so lange ich selbst noch atmen kann oder so lange mein Andenken und mein Segen meinen Kindern heilig sein wird, jedem Unglücklichen aus jener Familie Haus und Herz bei mir und meinen Nachkommen offen stehen sollen!

Hier, im Kreise dieser vortrefflichen Menschen, erhielt meine Frau endlich den Brief, den ich aus Stockmannshof an sie geschrieben hatte. Dieser Brief erlebte wunderliche Schicksale, ehe er an den Ort seiner Bestimmung gelangte. Dem jungen Manne, dem ich diesen und die beiden andern Briefe anvertraute, fehlte es wahrscheinlich an Mut, sie an ihre Adresse zu befördern. Der Kammerherr von Beyer oder auch wohl der vorsichtige Herr Prostenius schickte sie vermutlich an den Gouverneur in Riga, dessen

Pflicht es erforderte, sie an den Generalprokureur in Petersburg zu überliefern. (Doch ist, so viel ich weiß, der Brief an den Grafen Cobenzl ganz zurückbehalten worden, und so wie der politische Horizont damals aussah, war das sehr klug.) Der Generalprokureur brachte die Briefe dem Kaiser. Dieser empfand es sehr übel, daß ich den Grafen von der Pahlen für seinen Liebling erklärte und in diesem Betracht mein Vertrauen auf seine Hülfe setzte. Es war eine von den Eigenheiten des Monarchen, daß er durchaus das Ansehen haben wollte, als sei niemand sein Liebling und als dürfe sich niemand rühmen, Einfluß auf ihn zu haben. Dazu kam noch, daß wohl auch der Generalprokureur, ein erklärter Feind des Grafen, diese Gelegenheit benutzte und die Sache in ein verhaßtes Licht stellte. Kurz, der Kaiser, der den Grafen täglich selbst sah, ließ ihm meinen Brief durch Obuljaninow zustellen, sprach selbst kein Wort mit ihm darüber, sondern war erzürnt. Der Graf selbst hat in der Folge gegen mich geäußert, daß ich fast die Veranlassung zu seinem Sturze geworden sei.

Den Brief an meine Frau – so schonend es auch gewesen wäre, ihn zurück zu behalten, da er in der höchsten Verzweiflung geschrieben war – befahl der Kaiser, ihr zuzustellen, und zwar gegen Quittung. Dieser unselige Brief tat, so wie ich es befürchtet hatte, die traurigste Wirkung. Meine arme, schon ganz erschöpfte Christel wurde bald darauf von einer dreimonatigen Frucht entbunden – es folgte ein Blutsturz – man sah dem Ende ihrer Leiden entgegen! Ohne die unnennbare Liebe, ohne die zärtliche Pflege der Familie Koch würde ich jetzt mit sechs Waisen ihren Tod bejammern, und kein Kaiser, kein Kaisertum hätte mir meinen Verlust ersetzen können.

Sie ward gerettet! Sobald sie wieder einige Kräfte gesammelt hatte, folgte sie der Einladung meines brüderlichen Freundes von Knorring in Reval und reiste dahin, um sich mit ihren Verwandten und Freunden zu beraten, nicht was sie tun solle – das hatte das edle Weib schon beschlossen: sie wollte mir nach Sibirien folgen! – sondern wie sie es tun solle und wie unsere ökonomischen Angelegenheiten zu berichtigen wären.

Vergebens wurde auch Knorring von ängstlichen Leuten gewarnt, seinem unglücklichen Gaste die Herberge zu versagen. Er blieb mein redlicher, treuer Freund, ob er mir gleich nachher selbst gestanden hat, daß er auf unangenehme Folgen und vielleicht wohl gar auf eine schnelle Reise nach Petersburg vorbereitet gewesen sei. Das einzige Dichten und Trachten meiner Frau war nun die Reise nach Sibirien. Was man auch dagegen sagen mochte: sie blieb fest bei ihrem Entschlusse. Und wenn man sie zuweilen durch die Hoffnung, daß mein Exil gewiß nicht lange dauern werde, davon abzubringen suchte, versetzte sie eifrig: »Wenn ich ihm sein Schicksal auch nur eine Woche erleichtern kann!« Ihre Kammerjungfer, Katharina Tengmann, – sie verdient es, daß ich sie dankbar nenne – bot sich ihr selbst zur Begleiterin an, ob sie gleich eine alte siebzigjährige Mutter zurücklassen mußte. »Ich habe«, sagte das edle Mädchen, »die guten Tage bei Ihnen genossen; nun will ich auch die bösen mit Ihnen teilen.« Meine Frau war entschlossen, unsre Emmy mitzunehmen, die andern Kinder aber zurückzulassen. Ein sicherer Begleiter sollte für eine ansehnliche Belohnung willig gemacht werden, und die Abreise wurde auf den 1sten Julius wirklich festgesetzt. So stand es am 17ten Junius, an welchem meine Frau den ganzen Morgen in einer mehr als gewöhnlich trüben Stimmung war. Sie ging nach dem Mittagessen in ihr Zimmer und warf sich aufs Bett, um einen kurzen Schlummer zu suchen. Knorring stand auf dem Balkon seines Landhauses – da sprengte ein Kurier die Allee herauf – sprengte vorbei – fragte – kehrte wieder um – hielt seine Depesche hoch in die Luft – sprang ab und stürzte in das Haus. Knorring ihm entgegen, halb hoffend, halb fürchtend; die Seinigen für ihn selbst in Angst. Aber – »Gute Botschaft!« waren des Kuriers erste Worte – und in seiner Hand hielt er einen Brief des Grafen von der Pahlen an meine Frau. Knorring wollte ihm den Brief abnehmen; der Kurier bestand aber darauf, ihn selbst in ihre Hände zu liefern.

Von reiner Freude trunken, vergaßen meine Freunde doch nicht, daß hier durchaus die größte Behutsamkeit nötig sei. Sie wollten meine Frau nicht wecken und brannten doch vor Begierde, ihr die frohe Botschaft mitzuteilen. Leise öffneten sie das Zimmer. Meine Frau schlief nicht – sie sah, wie ein Kopf über dem andern durch die halb geöffnete Tür freundlich hereinschaute – freundlichere Gesichter, als sie seit langer Zeit zu sehen gewohnt war.

Sie richtete sich eilig auf: »Habt ihr mir etwas zu sagen?«

»Ach nein«, versetzte man mit schlecht erzwungener Gleichgültigkeit, »wir wollten nur sehen, ob du noch schliefest.«

»Nein, nein! Gewiß habt ihr mir etwas Angenehmes zu sagen; ich seh' es an euren frohen Gesichtern.«

»Nun ja – gute Nachricht von Kotzebue – es ist ein Kurier von dem Grafen Pahlen an dich geschickt« –

Bei diesen Worten war meine Frau schon vom Bette aufgesprungen. Sie eilte aus dem Zimmer, riß dem Kurier den Brief aus der Hand, erbrach ihn, und las durch einen Tränenschleier:

Se. Kaiserliche Majestät haben allergnädigst zu erlauben geruhet, daß Sie sich nebst Ihrem Herrn Gemahl in St. Petersburg aufhalten können. Mit dem lebhaftesten Vergnügen eile ich daher, Ihnen von dieser besondern Gnade unsers huldreichsten Monarchen Nachricht zu geben, damit Sie Ihre Reise hieher, sobald es Ihnen gefällig ist, antreten können. Nach Ihrem Herrn Gemahl ist ein Expresser abgefertigt, so daß er bei Ihrer Ankunft entweder schon angekommen sein kann oder doch bald darauf eintreffen muß. Ich werde mir übrigens ein Vergnügen daraus machen, dafür zu sorgen, daß Ihnen im voraus eine anständige Wohnung gemietet wird.

Nehmen Sie, gnädige Frau, die Versicherung meiner herzlichen Teilnahme und der vollkommenen Hochachtung an, mit welcher ich die Ehre habe zu sein

Ihr ganz ergebenster Diener
Graf von der Pahlen

St. Petersburg,
den 16. Junius 1800

Die Erzählung, welche meine Freunde mir von der Wirkung dieses Briefes auf meine Frau machen, ist äußerst rührend. Ihre Freude war fast Wahnsinn. Sie, die noch vor wenigen Stunden ohne Hülfe kaum von einem Sofa zum andern schleichen konnte, sprang jetzt wie ein junges Reh; konnte keine Minute an einer Stelle bleiben; holte alles selbst herbei, was sie oder andere brauchten; weinte dabei heftig und lachte noch heftiger, beides zugleich. Dem Kurier schenkte sie alles bare Geld, das sie noch hatte. Die Anstalten zu der Abreise nach Petersburg sollten auf der Stelle gemacht werden; morgen wollte sie fort, und wer dagegen etwas einwandte, den erklärte sie für ihren Feind.

Glücklicherweise legte sich aber mein edler vortrefflicher Arzt, der Doktor Bluhm, nach welchem man sogleich geschickt hatte, ins Mittel. Er machte ihr begreiflich, daß ihr exaltierter Zustand nicht Stärke sei; und sie mußte sich durchaus entschließen, noch einige Tage zu verweilen.

Indessen langte bald nach dem Kurier auch ein Bote des Gouverneurs von Reval an. Diesem hatte der Generalprokureur dieselbe Nachricht mitgeteilt, mit dem Zusatze: Er solle, auf Allerhöchsten Befehl, die Frau von Kotzebue mit allem zu der Reise Erforderlichen versorgen und dann melden, wie viel Geld dazu nötig gewesen sei. Der Herr Militärgouverneur von Petersburg habe den Befehl erhalten, mir und meiner Frau ein anständiges Quartier anzuweisen.

Meine gute Christel geriet durch das kaiserliche Anerbieten einer Unterstützung in eben die Verlegenheit, in der ich mich einige Wochen nachher in Tobolsk befand. Sie war zu stolz, um viel zu fordern, und wollte doch auch nicht trotzig scheinen, indem sie gar nichts begehrte. Als sie mit ihren Freunden zu Rate gegangen war, verlangte sie endlich die Kosten der Reise bis Petersburg, die ihr auch sogleich ausgezahlt wurden.

Die Art und Weise, wie sich der bei weitem größte Teil der Einwohner von Reval bei dieser Gelegenheit benahm, wird mir ein ewig teures Andenken an diese gute Stadt bleiben. In einer halben Stunde verbreitete sich die Nachricht durch die ganze Stadt. Einer rief sie dem andern auf der Straße zu. Wer in einer Kutsche saß, wurde angehalten, fuhr weiter, sobald er die Nachricht wußte, und ließ wieder anhalten, wenn ein Bekannter oder Halbbekannter ihm begegnete. »Wissen Sie schon?« rief man einander von fern entgegen. »Ja, ich weiß schon!« war gewöhnlich die Antwort. Nicht bloß meine *Freunde* jauchzten; die *Menschheit* freute sich! O, es gibt in dem guten Reval so viele edle, wahre Menschen.

Nach drei Tagen reiste meine Frau ab. Ohne unterwegs nur eine Stunde zu ruhen, eilte sie, die fünfzig deutschen Meilen bis nach Petersburg zurückzulegen, da sie dem Briefe des Grafen von der Pahlen zufolge mich vielleicht schon dort finden konnte. Freilich hatte nur Wohlwollen dem Herrn Grafen seine Rechnung eingegeben. Denn da der nach mir geschickte Kurier erst am 15ten Junius abgefertigt worden war, so konnte ich unmöglich früher als nach sieben Wochen in Petersburg eintreffen; und selbst um nur dies zu bewerkstelligen, mußte ich (was ich wirklich getan habe) schneller als die gewöhnliche Briefpost reisen. Meine Frau kam also noch viel zu früh und bezog eine Wohnung im Gasthofe, da die ihr versprochene noch nicht bereit war und auch nachher ganz in Vergessenheit geriet, weil ihre Delikatesse ihr nicht erlaubte, daran zu erinnern.

Ich würde dieses Umstandes gar nicht erwähnen, wenn er mir nicht eine günstige Gelegenheit darböte, den feinen Edelmut meines Freundes Graumann in ein neues Licht zu setzen. Als er nämlich gewahr wurde, daß der Aufwand im Gasthofe für eine zahlreiche Familie die jetzigen Kräfte meiner Frau überstieg, mietete er ganz im stillen eine Wohnung, die er auf zwei Monate vorausbezahlte, und richtete sie eilig ein. Erst als alles nach seinem Sinne war, ersuchte er meine Frau, ihm dahin zu folgen. Sie betrat mit angenehmem Erstaunen eine freundliche, geräumige Wohnung von fünf elegant möblierten Zimmern und fand das Schlafzimmer mit Betten, die Küche mit Küchengerät vom kleinsten bis zum größten, die Tafel mit Tischzeug, den Déjeuner-Tisch mit einem Porzellanservice versehen, die Schränke mit Tee, Kaffee, Zucker, Wachslichtern und dgl. in großen Quantitäten angefüllt. Sogar das notwendigste Silberzeug war nicht vergessen; und meine geliebte Frau befand sich also auf einmal in einer völlig eingerichteten Wirtschaft, ohne daß sie von dem edlen Manne, der dies alles hingezaubert hatte, auch nur erfahren konnte, wie groß der Aufwand sei, den der Genius der Freundschaft seinem Herzen entlockt hatte. O, der bitterste Leidenskelch ist der Tränen wert, wenn man bei dem letzten Zuge auf seinem Grunde das seltene Schaustück echter Freundschaft erblickt.

Unter solchen wechselnden Erzählungen tanzten die Hören um mich und meine mir neu geschenkte Gattin. Die Wände, die uns einschlossen, eben die Wände, an denen so mancher Seufzer der Unglücklichen verhallt sein mochte, ertönten jetzt von dem sanften Entzücken der zärtlichsten Liebe, der dankbarsten Freundschaft.

Nur noch eins fehlte, um dieses Jubelfest des Glücklichen vollkommen zu machen – meine Kinder! Die Mutter fuhr hin, sie zu holen – sie hatten schon lange mit stürmischer Ungeduld darauf gewartet. Sie kamen – ich sah sie aus dem Wagen hüpfen – sie stolperten zu mir herauf – klammerten sich um meinen Hals und ich – o, wer selbst Vater ist, wird mich verstehen!

Es wurde Mittag und Nachmittag, ohne daß wir es bemerkten. Die Stafette aus Gatschina kam noch immer nicht zurück; ich achtete es aber nicht. Hatte ich doch in meinem kleinen Zimmer – mochte es immerhin Gefängnis heißen – alles, was mein Herz begehrte.

Eine Begebenheit, die sich gegen Abend zutrug, erneuerte und vermehrte unsere wehmütige Freude. Der russische Kaufmann, mein Reisegefährte, hatte – wie ich zu erwähnen vergessen habe – schon in Moskau Nachricht von seiner Frau und Tochter zu erhalten gehofft. Er war ausgegangen, um einen Verwandten aufzusuchen und kehrte mit dem tiefsten Gram in seinem Gesichte zurück. »Ich habe mich so gefreut«, drückte er sich einfach und naiv aus, »aber nun hat mir Gott viel Betrübnis gegeben. Meine Frau und meine Tochter sind tot!« Er sprach dann nicht mehr davon – sprach nachher überhaupt sehr wenig, und oft sah ich ihn auf seinem Fuhrwerk still in den grauen Bart weinen. Bei unserer Ankunft in Petersburg blieb auch er mit mir in demselben Zimmer. Als meine Frau zu mir kam, saß er in einer Ecke und war ein stiller, seufzender Zeuge unseres Glückes. Den ganzen Tag unterbrach er unsere Freude mit keiner Silbe, sondern saß still und schaute vor sich nieder.

Jetzt, als es schon dämmerig geworden war, stürzte plötzlich sein Kurier herein: »Jwan Semenowitsch! Deine Frau und Tochter sind hier!« Er fuhr wie aus einem schweren Traume in die Höhe – taumelte nach der Tür – und siehe, Weib und Kind lagen in seinen Armen! Es war eine Wiederholung meiner eigenen stummen Jubelszene. Sie wurde noch rührender durch die Länge der Zeit, die er von seiner Familie getrennt gewesen war. Seine Frau sah er zuletzt als ein schlankes, rasches Weib; als ein ziemlich dickes Mütterchen fand er sie wieder. Seine Tochter verließ er als ein

Kind von acht Jahren; als ein schönes, blühendes Mädchen von sechzehn stand sie jetzt vor ihm. Lange konnte er sich nicht in sein Glück finden. Er nahm alle Augenblick das Licht und beleuchtete seine Tochter von allen Seiten. Bei dem freundlichsten Gesichte flossen ihm die Tränen immer in den langen Bart, und er konnte nichts weiter hervorbringen als ein oft wiederholtes staunendes Ach – Ach – Ach!

Unter so köstlichen Empfindungen war der Tag verschwunden und die Nacht schon hereingebrochen. Da ich der Ruhe sehr bedurfte und hier mir jede Bequemlichkeit mangelte, so äußerte ich den Wunsch, wenigstens für diese Nacht nach meiner eigenen Wohnung fahren zu dürfen, wobei ich versprach, daß ich mich am folgenden Morgen zu rechter Zeit wieder einfinden wollte. Der Herr Etatsrat Fuchs war so gütig, es mir auf seine eigene Gefahr zu erlauben. Mit unaussprechlich frohem Herzen betrat ich meine durch Liebe und Freundschaft herrlich geschmückte Wohnung und wurde von meinen treuen Leuten mit ungeheuchelter Freude empfangen.

Kaum war ich eine Stunde zu Hause, als ein Billett von dem Herrn Etatsrat Fuchs mir meldete, daß er soeben den Befehl erhalten habe, mich in völlige Freiheit zu setzen. So schlief ich also diese Nacht seit vier Monaten zum ersten Male wieder als ein freier Mann, in den Armen meiner Gattin, von meinen Kindern umgeben. Seliges Erwachen!

Am folgenden Morgen meldete ich mich meiner Pflicht gemäß bei dem Militärgouverneur Herrn Grafen von der Pahlen. Doch nicht Pflicht allein, auch Dankbarkeit führte mich zu ihm. Denn ungeachtet seiner so sehr überhäuften Geschäfte hatte er dennoch Zeit gefunden, nicht allein meiner Frau, sondern auch meiner um mich besorgten alten Mutter meine Freiheit auf die teilnehmendste Weise anzukündigen. Die große Cour, die ihn umgab – denn alles versammelte sich damals unter dem Schatten eines Baumes, der selbst nicht selten vom Sturm geschüttelt wurde – verhinderte mich, mehr als gewöhnliche Redensarten ihm zu sagen oder von ihm zu hören.

Am 13ten August erhielt ich die Abschrift eines Ukas, durch welchen der Kaiser mir das in Livland gelegene Krongut Worroküll, von $6^1/_8$ Haken, ohne alle Abgaben schenkte. Dieses Gut, welches nahe an 400 männliche Seelen zählt, mit einem bequemen Hause und allen nur wünschenswerten Erfordernissen reichlich versehen ist und mir daher jährlich eine Pacht von 4000 Rubeln abwirft, war ein wahrhaft kaiserliches Geschenk und enthielt zu gleicher Zeit die sprechendste Erklärung meiner Unschuld.

Gern hätte ich nun, um den Traum meiner Leiden ganz zu vergessen, die Rückreise nach Deutschland angetreten. Aber meine Freunde widerrieten mir aus guten Gründen, um die Erlaubnis dazu zu bitten. Ich folgte ihrem Rate, weil sie den Monarchen besser kannten als ich damals, und schränkte mich darauf ein, in meinem Danksagungsschreiben, welches ich an den Kaiser nach Gatschina schickte, zu erwähnen, daß ich im Begriff sei, auf das Land zu gehen, um dort seiner Wohltaten im stillen zu genießen.

Dieser Brief brachte eine mir unerwartete Wirkung hervor. Schon am folgenden Morgen erhielt ich durch den Herrn Geheimrat Briskorn, den Sekretär des Kaisers, ein Kabinettsschreiben folgenden Inhalts:

Indem ich Sr. Kaiserlichen Majestät Ihr Danksagungsschreiben vorzulesen das Glück hatte, bekam ich den Allerhöchsten Auftrag, einen Ukas zu Ihrer Bestallung als Direktor der Deutschen Hoftruppe, mit dem Charakter eines Hofrats und mit tausendzweihundert Rubel Gehalt, auszufertigen; als ich aber an die Stelle gekommen war, wo Ew. etc. in Ihrem Briefe den Entschluß anzeigen, den Sie gefaßt haben, aufs Land zu reisen, geruhten Se. Majestät, mir zu befehlen, von Ihnen Ihre Einwilligung zu der oberwähnten

Bestallung einzufordern. Ich entledige mich hiermit dieser Pflicht und bitte Ew. etc. mir so bald als möglich anzuzeigen, ob Sie das gnädige Anerbieten unsers huldreichen Monarchen anzunehmen gesonnen sind; übrigens aber von der besondern Hochachtung sich zu versichern usw.

Briskorn

Nachschrift. Als Direktor würden Sie unter dem unmittelbaren Befehl des Herrn Oberhofmarschalls Naryschkin stehen.

Meine Verlegenheit bei dem Empfange dieses Briefes war so groß als mein Schrecken. Ich sollte wieder eine Theaterdirektion übernehmen, ich, der ich in Wien ungeachtet der freundschaftlichsten Verhältnisse mit dem biedern Baron Braun nichts mehr damit zu tun haben mochte; der ich so oft mir und meiner Gattin geschworen hatte, mich durch die sparsamen Rosen nie wieder auf diesen Dornenpfad locken zu lassen; der ich aus so mancher Erfahrung wußte, daß die verdienstvollsten Künstler leider oft die schlechtesten Menschen sind; daß ein einziges tadelndes Wörtchen den leise Getadelten – hättest du ihn auch vorher mit Strömen von Lob überschüttet – zu deinem bittersten Feinde macht, wenn gleich er selbst dich oft mit allen Symptomen der Aufrichtigkeit und Bescheidenheit um dein Urteil gebeten hatte; daß die meisten Schauspieler, selbst die bessern unter ihnen, nicht die Kunst, sondern nur den Künstler in sich lieben; daß sie ein großes Gemälde von lauter verzerrten Figuren mit Vergnügen sehen, wenn nur ihre eigene geliebte Figur mit schmeichelnden Farben unverzeichnet aus dem Hintergrunde hervortritt! Doch zu welcher Abschweifung verleitet mich eine zwanzigjährige, oft bittere Erfahrung! Genug. Ich sage, den Shakespeare parodierend: Eitelkeit, dein Name ist Schauspieler!

Und mit dieser Überzeugung sollte ich an die Spitze einer Bühne treten, die ein Unternehmer namens Miré aus den Trümmern herumziehender Banden geformt und durch einige aus Deutschland verschriebene Mitglieder zwar verbessert, aber wahrlich auf keine Stufe der Vollkommenheit erhoben hatte. Sie war bisher von einer Gesellschaft Kaufleute durch Aktien unterstützt worden, jetzt aber ihrem Untergange nahe. Auf Vorstellung des Grafen von der Pahlen hatte der Kaiser sich entschlossen, sie in seine Dienste zu nehmen. Unglücklicherweise mußte nun meine Zurückkunft gerade in diese Periode fallen, und es war daher ganz natürlich, daß der Kaiser auf den Gedanken geriet, mir die Leitung seines neuen Hoftheaters anzuvertrauen. Offenbar hatten Wohlwollen und das Verlangen, mir etwas Angenehmes zu erzeigen, ihn dazu bestimmt; um so schwerer war es, die vermeintliche Wohltat abzulehnen.

Ich versuchte es dennoch, mit den feinsten Wendungen, die ich auszustudieren vermochte, mich herauszuwickeln und sowohl meinen Dank als meinen Widerwillen mit gleich starken Farben zu schildern. Alles vergebens. Ich bekam anstatt der Antwort die Abschriften von drei Ukasen, deren einer an den Oberhofmarschall mich zum Direktor und der andre an den Senat mich zum Hofrat ernannte; der dritte wies mir mein Gehalt auf das Kabinett des Kaisers an. Zu diesem gering scheinenden Gehalte wurden aus der Hoftheaterkasse noch 1800 Rubel für Equipage hinzugefügt und mir außer Holz und Licht auch eine sehr schöne, geräumige Wohnung freigegeben. In ökonomischer Hinsicht war nun, wie ich dankbar bekennen mußte, kaiserlich für mich gesorgt, da ich, die Pacht meines Gutes mitgerechnet, plötzlich eine Einnahme wenigstens von 9000 Rubeln jährlich genoß und mir noch überdies die Einnahme von der zweiten Vorstellung aller meiner neuen Stücke zugestanden wurde, was meine Einkünfte abermals um einige tausend Rubel vermehrte.

Aber – bedurfte ich alles dessen? Sind Ruhe, Zufriedenheit, Gesundheit um Gold feil? Hatte ich nicht in Jena und Weimar eine wohl minder prächtige, aber fröhlichere Wohnung, ein minder glänzendes, aber hinreichendes Auskommen? Lebte ich dort nicht zwar unter einem minder mächtigen Fürsten, aber auch von jeder Gefahr entfernt? Und endlich – was mehr als alles ist – hatte ich dort nicht eine Mutter, deren Liebe ich meine ganze Bildung verdanke und die mich mit großer Sehnsucht zurück erwartete, daß ich ihr kränkliches Alter erheitern sollte?

Doch alle meine Wünsche und Betrachtungen mußten der eisernen Notwendigkeit weichen. Ich ergab mich in mein Schicksal und trat meinen Posten an.

Kurz vorher wurden mir von Seiten der Geheimen Expedition alle meine auf der Grenze mir weggenommenen Papiere zurückgegeben. Es fehlte kein Blättchen; und ich muß hierbei noch eines äußerst merkwürdigen Umstandes dankbar erwähnen.

So gewiß ich nämlich in meinem fernen Exil überzeugt war, daß unter allen meinen Papieren auch nicht eine Zeile sei, welche das gegen mich beobachtete Verfahren rechtfertigen könne, so war dennoch wirklich gerade *eine Zeile* darunter, die, wenn sie dem Kaiser zu Gesicht gekommen wäre, vielleicht mein Unglück noch vergrößert oder doch gewiß verlängert haben würde. Diese eine Zeile stand in meinem zu Wien geführten Tagebuche. Auch dort hegte man, ehe man mich näher kennen lernte, den Verdacht des Jakobinismus gegen mich. Ich äußerte bald nach meiner Ankunft in Wien meine Besorgnis darüber gegen den Baron Braun. Dieser beruhigte mich aber durch die Versicherung, der Kaiser Franz sei ein sehr gerechter Mann, der nie ohne die strengste Untersuchung einen Angeklagten verurteile. In Beziehung auf diese Worte hatte ich nun in mein Tagebuch geschrieben: *ich bin also ruhig und habe viel gewonnen. Freilich K – P – findet es selten der Mühe wert, eine Untersuchung anzustellen.*

214

Diese unglücklichen, allerdings harten Worte waren meinem Gedächtnis gänzlich entfallen. Man denke sich meinen Schrecken, als sie mir beim Durchblättern meiner Papiere wieder in die Augen fielen! Aber man denke sich auch meine gerührte Freude, als ich zugleich bemerkte, daß eine edle wohlwollende Hand diese Zeile so dick mit Tinte ausgestrichen hatte, daß kaum ich selbst wieder erraten konnte, was da gestanden habe! Ein Beweis, daß, so fürchterlich auch jene Geheime Expedition oder Inquisition war, doch die Mitglieder derselben nur strengen Befehlen gehorchten und gern milder handelten, wo sie konnten. Besonders hat der Etatsrat Makarow sich allgemein diesen Ruhm erworben. Oft mischten sich seine eigenen Tränen in die Tränen der Unglücklichen, die er mit blutendem Herzen Henkershänden überliefern mußte. Ob ihm oder dem Etatsrat Fuchs oder irgendeinem Dritten die Durchsicht meiner Papiere anvertraut worden war, weiß ich nicht und habe es, aller angewendeten Mühe ungeachtet, nicht erfahren können. Ich muß mich also begnügen, meinen Dank laut vor der Welt und still vor Gott auszusprechen. Wohl mir, daß ich diesem edlen Unbekannten in die Hände fiel! Denn wahrlich, die Angabe dieser einzigen Zeile wäre mein Verderben gewesen.

Übrigens fand ich hin und wieder mehrere unbedeutende Stellen in meinen Papieren mit Bleistift angestrichen. Doch war es nie etwas, das mir schaden konnte, sondern nur allerlei hin und wieder gemachte statistische Bemerkungen, Anekdoten und dergleichen, lauter Dinge, die ich nur für das Gedächtnis aufbewahren wollte und wobei ich mir nie ein eigenes Räsonnement erlaubt hatte.

Das Schauspiel *Gustav Wasa* gab man mir, besonders eingewickelt, zurück, mit dem Bedeuten, ja keinen Gebrauch davon zu machen. Eine einzige Stelle hatte dem Stücke dieses Verdammungsurteil zugezogen:

Ein König darf ein Bubenstück begehren,
Und tausend Arme sind bereit, es zu vollbringen.

Der Leser wird wahrscheinlich so wie ich selbst neugierig sein, zu erfahren, welchem günstigen Umstände ich denn nun eigentlich meine Befreiung zu verdanken hatte. Daß sie keine Folge meines aus Tobolsk an den Kaiser geschickten *Mémoire* war, wissen wir bereits, da der Überbringer dieses *Mémoire* schon in der Gegend von Kasan dem Kurier begegnete, der mich zurückholen mußte. Was ich darüber von authentischen Nachrichten gesammelt habe, will ich hier mitteilen.

Vier Wochen lang – so versichert man – ließ der unbarmherzige Generalprokureur meine Papiere in einem Winkel liegen, ohne sich des Unglücklichen zu erinnern, der kraft dieser ununtersuchten Papiere bereits in der Verbannung schmachtete. Endlich fragte der Kaiser nach ihrem Inhalt. Nun mußte er vorgelegt werden, und die Unschuld desselben war vermutlich der erste Grund zu den veränderten Gesinnungen des Monarchen. Doch ist es noch sehr zweifelhaft, ob meine Unschuld allein meine Rettung bewirkt haben würde. Denn man weiß, daß es in der Regel (von welcher aber Kaiser Paul eine ehrenvolle Ausnahme machte) für einen Mächtigen weit leichter ist, eine begangene Ungerechtigkeit zu verlängern, als sie zu gestehen und wieder gut zu machen. Aber mein guter Genius fügte einen andern Umstand hinzu, der sich in keinem für mich glücklicheren Zeitpunkt hätte ereignen können.

Das kleine Drama nämlich, *Der alte Leibkutscher Peters des Dritten,* das ich vier Jahre vorher aus reiner Freude über eine edelmütige Handlung des Kaisers entworfen hatte und bei dessen Verfertigung ich wahrhaftig nicht daran dachte, welchen wichtigen Einfluß es einst auf mein Schicksal haben würde, dieses kleine Drama war gerade jetzt erst von einem wackern jungen Manne namens Krasnopolski ins Russische übersetzt worden. Er wollte es gern dem Kaiser zueignen und wandte sich deshalb an verschiedene Männer von Einfluß. Man widerriet es ihm aber; wenigstens sollte er, äußerte man, meinen Namen vom Titel weglassen, da dieser verhaßte Name alles verderben könne. (Schon längst wagten es weder Russen noch Deutsche, wenn sie eins meiner Stücke auf ihren Bühnen spielten, den Verfasser auf dem Anschlagzettel zu nennen.)

Der biedere Jüngling kehrte sich an nichts. »Das Stück«, sagte er, »sei nun einmal von mir; er dürfe sich nicht mit fremden Federn schmücken, und folglich müsse mein Name stehen bleiben.« Da er nun bei der Überreichung Schwierigkeiten fand, so schickte er es mutig durch die Post an den Kaiser.

Auf diesen machte es einen seltnen Eindruck. Er las, war gerührt und zufrieden, befahl, dem Übersetzer sogleich einen kostbaren Ring zu schicken, meinte jedoch, das Manuskript solle ungedruckt bleiben. Einige Stunden nachher forderte er es zum zweiten Male, ging es wieder durch und erlaubte nun auch den Druck, doch mit Weglassung einiger Stellen, unter denen – was mir unbegreiflich ist – auch die war, wo der alte Leibkutscher sagt: »Mein Kaiser hat mich gegrüßt! Er grüßt alle ehrliche Leute!« An demselben Tage verlangte er das Stück zum dritten Male, blätterte es noch einmal durch und erlaubte nun den Druck ohne alle Einschränkung. Mir, erklärte er, mir habe er Unrecht getan; er sei mir Genugtuung schuldig und müsse mir wenigstens ebenso viel schenken, als er dem alten Leibkutscher geschenkt habe (nämlich zwanzigtausend Rubel). Der Kurier an mich wurde abgefertigt.

Bald nachher langte mein *Mémoire* aus Tobolsk an. Der Kaiser las es seiner Länge ungeachtet zweimal von einem Ende bis zum andern, und es bewirkte nun den auf feines Gefühl gegründeten Befehl an den Gouverneur von Estland, »ein schönes Krongut für mich auszusuchen, welches in der Nachbarschaft von meinem Friedenthal liege«. Er wollte also nicht bloß *schenken,* er wollte auf die mir angenehmste Art schenken. Es ist gewiß nicht zu leugnen, daß dieser Zug nur aus einem sehr feinfühlenden Herzen kommen konnte. – Nahe bei Friedenthal fand sich indes kein solches Krongut.

Das ist alles, was ich über die Ursachen meiner Befreiung mit Gewißheit habe in Erfahrung bringen können. Möchte ich nur ebenso viel von den Ursachen meiner Gefangennehmung wissen! Aber ich zweifle, ob selbst die Hand der Zeit diesen Schleier jemals aufheben werde.

Trotz den unverkennbaren Zeichen des kaiserlichen Wohlwollens hatte sich doch der Schrecken meinem Gemüte so tief eingeprägt, daß mir das Herz klopfte, so oft ich einen Senatskurier oder Feldjäger sah, und daß ich nie nach Gatschina fuhr, ohne mich reichlich mit Gelde zu versehen und gleichsam zu einem neuen Exil vorzubereiten.

Es war am 9ten Oktober, als ich zum ersten Mal (sehr früh; der Tag war noch nicht angebrochen) eilig nach Gatschina berufen wurde und nicht ohne Zittern die Reise antrat. Nach der dringenden Hastigkeit zu urteilen, mit welcher die Order abgefaßt war, mußte ich große Dinge erwarten. Es betraf aber am Ende weiter nichts als die nochmalige Anempfehlung einer sehr strengen Zensur, von deren Wichtigkeit der Kaiser am vorigen Tage gesprochen hatte. Mir selbst war diese Zensur überlassen, und ich sah wohl ein, daß über kurz oder lang das abermals eine Klippe werden könne, an der mein kaum geborgenes Schifflein zu scheitern Gefahr laufe. Daher bat ich um Anstellung eines Zensors und bediente mich besonders des triftigen Grundes, daß ich unmöglich Zensor meiner eigenen Stücke sein könne, da die väterliche Vorliebe mich verleiten werde, dieses und jenes zu übersehen und also ganz unwillkürlich dem Allerhöchsten Befehle zuwiderzuhandeln.

Es währte lange, ehe ich durchdrang; endlich aber erreichte ich meinen Wunsch. Dem Kaiser gefiel noch obendrein meine Ängstlichkeit, und er ernannte mir einen Zensor in dem damaligen Rat Adelung, einem gelehrten und zugleich geschmackvollen Manne, der uns Deutschen durch die Monumente altdeutscher Dichtkunst, die er einst mit vielem Fleiß und vieler Mühe auf der vatikanischen Bibliothek in Rom sammelte, rühmlich bekannt ist.

Welche unglaubliche Strenge dieser wackere Mann und auch ich selbst zu beobachten genötigt waren und wie oft dadurch bei mir Überdruß und gänzlicher Ekel an meinem Geschäft erweckt werden mußte, mögen einige Beispiele beweisen.

Das Wort *Republik* durfte in meinem Trauerspiel *Octavia* nicht genannt werden. »Stirb als ein *freier* Römer!« durfte Antonius nicht sagen.

Im *Abbé de l'Épée* durfte in Toulouse kein *Bürger* wohnen. Franval durfte nicht sagen: »Wehe meinem *Vaterlande*!« sondern nur: »Wehe meinem Lande!« Denn es war den Russen wirklich durch einen Ukas untersagt worden, sich des Wortes *Vaterland* zu bedienen. Der Abbé de l'Épée, der bekanntlich von Paris kommt, durfte nicht von Paris kommen. Das berühmte *Lyceum* mußte er ungenannt lassen und ebenso Frankreich.

Buffons *Naturkunde,* d'Alemberts *Gelehrsamkeit,* Rousseaus *Empfindung* und Voltairens *Witz* wurden sämtlich durch einen Federstrich vertilgt.

Ich habe, um nicht weitläufig zu werden, nur Kleinigkeiten angeführt. Sie geben aber einen Begriff von der Strenge, mit welcher der Zensor ganz wider seinen Willen verfahren mußte. Wie oft hatte ich vormals über den dickköpfigen Zensor in Riga gelacht, der zum Beispiel in meiner *Versöhnung* die Worte des Schusters: »Ich will nach Rußland; dort soll es brav kalt sein!« wegstrich und statt derselben schrieb: »Ich will nach Rußland; dort wohnen lauter ehrliche Leute!« Ich glaubte nicht, daß gerechte Furcht einst auch in Petersburg veranlassen würde, was die Dummheit in Riga bewirkte.

Aus diesen wenigen Beispielen erhellt zur Genüge, wie gefährlich das Amt eines Zensors für den, der es verwaltete, und wie drückend es für mich war. Der Herr Rat Adelung konnte mir aber mit dem besten Willen diese Last nicht erleichtern.

Doch es gab noch andere Unannehmlichkeiten, die mir meinen Posten sehr bald verleideten. Ich will nicht von den ewigen Trakasserien der Schauspieler, von ihrer Widersetzlichkeit und ihrem unbegrenzten Eigendünkel reden: *c'est partout comme chez nous.* Ein weit stärkeres Hindernis, das dem Gedeihen der Deutschen Bühne im Wege stand, war die Eifersucht der Französischen oder vielmehr der Madame Chevalier, ihres ersten Mitgliedes und – ihrer Regentin. Nicht als ob sie befürchtet hätte, daß die deutsche Kunst die französische verdunkeln werde: das wäre bei der anerkannten Mittelmäßigkeit des Deutschen Theaters und bei der Vorliebe der Russen für das Französische eine lächerliche Furcht gewesen. Aber sie wollte nicht, daß irgend jemand außer ihr den Kaiser, gut oder schlecht, amüsieren solle. Die Italiener und die Russen waren bereits von dem Theater des Lustschlosses und der Eremitage verbannt; selbst die französische tragische Muse durfte in der Person der Madame Valville so selten als möglich erscheinen. Nun war es aber doch wohl möglich, daß die deutschen Schauspieler wenigstens durch den Reiz der Neuheit den Monarchen lockten, daß er die Deutschen öfter vor sich spielen ließ, sich wohl gar an sie gewöhnte und daß Madame Chevalier dann wöchentlich einmal weniger vor ihm erscheinen durfte. Dem mußte vorgebeugt werden.

Viermal verlangte der Kaiser Deutsches Schauspiel, viermal erhielt ich vom Herrn Oberhofmarschall den Befehl, mich bereit zu halten, und viermal wußte Madame Chevalier es zu hintertreiben.

Da ich den Geschmack des Kaisers so ziemlich kannte und da mir ausdrücklich befohlen war, eins der zu gebenden Stücke unter den meinigen zu wählen, so hatte ich zu der ersten Vorstellung *Die Versöhnung* von mir und zur zweiten Ifflands *Hagestolzen* bestimmt. Kein Stück, das der Kaiser sehen sollte, durfte länger spielen als anderthalb Stunden, höchstens eindreiviertel Stunden. Ich hatte mir daher die undankbare Mühe gegeben, beide Stücke so abzukürzen, daß sie die vorgeschriebene Zeit um keine Minute überschritten. Doch alles vergebens! Madame Chevalier zeigte auch hier, daß die Familie der hübschen stumpfnasigen Sultaninnen (in Marmontels bekannter Erzählung) noch nicht ausgestorben ist.

Was war zu tun? Freilich konnte ich mich allenfalls an den Monarchen selbst wenden und vielleicht sehr bald einen Befehl auswirken, gegen den kein Widerspruch stattfand. Aber – ich kannte die Verhältnisse des Hofes und duldete, was ich ohne Gefahr nicht ändern konnte. Madame Chevalier suchte übrigens mir persönlich die Kränkung zu vergüten. Sie betrug sich sehr artig gegen mich. Ich genoß der seltenen Gunst, Zutritt in ihrem Hause und an ihrer Tafel zu haben. Sie erzeigte mir auch die Ehre, die Gurli in meinem Stücke *Die Indianer in England* zu spielen, welches ein gewisser Marquis Castelnau auf eine etwas unbarmherzige Weise zu einer Oper hatte verschneiden müssen, die der alte Sarti vortrefflich komponierte. Endlich setzte sie sogar das Vertrauen in mich, eine französisch geschriebene Oper von mir zu verlangen; und die Umstände nötigten mich in der Tat, ganz ernstlich an diese Idee zu denken.

Doch diese Artigkeiten konnten mich höchstens nur wegen meiner persönlichen Sicherheit beruhigen, meine Lage aber nicht angenehmer machen; und ich war daher fest entschlossen, bei der ersten günstigen Gelegenheit um meinen Abschied zu bitten.

Achtes Kapitel

Muß ich, um diesen Entschluß zu rechtfertigen, noch mit einigen starken, aber wahren Zügen meine damalige Lage und Gemütsstimmung schildern? Ach, ich teilte sie, leider, fast mit jedem Einwohner von Petersburg! So weit hatten es böse Menschen gebracht, die das Vertrauen eines zu herzlicher Güte geneigten Monarchen mißbrauchten und ihm überall Schreckbilder aufstellten, die nicht vorhanden waren, ja, an die sie selbst nicht glaubten. Mit bangen Ahndungen legte ich mich jeden Abend zu Bett; zitternd hörte ich in der Nacht jedes Geräusch auf der Straße, jeden Wagen, der in der Nähe meiner Wohnung anhielt; ich erwachte zu neuen Sorgen, wie ich an diesem Tage jedes Unglück vermeiden wolle; ängstlich fuhr ich auf den Straßen, um ja, wenn etwa der Kaiser mir begegnen würde, zu rechter Zeit auszusteigen; mit ungewohnter Sorgfalt wachte ich über jedes meiner Kleidungsstücke und über die Art sie zu tragen; Weibern von zweideutigem Rufe und Männern von schwachem Geiste mußte ich huldigen; den unverschämten Übermut eines unwissenden Ballettmeisters (des Gemahls der Madame Chevalier) ertragen; bei jeder Aufführung eines neuen Stückes zitternd erwarten, ob die immer wachsame Polizei oder Geheime Expedition nicht etwa ein unwillkürliches Vergehen darin entdeckt habe. So oft meine Frau mit meinen Kindern spazieren fuhr und etwa einige Minuten über die bestimmte Zeit ausblieb, zitterte ich zu erfahren, daß sie nicht schnell genug vor dem Kaiser ausgestiegen und deshalb wie die Frau des Gastwirts Demut in ein Polizeigefängnis gebracht worden sei! Nur selten konnte ich meinen Kummer in den Busen eines Freundes ausschütten; denn alle Wände hatten Ohren, und der Bruder traute dem Bruder nicht mehr! Keine Lektüre konnte mich um die gräßliche Zeit betrügen; denn alle Bücher waren ja verboten! Auch die Feder mußte ich wegwerfen, mir selbst durfte ich nichts vertrauen; denn wie leicht konnte man plötzlich mein Portefeuille untersuchen! Ein Gang in Geschäften, wenn er vor dem Schlosse vorbeiführte, drohte der Gesundheit Gefahr; denn bei dem übelsten Wetter durfte man sich dieser Steinmasse nur mit entblößtem Kopfe nähern. Der harmloseste Spaziergang gewährte keine Zerstreuung; denn fast täglich begegnete man Unglücklichen, die arretiert, vielleicht gar zur Knute geführt wurden.

Ich berufe mich auf das Zeugnis jedes Einwohners von Petersburg, ob die Farben, in welche ich meinen Pinsel getaucht habe, zu schwarz sind. O, hätte der Monarch das gewußt! Er, dem es gewiß Ernst war, seine Untertanen zu beglücken!

Und nun denke man sich bei einer solchen Gemütsstimmung meinen Schrecken, als am 16ten Dezember, morgens um acht Uhr, der Herr Graf von der Pahlen einen Polizeioffizier mit dem Befehle zu mir schickte, daß ich mich augenblicklich zu ihm begeben sollte. Zwar hatte er zu dieser Botschaft nicht allein einen sanften, höflichen, mir bekannten Jüngling gewählt, sondern ihm auch ausdrücklich befohlen, mir zu sagen, ich solle nicht erschrecken; es habe nichts Schlimmes zu bedeuten. Aber schon sein bloßer Anblick, seine ersten Worte waren hinlänglich, mir das Blut zum Herzen zu treiben, und meine Frau wurde so dadurch erschüttert, daß sie Arzenei nehmen mußte.

Als ich zu dem Grafen von der Pahlen kam, sagte er mir lächelnd: der Kaiser wolle eine Ausforderung zu einem Turnier an die Souveräne von Europa und ihre Minister erlassen. Diese solle von mir geschrieben und dann durch die Zeitungen bekannt gemacht werden. Baron Thugut besonders sei darin mit scharfer Lauge zu waschen und die Generale Kutusow und Graf Pahlen als Sekundanten des Kaisers zu nennen. (Den letztern Einfall wegen der Sekundanten hatte der Kaiser erst vor einer halben Stunde gehabt und geschwind deshalb mit Bleistift einen Zettel geschrieben, der bei dem Grafen auf dem Tische lag.) In einer Stunde sollte dieses seltsame Werk fertig sein, und der Kaiser hatte befohlen, daß ich es ihm persönlich überreichen sollte.

Ich gehorchte, und nach einer Stunde brachte ich die Ausforderung. Der Graf, der die Gesinnungen des Monarchen besser kannte als ich, fand sie nicht beißend genug. Ich setzte mich nun in seinem Kabinett nieder und machte eine zweite, die ihm besser schien. Jetzt fuhren wir nach Hofe. Zum ersten Male sollte ich nun vor den Mann treten, der mir durch Härte und Wohltaten, Schrecken und Freude, Kummer und Dankbarkeit so merkwürdig geworden war. Ich hatte diese Ehre kaum gewünscht, auch gezweifelt, daß sie mir jemals widerfahren würde; denn mein Anblick konnte doch nicht anders als drückend für ihn sein.

Wir standen lange im Vorzimmer. Der Kaiser war spazieren geritten; doch endlich kam er. Graf Pahlen ging mit meinem Papiere zu ihm hinein, verweilte ziemlich lange, kam verdrießlich zurück und sagte mir im Vorbeigehn nur die Worte: »Kommen Sie um zwei Uhr zu mir; es muß noch schärfer werden.«

Ich begab mich also nach Hause und war überzeugt, daß es mir auf diesem Wege schwerlich gelingen werde, die Gunst des Monarchen zu erhalten. Kaum war ich aber eine halbe Stunde auf meinem Zimmer, als ein Hofbedienter atemlos hereinstürzte und mir sagte: ich solle augenblicklich zum Kaiser kommen. Ich eilte, so sehr ich konnte.

Als ich in des Kaisers Kabinett trat, wo außer ihm nur der Graf Pahlen gegenwärtig war, stand er vom Schreibtisch auf, trat mir einen Schritt entgegen und sagte, indem er sich verbeugte, mit einer unaussprechlich liebenswürdigen Art: »Herr von Kotzebue, ich muß damit anfangen, mich mit Ihnen zu versöhnen.«

Ich wurde durch diesen unerwarteten Empfang sehr erschüttert. Welch eine Zaubergewalt steht den Fürsten zu Gebote! Sie heißt Milde. Aller Groll war aus meinem Herzen verschwunden. Der

Etikette gemäß wollte ich dem Kaiser kniend die Hand küssen; er hob mich aber freundlich auf, küßte mich auf die Stirn und fuhr in sehr reinem Deutsch fort:

»Sie sind bekannt genug mit der Welt, um *au fait* der politischen Begebenheiten zu sein. Sie wissen auch, wie ich dabei figuriert habe. Ich habe mich« – setzte er scherzend hinzu – »oft dumm benommen (seine eigenen Ausdrücke): dafür muß ich büßen, das ist billig; und ich habe mir daher selbst eine Strafe diktiert. Ich wünsche nämlich, daß dieses« – er hielt ein Blatt in der Hand – »in die Hamburger und andere Zeitungen eingerückt werde.«

Hierauf nahm er mich vertraulich unter den Arm, zog mich ans Fenster und las mir das französisch und eigenhändig geschriebene Blatt vor. Es lautete von Wort zu Wort und mit Beibehaltung seiner eigenen Orthographie folgendergestalt:

On apprend de Petersbourg, que l'Empereur de Russie voyant que les puissances de l'Europe ne pouvoit s'accorder entre elle et voulant méttre fin à une guerre qui la desoloit depuis onse ans vouloit proposer un lieu ou il inviteroit touts les autres Souverains de se rendre et y combattre en Champ clos ayant avec eux pour écuyer juge de Camp et Heros d'armes leurs ministres les plus éclairés et les generaux les plus habiles tels que Mrs. Thugut, Pitt, Bernstorff, lui même se proposant de prendre avec lui les Generaux C. de Palen et Kutusof, on ne sçait si on doit y ajouter foi, toute fois la Chose ne paroit pas destituée de fondement, en portant l'empréinte de ce dont il a souvent été taxé.

Beim Schlusse lachte er selbst recht herzlich. Auch ich lächelte pflichtschuldigst.

»Warum lachen Sie?« fragte er zweimal schnell hintereinander, immer noch selbst lachend.

»Daß Ew. Majestät so gut unterrichtet sind«, antwortete ich.

»Da, da!« sagte er, indem er mir das Blatt überreichte; »übersetzen Sie das. Behalten Sie das Original, bringen Sie mir aber eine Kopie davon.«

Ich ging und übersetzte. Mit dem letzten Worte – *taxé* – war ich in einiger Verlegenheit. Sollte ich *beschuldigt* sagen? Der Ausdruck konnte hart scheinen und den Kaiser verdrießen. Nach langem Hin- und Hersinnen glaubte ich einen Mittelweg einschlagen zu dürfen und übersetzte: »dessen man ihn oft für fähig gehalten«.

Um zwei Uhr nachmittags fuhr ich wieder nach Hofe. Graf Kutajssow meldete mich dem Kaiser. Ich wurde sogleich vorgelassen und fand ihn diesmal ganz allein. »Setzen Sie sich«, sagte er sehr freundlich. Aus Respekt gehorchte ich nicht sogleich. »Nein, nein, setzen Sie sich!« wiederholte er mit einigem Ernst. Ich nahm also einen Stuhl und setzte mich ihm gegenüber an den Schreibtisch.

Er nahm das französische Original in die Hand. »Lesen Sie mir vor.« Ich las langsam und schielte zuweilen über das Papier weg. Bei den Worten »in geschlossenen Schranken kämpfen« lachte er. Übrigens nickte er immer beifällig mit dem Kopfe, bis ich an das letzte Wort kam.

»Fähig gehalten?« sagte er, »nein, das ist nicht das rechte Wort. Taxiert muß es heißen.« Ich nahm mir die Freiheit anzumerken, daß *taxieren* im Deutschen einen andern Sinn habe. »Sehr wohl!« versetzte er; »aber *fähig halten* drückt es auch nicht aus.«

Nunmehr wagte ich es, leise anzufragen, ob man vielleicht *beschuldigt* setzen könne.

»Recht, recht! beschuldigt, beschuldigt!« wiederholte er drei- bis viermal, und ich schrieb, wie er es verlangte. Er dankte mir darauf mit freundlicher Herzlichkeit für meine so geringe Mühe und entließ mich, wahrhaft gerührt und entzückt von seinem liebenswürdigen Betragen. Wer jemals ihm selbst näher gewesen ist, wird mir bezeugen, daß er äußerst einnehmend sein konnte und daß es schwer, ja fast unmöglich war, ihm dann zu widerstehen.

226

Ich habe es nicht für überflüssig gehalten, diese Begebenheit mit allen kleinen Umständen anzuführen, da sie Aufsehen genug in der Welt gemacht hat. Die Ausforderung erschien zwei Tage nachher zum Erstaunen von ganz Petersburg in der Hofzeitung. Der Präsident der Akademie der Wissenschaften, dem sie zum Einrücken zugesandt wurde, traute seinen Augen nicht. Er fuhr selbst zu dem Grafen von der Pahlen, um gewiß zu werden, daß kein *quidproquo* zu fürchten sei. In Moskau wurde diese Zeitung sogar von der Polizeibehörde angehalten, weil man sich nicht einbilden konnte, daß es der Wille des Monarchen gewesen sei, diesen Artikel wirklich bekannt zu machen. Eben das geschah auch in Riga. Der Kaiser selbst hingegen konnte es kaum erwarten, ihn gedruckt zu sehen, und schickte ungeduldig mehrere Male danach.

Mir schenkte er drei Tage nachher eine Dose mit Brillanten besetzt, deren Wert nahe an zweitausend Rubel betrug. (Die Zeitung für die elegante Welt gibt fälschlich 4000 Rubel an.) Nie ist wohl die wörtliche Übersetzung von zwanzig Zeilen besser bezahlt worden!

Der Kaiserin erzählte er, daß er meine Bekanntschaft gemacht habe. *»C'est à présent un de mes meilleurs sujets«,* sagte er. Ich weiß das von einem Manne, der dabei gegenwärtig war. Warum der Kaiser mich nun für einen bessern Untertan hielt als vor meiner Reise nach Sibirien, das weiß ich nicht.

Seit jener Unterredung genoß ich hundert kleine Beweise von des Kaisers Gnade; ja, ich bin ihm nie auf der Straße begegnet, ohne daß er stillgehalten und sich einige Augenblicke freundlich mit mir unterredet hat. Gegen mich ist er bis an seinen Tod sich völlig gleich geblieben, immer wohlwollend, freundlich und edel. Warum sollte ich mich schämen zu gestehen, daß meine Augen schwimmen, indem ich diese Blume der Dankbarkeit auf sein Grab fallen lasse!

Im Januar mußten die französischen Schauspieler *Menschenhaß und Reue* in der Eremitage spielen. Bekanntlich hatten von jeher in diesen engern Zirkel des Hofes außer den Offizieren von der Garde nur die vier ersten Klassen den Eintritt; der Kaiser machte aber mit mir eine Ausnahme und ließ mich ausdrücklich zu der Vorstellung einladen. Von diesem Augenblick an hatte ich freie Entree, so oft in der Eremitage Schauspiel gegeben wurde.

Daß ich mit klopfendem Herzen in die Vorstellung von *Menschenhaß und Reue* ging, kann man leicht denken. Dem vortrefflichen Spiel der Madame Valville als Eulalia verdanke ich es wohl vorzüglich, daß der Kaiser tief gerührt wurde. Der mehr als siebzigjährige Aufresne, dessen Name auch in Deutschland rühmlich bekannt ist, spielte den Greis. Der Kaiser hatte seinen Platz dicht hinter dem Orchester, und es war mir auffallend, daß während der ganzen Vorstellung ein Gardist von der Malteser-Garde hinter seinem Sessel stehen mußte.

Um eben diese Zeit wünschte der Kaiser Haydns *Schöpfung* zu hören und ersuchte mich, sie ins Französische zu übersetzen. Nur der kann diese Arbeit würdigen, der mit den Schwierigkeiten einer solchen der Musik angepaßten Übersetzung bekannt ist. Noch saurer wurde sie mir durch die allzugroße Pünktlichkeit und Genauigkeit des wackern alten Sarti, der meine Worte der Musik unterlegen mußte und immer von kurzen und langen Silben sprach, da doch bekanntlich die französische Sprache weder kurze noch lange Silben hat. Indessen war die Arbeit beinahe glücklich vollendet und in den Fasten sollte die Musik aufgeführt werden; der Kaiser erlebte es aber nicht.

Hätten nicht – trotz dem Wohlwollen und der Auszeichnung meines Chefs, des Herrn Oberhofmarschalls Naryschkin, dessen Behandlung ich dankbar rühmen muß – tausend Armseligkeiten mir die Direktion des Theaters verleidet, so dürfte ich behaupten, in jener Zeit ein glückliches Leben geführt zu haben; denn ich hatte mir einen kleinen angenehmen Zirkel gebildet und einige Freunde erworben: einige nur, aber sie konnten für viele gelten. Ich nenne unter ihnen den Kollegienrat Storch, der jedem gebildeten Deutschen als Schriftsteller bekannt ist, den ich aber noch überdies als einen sehr edlen, gefühlvollen Menschen achte; ferner den wackern Etatsrat Suthoff mit seiner liebenswürdigen Gattin; den anspruchslosen Etatsrat Welzien mit seiner trocknen, eigentümlichen Laune. Wir hielten zusammen eine Art von Kränzchen, in welchem ich Stunden genossen habe, deren Andenken mich noch lange mit froher Wehmut erfüllen wird. O, ich weiß, auch diese meine Freunde werden meiner in ihrem traulichen Zirkel noch oft gedenken!

Doch auch die lästige Theaterdirektion wurde mir plötzlich durch einen Zufall auf die angenehmste Weise erleichtert. Der Kaiser hatte nämlich seinen neuen berühmt gewordenen *Michailowschen Palast* vollendet und lebte und webte nun in diesem, gleichsam durch den Schlag einer Zauberrute hervorgegangenen Feenschlosse, welches, der Angabe nach, zwischen fünfzehn und achtzehn Millionen Rubel gekostet haben soll. Er verließ den weit bequemern und gesündern sogenannten *Winterpalast,* um sich zwischen feuchte, dicke Mauern einzusperren, an welchen das Wasser herabfloß. Mehrere Male mußten die Leibärzte die neue Wohnung prüfen, und mehrere Male warnte ihr Ausspruch. Sie wurden aber so oft und so lange wieder dahin geschickt, bis sie endlich wohl einsahen, man wolle nun einmal ein anderes, günstigeres Urteil, und mit Achselzucken nachgaben. Der Kaiser bezog also die gifthauchende Wohnung mitten im Winter, und es gefiel ihm darin außerordentlich. Es machte ihm Freude, seine Gäste selbst herumzuführen und ihnen die Schätze von Marmor und Bronze, die er aus Rom und Paris hatte kommen lassen, zu zeigen. Das überströmende Lob, mit welchem natürlicherweise die geringste Kleinigkeit bis in den Himmel erhoben wurde, und die ewige

Wiederholung des Ausrufs, daß dergleichen nirgends in der Welt existiere, erregten endlich bei ihm den Gedanken, eine Beschreibung von diesem achten Wunderwerke der Welt verfertigen zu lassen. Auf eine sehr schmeichelhafte Weise trug er mir diese Arbeit auf. Mehr als einmal sagte er mir selbst, daß er etwas Außerordentliches von mir erwarte, und setzte mich durch diese Äußerung in eine nicht geringe Verlegenheit. Aus seiner eigenen Bibliothek erhielt ich Nicolais *Beschreibung von Berlin und Potsdam,* und er äußerte dabei den Wunsch, daß ich meinen Gegenstand geradeso, nur womöglich noch etwas weitläuftiger behandeln möchte.

Natürlicherweise fügte ich mich sogleich in sein Verlangen, gestand aber auch, es fehle mir an manchen zu dieser Arbeit notwendigen Kenntnissen; ich wisse die Schönheit der Baukunst, der Gemälde, der Statuen nicht kunstgerecht zu beurteilen und bitte daher um die Erlaubnis, mir kunsterfahrne Männer in diesen Fächern zugesellen zu dürfen. Diese Erlaubnis wurde mir sogleich bewilligt. Ich schlug für die Antiken den berühmten Herrn Hofrat Köhler vor, welcher die Aufsicht über die in der Eremitage befindlichen Kunstschätze hat und ein ebenso erfahrner als guter, gefälliger Mann ist. Für die Baukunst erbat ich mir den römischen Architekten Brenna und für die Malerei die geschickten und liebenswürdigen Herren Gebrüder Kügelgen.

Der Monarch gestand mir freundlich jede Hülfe zu und erteilte Befehl, mich jederzeit und überall im Schlosse einzulassen. Der Herr Oberhofmarschall als Schloßhauptmann führte mich selbst zum ersten Mal im ganzen Palast umher, und ich ging nun mutig an die Arbeit.

Täglich vormittags, nachmittags und oft bis spät abends brachte ich jetzt meine Zeit im Michailowschen Palaste zu. Es verging fast kein Tag, an welchem der Kaiser mir nicht hier oder dort begegnete, wenn ich mit meiner Schreibtafel in der Hand die mannigfaltigen Gegenstände aufzeichnete; und jedes Mal blieb er bei mir stehen, um sich einige Augenblicke mit der einnehmendsten Freundlichkeit mit mir zu unterhalten, auch wohl mich zu ermahnen, daß ich ja nichts obenhin, sondern alles recht ausführlich beschreiben möchte.

Unter diesen Umständen nun glaubte ich es wagen zu dürfen, um meinen Abschied als Direktor des Deutschen Hoftheaters zu bitten. Es war am 8ten Februar, als ich diese Bitte schriftlich meinem Chef überreichte. Er hatte die Güte, manche sehr schmeichelhafte Einwendung dagegen zu machen; und als ich auf meinen Vorsatz bestand, verschob er es wenigstens auf unbestimmte Zeit. Nach einigen Tagen erinnerte ich ihn abermals, und ich wurde nicht müde, diese Erinnerungen so oft zu wiederholen, bis ich deutlich merkte, daß sie mir zu nichts helfen würden. Nun schlug ich einen andern Weg ein, um mir das lästige Theaterwesen wenigstens zu erleichtern. Ich stellte nämlich vor, daß es mir bei meinem ununterbrochenen Arbeiten im Michailowschen Palaste durchaus unmöglich sei, noch die erforderliche Zeit auf das Theater zu verwenden, und daß ich daher, wenn mir mein Abschied verweigert werde, doch wenigstens um einen Gehülfen bitten müsse. Diese Bitte wurde mir gern zugestanden und die Wahl eines Gehülfen mir selbst überlassen. So erhielt ich endlich in der Person eines meiner lieben Freunde einen Regisseur, dem man ein Gehalt von 1500 Rubeln und den Betrag einer Benefiz-Komödie zusicherte. Auf seine Schultern konnte ich nun in Zukunft die drückendste Last werfen und mir tausend Ärgernisse ersparen.

Die Beschreibung des Michailowschen Palastes war bei dem Tode des Kaisers ihrer Vollendung nahe.

Am 11ten März mittags gegen ein Uhr, also etwa zwölf Stunden vor Kaiser Pauls Tode, sah und sprach ich ihn zum letzten Male. Er kam mit dem Grafen Kutajssow von einem Spazierritte nach Hause und schien sehr heiter zu sein. Auf der Paradetreppe, gerade neben der Statue der Kapitolinischen Kleopatra, begegnete ich ihm.

Seiner Gewohnheit nach blieb er bei mir stehen und machte diesmal die erwähnte Bildsäule zum Gegenstande des Gespräches. Er rühmte die Kopie, untersuchte die verschiedenen Marmorarten des Piedestals, fragte mich um deren Benennungen, ging dann über auf die Geschichte der ägyptischen Königin, bewunderte ihren heldenmütigen Tod, schien mir aber lächelnd Beifall zu geben, als ich meinte, sie würde sich schwerlich getötet haben, wenn Augustus ihre Reize nicht verschmäht hätte. Endlich fragte er mich noch, ob meine Beschreibung des Palastes weit vorgerückt sei. Als ich ihm sagte, sie sei beinahe vollendet, verließ er mich freundlich mit den Worten: »Ich freue mich darauf.«

Ich sah ihm nach, wie er die Treppe hinaufstieg; auch er sah oben an der Tür noch einmal zu mir herunter. Uns beiden ahnte wohl nicht, daß wir uns zum letzten Male gesehen hatten. Die Stelle neben der Kleopatra ist mir durch diese letzte Unterredung mit dem Kaiser sehr merkwürdig geworden, und mehr als einmal habe ich nach seinem Tode dort mit Wehmut verweilt.

Am 12ten März sehr früh verbreitete sich die Nachricht von der Thronbesteigung des jungen liebenswürdigen Monarchen. Schon um 8 Uhr huldigten ihm die Großen des Reiches in der Kirche des Winterpalastes. Das Volk überließ sich einem fröhlichen Jubel, da die Milde des neuen Beherrschers es zu den schönsten Hoffnungen berechtigte. Abends war Petersburg erleuchtet.

Die ersten Schritte Alexanders, sein Manifest, seine ersten Verordnungen, alles befestigte das Vertrauen, mit welchem die hoffenden Untertanen ihn den väterlichen Thron besteigen sahen. Er versprach feierlich, in dem Geiste seiner glorreichen Großmutter, Katharinen der Zweiten, zu regieren. Er erlaubte jedem, sich wieder nach seiner Phantasie zu kleiden. Er erließ den Einwohnern von Petersburg die lästige Pflicht, jedes Mal aus dem Wagen zu steigen, so oft ein Mitglied der kaiserlichen Familie ihnen begegnete. Er verabschiedete den mit Recht verhaßten Generalprokureur Obuljaninow. Er hob die Geißel des Landes, die Geheime Expedition, auf. Er gab dem Senat sein altes Ansehen wieder. Er entließ die Staatsgefangenen aus der Festung. O, es war ein rührender Anblick, diese Befreiten zu sehen, die mit starrer Verwunderung, ihrem Glücke noch kaum trauend, umher wankten!

Schon lange drückt es mir das Herz, dem Leser auch meine größte Freude in den ersten Tagen der Regierung *Alexanders des Milden* mitzuteilen. Die Aufzeichnung meiner Geschichte hat mir manche froh-wehmütige Erinnerung gegeben; jetzt komme ich zu einer der frohesten. Auf Befehl des jungen Monarchen ließ der Senat drei Verzeichnisse von den Namen der Verbannten drucken, die aus Sibirien zurückberufen wurden. Kaum erfuhr ich das, als mein Bedienter schon hinlaufen mußte, mir diese Liste zu verschaffen. Mit welcher Eil durchlief sie mein Auge, bis es – durch eine Freudenträne verhüllt – auf dem Namen *Sokolow* ruhte! Ja, auch er ist frei; in dem Augenblicke, da ich dieses schreibe, hat er seine Frau und seine Kinder schon wieder an das Vaterherz gedrückt. Möge er nur gleich mir sie alle sechs wiedergefunden haben, möge von dem schweren Traum ihm nichts übrig bleiben als dann und wann eine freundschaftliche Erinnerung an mich, seinen Leidensgefährten!

Auch Herrn von Kinjakow und seine Brüder, auch den Kaufmann Becker aus Moskau und mehrere andre meiner Bekannten sah ich auf dieser Liste des Lebens. Ich zeichne unter ihnen den Pastor S** als den merkwürdigsten aus.

S** war Prediger in der Gegend von Dorpat und hielt zugleich für die Einwohner seines Kirchspiels eine kleine Lesebibliothek. Tumanski, der wachsame Zensor in Riga, verlangte beim Antritt seines Amtes von S** ein Verzeichnis dieser Lesebibliothek. S**, den die Zeichen der Zeit sehr furchtsam machten, antwortete ihm, er habe sein Institut ganz aufgegeben. Dies zu tun war auch wirklich sein Vorsatz; er zog die noch zirkulierenden Bücher nach und nach ein und es gelang ihm bis auf einige wenige. Unter diesen war auch ein Band von Lafontaines *Gewalt der Liebe.* Er konnte sich nicht erinnern, wem er diesen Band geliehen hätte, und wollte ihn doch nicht gern einbüßen. Daher versuchte er das gewöhnliche Mittel, durch das Dorpatsche Wochenblatt bekannt zu machen, »daß derjenige, der Lafontaines *Gewalt der Liebe* noch aus seiner Lesebibliothek habe, hierdurch ersucht werde, ihm das Buch zurückzuliefern«. Diese Anzeige fiel unglücklicherweise Herrn Tumanski in die Hände. Man versichert, daß es nicht sowohl seine Absicht gewesen sei, dem Pastor S** zu schaden, als vielmehr dem redlichen Generalgouverneur von Livland, Nagel, gegen den er um einer vermeintlichen Beleidigung willen einen höchst kleinlichen Groll nährte, einen Verweis zuzuziehen. Er rapportierte also den Vorfall, reichlich mit giftigen Anmerkungen begleitet, an seinen Gönner und Beschützer, den Generalprokureur Obuljaninow, der ihn, abermals mit eigenen Zusätzen ausgestattet, dem Kaiser vorlegte. Es hieß, Pastor S** habe trotz der Warnung des Zensors seine Lesebibliothek fortgesetzt und suche durch verbotne jakobinische Schriften – wohl zu merken, es existierte kein Katalog verbotner Bücher! – in seinem Zirkel gefährliche Grundsätze zu verbreiten. Alles dies wurde dem Monarchen in einem so übeln Gesichtspunkte vorgestellt, daß er auf der Stelle befahl, den Pastor S** zu arretieren und nach Petersburg in die Festung zu bringen; vorher aber solle Tumanski mit einem Kommando Soldaten seine Wohnung umgeben und alle seine Bücher öffentlich verbrennen.

Als Tumanski zu dieser erwünschten Kommission von Riga abreiste, wurde er noch von mehreren Menschenfreunden gebeten, doch ja alles, was in seinen Kräften stehe, zur Rettung der unglücklichen Familie anzuwenden. Er versprach es, hielt aber nicht Wort, wie ohnehin zu erwarten war. Mitten in der Nacht umgaben Soldaten unter Anführung des edlen Tumanski das Haus des Predigers, der ruhig mit Frau und Kindern schlummerte. Man denke sich sein und ihr Erwachen! Alle Zugänge sind besetzt; seine Papiere werden inventiert und versiegelt; alle seine Bücher, sogar Bibel und Gesangbuch, auf einen Haufen geschleppt und verbrannt. Der unglückliche Mann wird in ein Kibitken geworfen und ein Polizeioffizier fährt mit ihm davon.

Als er sich gegen Morgen ein wenig von der ersten Betäubung erholt hat, bittet er seinen Begleiter um Erlaubnis, einige Worte an seine Frau schreiben zu dürfen. Der Falsche erlaubt es ihm, stellt sich auch, als ob er den Brief selbst auf die Post besorge, steckt ihn aber zu sich und überliefert ihn dem Generalprokureur. Der Inhalt dieses Briefes war außer sehr natürlichen Klagen eine Bitte an seine Frau, *die Bauern vorläufig bis zu seiner Rückkehr zu beruhigen*. Hieraus schloß man, er habe die Bauern bereits aufgewiegelt, und sie warteten nur auf die Rückkehr ihres Anführers, um loszubrechen. Andere behaupten auch, er habe seine Frau ersucht, eine gewisse Korrespondenz zu verbrennen, die er vor mehreren Jahren mit einem Freunde über die Begebenheiten der Französischen Revolution geführt hatte. Es sei auch sogleich ein Feldjäger mit Ketten zu diesem Freunde geschickt worden, der aber glücklicherweise schon seit mehreren Jahren nicht mehr gelebt habe.

Dem sei wie ihm wolle, die Sache wurde durch den von menschlichen Gefühlen nichts wissenden Obuljaninow dem Monarchen so vorgestellt, daß dieser augenblicklich an das Justizkollegium den Befehl erließ, dem Prediger S** Leibesstrafe zuzuerkennen und ihn dann nach Sibirien in die Bergwerke zu schicken. Das Justizkollegium befand sich natürlicherweise in einer nicht geringen Verlegenheit. Das Urteil, welches doch eigentlich erst nach der Untersuchung und nach Prüfung der Akten gefällt werden sollte, war ihm bereits vorgeschrieben. Hierdurch wurde das Kollegium gleichsam in ein bloßes *forum executivum* verwandelt. Der Präsident wagte eine Vorstellung deshalb an den Generalprokureur, der ihm aber ganz trocken antwortete: er möge auf seine eigne Gefahr tun, was ihn gut dünke; den Willen des Kaisers wisse er.

Dem armen S**, dem man keinen Verteidiger gestattete, wurde daher eines Morgens in der Festung angekündigt, daß er seinen Predigerornat anlegen und dem Herrn von Makarow in das Justizkollegium folgen solle, wo man ihm sein Urteil publizieren werde.

Voll froher Hoffnung – die er zum Teil aus dem Umstände schöpfte, daß man die Anlegung des Ornats ausdrücklich von ihm verlangte – fuhr er seinem Schicksal entgegen. In dem Gerichtssaale stellte man ihn an die Wand. Der Sekretär las das Urteil vor. Als er an die Worte kam: »Der Pastor S** soll seines Amtes entsetzt, Mantel und Kragen ihm abgerissen werden; er soll zwanzig Streiche mit der Knute bekommen und dann in Ketten in die Bergwerke von Nertschinsk zur Arbeit transportiert werden« – da verließen den Unglücklichen die Sinne. Er bewegte erst mehrere Male den Kopf krampfhaft, wie in einem Zirkel; dann stürzte er gerade vor sich nieder. Man eilte ihm zu Hülfe; er kam wieder zu sich, hob sich auf die Knie und flehte, daß man ihn hören möchte.

»Hier ist nicht der Ort dazu!« sagte der Prokureur. »Wo ist denn der Ort?« rief der Unglückliche mit einer gräßlichen Stimme, »dort, dort oben im Himmel!«

Man schleppte ihn nun in ein gemeines Gefängnis. Ganz Petersburg nahm teil an seinem Schicksal. Alles bat für ihn; sogar die russische Geistlichkeit, der dieser Zug zu großer Ehre gereicht. Der Graf von der Pahlen gewann damals die Herzen aller Einwohner, indem er alles aufbot, was in seinen Kräften stand, um den Unglücklichen zu retten. Vergebens! Obuljaninow hatte sein Opfer zu gut gefaßt. S** wurde öffentlich zur Knute hinausgeführt. Auf dem halben Wege hieß man ihn noch einmal umkehren, um das Abendmahl aus der Hand des Pastors Reinbott zu empfangen. Dann trat er den schweren Gang zum Richtplatz aufs neue an.

Schon war er mit beiden Armen an den Pfahl gebunden und zur Exekution entblößt, als ein Offizier hinzutrat und dem Knutmeister etwas ins Ohr raunte. *Sluschu* (ich höre), antwortete dieser ehrerbietig; und nun schwang er die Knute zwanzigmal, doch ohne auch nur einmal den Ohnmächtigen zu treffen: denn immer ließ er die Streiche geschickt an der Kleidung hinabgleiten. Es war sichtbar, daß irgendein mächtiger Menschenfreund, der den unschuldigen Mann von der Schmach nicht retten konnte, ihm durch sein Ansehen wenigstens die Schmerzen ersparte.

Der Pastor S** wurde nun in das Gefängnis zurückgeführt. Seine Abreise nach Sibirien hielt der Graf Pahlen unter dem Vorwande von Krankheit so lange als möglich auf und hatte deshalb sogar einige heftige Explikationen mit dem Generalprokureur. Der Kaiser drang indessen auf den Rapport, daß das Urteil gänzlich vollzogen sei, und der Unglückliche mußte seine Ketten Schritt für Schritt nach Nertschinsk schleppen. Seine Gattin wollte ihm einige Zeit nachher folgen, konnte aber die Erlaubnis dazu nicht auswirken.

Doch nun ist auch er wieder frei. Als ich Petersburg verließ, erwartete man täglich seine Rückkehr, und gewiß wird der gerechte junge Monarch seine Ehre und sein Glück wieder herstellen.

Wenige Tage nach dem Tode Kaiser Pauls gab Fürst Zubow in einem öffentlichen Hause ein Diner, zu welchem nahe an hundert Personen eingeladen waren. Er bezahlte dem Speisewirt, wie man versichert, fünfundzwanzig Rubel für die Person, das Getränk ungerechnet, welches zum Teil aus vierhundert Bouteillen Champagner, jede zu fünf Rubeln, bestand. Ich würde dieses fürstlichen Schmauses übrigens nicht erwähnen, wenn nicht ein echt fürstlicher Zug ihn ausgezeichnet hätte. Beim Klange der Pokale nämlich erinnerte man sich des unglücklichen Pastors S**; man eröffnete auf der Stelle eine Subskription für ihn und brachte eine sehr ansehnliche Summe – wie einige behaupten, 10000 Rubel – zusammen.

Ob das Justizkollegium durch den Befehl des Kaisers, »auf Leibesstrafe zu erkennen«, eben genötigt wurde, die empfindlichste Gattung der Leibesstrafe, die Knute, zu wählen, das bezweifeln viele Rechtsverständige. Übrigens wird es dem Leser gewiß wohl tun zu vernehmen, daß Herr Tumanski, seit mehreren Jahren die Geißel von Riga, seine Rolle auf eine jämmerliche Weise geendigt hat. Wütend über die Verachtung, mit der man ihm überall begegnete, unternahm er es endlich, das ganze biedre Riga zu stürzen. Er schrieb an den Kaiser, daß alle Einwohner dieser Stadt Jakobiner wären, und schickte ihm eine lange Liste, auf welcher die Namen der edelsten Bürger und Staatsbeamten zu finden waren, mit dem würdigen alten Generalgouverneur Nagel an der Spitze.

Als der geradsinnige Monarch dieses Pasquill gelesen hatte, urteilte er, doch allzu gelinde, »Tumanski sei verrückt«, und entsetzte ihn seines Amtes. Als ich im Junius dieses Jahres durch Riga kam, lebte er noch daselbst, aber in Armut und Verachtung, durch Beiträge von eben den edlen Bürgern unterstützt, die er so oft höchst unglücklich zu machen versucht hatte. So ist endlich die Gerechtigkeit, welche man sonst die poetische zu nennen pflegt, an diesem Unhold in der Wirklichkeit ausgeübt worden! Freilich noch viel zu gelinde für die unzähligen Seufzer und Tränen, die er während der Verwaltung seines Amtes auf sich geladen hat.

Der Tod des Monarchen öffnete mir aufs neue die frohe Aussicht, in mein Vaterland zurückkehren zu dürfen. Ich beschloß, sobald es nur irgend schicklich wäre, den jungen, mit Staatsgeschäften überhäuften Kaiser mit einer solchen Kleinigkeit zu behelligen – um meinen Abschied zu bitten. Am 30sten März führte ich diesen Entschluß aus, indem ich ihn dem Generaladjutanten, Fürsten Zubow, schriftlich mitteilte. Am 2ten April erhielt ich durch denselben Weg die schmeichelhafte Antwort, der Kaiser wünsche mich in seinen Diensten zu behalten.

Diese Güte, diese Ehre mußten es mir natürlicherweise sehr schwer machen, meinen Vorsatz auszuführen. Dankbar gerührt erklärte ich demnach: daß ich mich glücklich schätzen würde, Alexandern dem Liebenswürdigen und Geliebten zu dienen; daß es aber bei der jetzigen Beschaffenheit des Deutschen Hoftheaters mir nicht zieme, an der Spitze desselben zu stehen. Wenn es daher dem Kaiser gefällig sei, eine günstige Veränderung damit vorzunehmen, wenn er es von einem *Titulär*-Hoftheater zu einem *wirklichen* erheben und es in allen Stücken dem französischen gleichstellen wolle, so würde ich mit Freuden alle meine Kräfte anstrengen, um die Deutsche Bühne des Beifalls des Hofes würdig zu machen.

Hierauf erhielt ich den Befehl, einen Plan zu Vervollkommnung des Deutschen Hoftheaters einzureichen. Ich gehorchte. Dieser Plan, den es irgendeinem Unkundigen oder Übelwollenden in der Hamburgischen Zeitung *gigantesk* zu nennen beliebt hat, war mit der möglichsten Sparsamkeit berechnet. Anstatt daß die Französische Bühne jährlich bloß an Besoldungen über hunderttausend Rubel kostet, machte ich mich verbindlich, für sechzigtausend Rubel eine Gesellschaft zu unterhalten, welche mit der französischen wetteifern könne. Es scheint daher, der Einsender jener Zeitungsnachricht sei entweder kein Deutscher oder doch den Deutschen sehr abhold gewesen, da er es gigantesk finden konnte, daß ich für die armen Deutschen etwas über die Hälfte von dem Gehalte forderte, den die Franzosen bekamen.

Der Kaiser übergab den Plan zur Prüfung dem Oberhofmarschall, der ihn gut und zweckmäßig fand.

»Wieviel wird nach diesem Plan das Deutsche Theater mich kosten?« fragte der Monarch.

»Sechzigtausend Rubel jährlich.«

»Und wieviel hat es bis jetzt gekostet?«

»Nichts.«

Über diese Antwort mußte der Kaiser natürlicherweise stutzen. Sie war in gewisser Hinsicht wahr. Ich hatte, von Eifer und Ehrgeiz getrieben, durch Fleiß und Anstrengung bewirkt, daß die Einnahme in dem verflossenen Winterhalbjahre bis auf 32000 Rubel gestiegen war, und von dieser Summe hatte ich alle Kosten bestritten. Aber der Herr Oberhofmarschall vergaß, daß in den sieben Wochen der Fasten gar keine und im Sommer nur eine sehr geringe Einnahme stattfand; daß überdies das Theater höchst mittelmäßig war und sehr großer Verbesserungen bedurfte. Von dem Monarchen konnte man freilich nicht erwarten, daß er sich auf dieses kleine Detail einlassen sollte, umso weniger, da dessen gar nicht erwähnt wurde. Was Wunder also, daß er die Summe zu hoch fand!

Ich war mit der Stimmung für das Deutsche Theater hinlänglich bekannt, folglich auf diesen Fall vorbereitet und hatte – wenn der Kaiser meinen Plan nicht genehmigte – die abermalige Bitte um meinen Abschied hinzugefügt. So erhielt ich denselben endlich in den gnädigsten Ausdrücken und wurde zu gleicher Zeit zum Kollegienrat befördert.

So also verhält es sich mit meinem Abschied aus Russisch-Kaiserlichen Diensten, von welchem dem Einsender der Zeitungsnachricht sehr hämisch zu sagen beliebt: man wisse nicht recht, ob ich ihn genommen oder bekommen habe. In Petersburg wußte man das sehr wohl. Nur schade, daß es Menschen gibt, denen trotz besseren Wissens der Neid immer einen andern Glauben aufdringt!

Am 29sten April verließ ich mit meiner Familie Petersburg, durchdrungen von Dank für den verstorbenen sowohl als für den lebenden Monarchen. In Jewe verweilten wir noch einige Wochen bei dem Probst Koch und seiner edlen Familie. Von ihren echt freundschaftlichen Wünschen begleitet, setzten wir unsere Reise fort bis nach Wolmershof, einem von den Landgütern des biedern Barons Löwenstern, wohin ein paar herzliche Zeilen uns eingeladen hatten.

O, wie klopfte es mir in der Brust, als wir uns dieser Wohnung der Rechtschaffenheit und des Edelmutes näherten! Endlich war einer meiner heißesten Wünsche erfüllt: ich sollte die Frau wiedersehen, die in dem bängsten Augenblick meines Lebens mir Hülfe sandte, so viel sie vermochte. Wie sehnte ich mich danach, ihre Hand an meine Lippen, an mein Herz zu drücken. Ich sollte jetzt auch den Jüngling wiedersehen, dessen Tränen um mich flossen und der mit Bruderliebe mir mein schweres Schicksal zu erleichtern strebte.

Die erste Person, die mir aufstieß, als ich aus dem Wagen sprang, war – der Kammerherr von Beyer. Welch ein Gemisch und Gewühl von Empfindungen durchkreuzte meine Seele bei seinem Anblick! Gleich darauf erschien auch Frau von Löwenstern. Ich wußte ihr nichts zu sagen; aber die dankbare Träne in meinem Auge hat gewiß für mich gesprochen. Unruhig blickte ich nach ihrem wackern Sohn umher; er eilte in meine Arme, und ich drückte ihn mit brüderlicher Liebe an mein Herz. O, wie süß ist die Erinnerung an überstandne Leiden im Kreise teilnehmender Freunde!

Ich bekam hier noch manchen kleinen Aufschluß über den Teil meiner Geschichte, bei welchem jene gute Menschen mit intressiert waren. Die Briefe, die ich auf Stockmannshof schrieb, hatte der Kammerherr von Beyer sämtlich an den braven Gouverneur von Riga gesandt, doch – wie ich schon vorher vermutete – mit Ausnahme des einen, an den Grafen Cobenzl gerichteten, weil der mir nur schaden konnte. Der Gouverneur hatte ohne Bedenken sie sämtlich an den Kaiser befördert, der im ersten Augenblicke über meine Entweichung höchst erzürnt wurde und ihm zurückschrieb: er solle den Kammerherrn von Beyer augenblicklich nach der Stadt bescheiden und ihm einen derben Verweis dafür geben, daß er sich unterstanden habe, einen Staatsgefangenen Briefe schreiben zu lassen. Dieser Verweis, der einen Lobspruch für das Herz des Herrn von Beyer enthielt, wurde wirklich erteilt; man kann aber denken, wie sehr der Ton des menschenfreundlichen Gouverneurs dessen Strenge gemildert haben wird.

Ich erfuhr ferner, daß mein Hofrat dem Kammerherrn von Beyer wirklich seine Instruktion vorgezeigt hatte und daß es daher allerdings gefährlich gewesen sein würde, sich lebhafter, als es geschehen ist, für mich zu interessieren. Den klugen und kühlen Herrn Prostenius versuchte Herr von Beyer zu verteidigen. Ich kann nicht dafür, daß mein Gefühl allen seinen Gründen widersprach.

Den Hofrat hatte man damals allgemein für einen guten Menschen gehalten und das Beste von ihm erwartet. Dieser Irrtum war mir nicht auffallend; denn nie habe ich so viel Roheit mit so vieler Verstellungskunst vereinigt gesehen. Kam er doch, als er bei seiner Rückkehr aus Sibirien meine nahe Befreiung erfahren hatte, augenblicklich kriechend zu meiner Frau und versicherte dieser: wir wären die besten Freunde; wir hätten unterwegs als Brüder zusammen gelebt! Kam er doch, als er erfuhr, daß Kaiser Paul mich auszeichnete, oft sogar auch zu mir und machte mir auf eine niedrige Weise den Hof. Sein bloßer Anblick war mir jedes Mal ein Stich in das Herz. Das mochte er denn endlich merken und blieb weg.

Nach kurzer auf Wolmershof sehr glücklich verlebter Zeit gingen wir weiter nach Riga, wo uns neue, nicht weniger zarte Freuden erwarteten. Zwar fand ich den biedern Gouverneur von Richter nicht dort, weil leider Krankheit ihn auf dem Lande zurückhielt; aber mein guter gefühlvoller Freund Eckardt und der edle Arzt Stoffregen empfingen meinen gerührten Dank. In dem paradiesischen Graffenheyde, der ländlichen Wohnung des erstern, brachten wir einige sehr frohe Tage zu und verließen es endlich segnend und gesegnet.

Hier erfuhr ich unter anderm, daß ein Brief, den meine unglückliche Frau an die Frau Herzogin von Weimar geschrieben hatte, von dem Postdirektor gleichfalls an den Kaiser gesandt worden sei; daß dieser ihn gelesen, aber auf der Stelle mit dem Befehle zurückgeschickt habe, ihn vorsichtig wieder zu versiegeln und an die Adresse abgehn zu lassen. Meine Freunde hatten aus diesem Umstände günstige Hoffnungen gezogen, und gewiß ist es, daß dieser Brief, von dem ich eine Abschrift besitze, keine andre als eine heilsame Wirkung auf das empfängliche Herz des Monarchen hervorbringen konnte. Vielleicht verdanke ich also meine Befreiung zum Teil derjenigen Person, der ich sie am liebsten verdanke: meiner guten Frau!

In Mitau fanden wir den Herrn Gouverneur von Driesen nicht mehr; er war abgesetzt. Leider war das auch der Fall mit dem wackern Hofrat Sellin, dem vormaligen Chef des Grenz-Zollamtes. Ihn sah ich nicht; wohl aber den Offizier, der mich bis Mitau begleitet hatte, den Herrn Leutnant von Bogeslawski. Er empfing mich als einen alten Freund; wir mußten bei ihm frühstücken. O, wie gegenwärtig wurde uns hier wieder die Szene meiner Verhaftung! Aber welch eine Wohltat der Natur, daß die Erinnerung an überstandne Leiden denselben Genuß gewährt – und vielleicht einen größern – als die Erinnerung an Freuden der Vergangenheit. Ich erkundigte mich nach dem höflichen Kosaken, der damals auf unserm Kutschbocke saß, und wollte ihn beschenken; er war aber gerade nicht gegenwärtig.

Als wir nun weiter fuhren – als wir das Wachthaus passierten – der Schlagbaum hinter uns fiel – und bald darauf der Preußische Adler uns winkte – o, warum sollte ich mich schämen zu gestehen, daß ich in Tränen ausbrach, die ich, von meiner guten Frau innig umarmt, an ihrem Herzen sanft verweinte. Nicht etwa, als ob ich nun erst des Gefühls der Rettung recht froh geworden wäre – o nein, der Name *Alexander* ist jedem unbescholtenen Manne Bürge für seine Sicherheit – aber es war ein Gemisch von mancherlei starken Gefühlen, welche mir jene süßen Tränen auspreßten. Der

Anblick des Schauplatzes meiner Leiden – die Vergegenwärtigung jener Szenen – die Erinnerung an die unwillkürliche Bangigkeit, mit der ich ein Jahr vorher denselben Weg fuhr – der Kontrast mit meiner jetzigen Empfindung – die glückliche, so wenig gehoffte Wendung meines Schicksals – der Dank gegen Gott, daß ich alle meine Lieben wieder bei mir und um mich hatte – daß der böse schwere Traum in ein so fröhliches Erwachen übergegangen war – alles das stieg mir aus dem Herzen in die Augen, und mit feierlicher unnennbarer Wehmut begrüßte ich die Staaten Friedrich Wilhelms des Dritten. Es war mir, indem ich seine Grenze betrat, als wäre ich schon in meinem Vaterlande.

In Königsberg fand ich den Grafen Kutajssow, den Liebling und täglichen vertrauten Gesellschafter des Kaisers Paul. Wenn irgend jemand mir Aufschluß über die Ursachen meiner Verbannung geben konnte, so war er es. Ich kannte ihn schon lange, aber freilich zu einer Zeit, wo es unschicklich gewesen sein würde, eine mich betreffende Frage an ihn zu richten. Was ich in Petersburg nicht wagte, das durfte ich hier ohne Bedenken tun. Ich äußerte ihm daher den Wunsch, zu wissen: was eigentlich den Kaiser zu einem so außerordentlichen Verfahren gegen mich bewogen. Er antwortete mir mit unverdächtiger Offenheit: daß durchaus keine eigentliche Ursache dazu vorhanden, sondern daß ich dem Monarchen bloß als Schriftsteller verdächtig gewesen sei. »Sie haben aber gesehen«, setzte er hinzu, »wie schnell und wie gern er von einem Irrtum zurückkam. Er liebte Sie; er bewies es Ihnen täglich und würde es Ihnen in der Folge noch mehr bewiesen haben.«

So ruhe denn sanft die Asche eines Mannes, der wahrlich den größten Teil der Schuld, deren man ihn anklagt, auf seine dornige Lage in früheren Jahren, auf die Begebenheiten seines Zeitalters und auf die Personen, welche ihn umgaben, zurückwerfen könnte; der sich zwar oft in den Mitteln vergriff, das Gute zu bewirken, der aber immer nur das Gute, das Gerechte wollte, ohne Ansehen der Person; der zahllose Wohltaten säte, doch aus dem Samen nur giftige Pflanzen aufschießen sah, die bunt um ihn her blühten und in deren Duft er verwelkte!

Ich schließe mit einigen Versen, die wenige Tage nach des Kaisers Tode in Petersburg gelesen wurden. Den Verfasser kenne ich nicht; aber seine Schilderung trägt den Stempel der Wahrheit:

> On le connut trop peu, lui ne connut personne;
> Actif, toujours pressé, bouillant, impérieux,
> Aimable, séduisant, même sans la couronne,
> Voulant gouverner seul, tout voir, tout faire mieux,
> Il fit beaucoup d'ingrats – et mourut malheureux!

Biographie

1761   *3. Mai:* August Friedrich Ferdinand Kotzebue wird in Weimar als Sohn eines Legationsrats geboren. Der Vater stirbt noch im gleichen Jahr.

1768   In Begleitung seines Onkels Johann Karl August Musäus besucht der siebenjährige Kotzebue erstmals eine Theatervorstellung. Das Erlebnis prägt ihn für sein gesamtes weiteres Leben.

1772   Besuch des Gymnasiums in Weimar.
        Unter der Anleitung von Musäus entstehen erste Gedichte.

1776   Erste Kontakte zu Johann Wolfgang Goethe.
        In einer Inszenierung von Goethes »Die Geschwister« am Weimarer Liebhabertheater tritt Kotzebue neben dem Autor auf.

1777   Kotzebue legt die Reifeprüfung ab.
        Studium der Rechte in Jena (bis 1778).
        Kotzebue wird Mitglied eines Jenaer Liebhabertheaters, für das er Dramen schreibt.

1778   Wechsel an die Universität Duisburg (bis 1779).
        Kotzebue schreibt Dramen und Romane, für die sich weder professionelle Theater noch Verleger interessieren.

1779   Rückkehr an die Universität Jena (bis 1781).
        Kotzebue gründet ein Liebhabertheater und bringt dort sein Lustspiel »Die Weiber nach der Mode« heraus.

1781   Abschluß des Studiums und Rückkehr nach Weimar.
        Advokat in Weimar.
        Bemühungen um eine Anstellung in preußischen Diensten scheitern.
        Durch Vermittlung des Grafen Görtz erhält Kotzebue eine Stelle als Sekretär des General-Ingenieurs Friedrich Wilhelm

von Bauer in St. Petersburg und tritt in den russischen Staatsdienst ein.

November: Abreise von Weimar nach St. Petersburg.

1782 »Erzählungen«.

Kotzebues Dramen »Demetrius, Zaar von Moskau« (Tragödie) und »Die Nonne und das Kammermädchen« (Lustspiel) werden in St. Petersburg aufgeführt.

Kotzebue übernimmt im Auftrag des Generals von Bauer die Leitung des Petersburger Hoftheaters.

Kotzebue gründet die deutschsprachige Zeitschrift »St. Petersburger Bibliothek der Journale«, in der er Auszüge aus deutschen Zeitschriften veröffentlicht.

Nach dem Tod seines Förderers General von Bauer wird Kotzebue von der Zarin Katharina II. als Sekretär für die deutsche Korrespondenz in ihr Büro übernommen, tritt das Amt jedoch nicht an.

1783 Kotzebue wird zum Assessor am Oberappellationsgericht im neuerrichteten Gouvernement Reval ernannt und erhält den Titel eines Titularrats im Range eines Hauptmanns.

November: Übersiedlung nach Reval.

Verkehr im Kreis des Barons von Rosen, der auf seinem Gut eine Liebhaberbühne unterhält.

1784 Die Dramen »Adelheid von Wulfingen« (gedruckt 1789) und »Der Eremit von Formentera« (gedruckt 1784) entstehen und werden auf der Liebhaberbühne des Barons von Rosen aufgeführt.

Um die Heirat mit der Tochter eines livländischen Adligen zu ermöglichen, bittet Kotzebue um die Verleihung bzw. Erneuerung seines Adels, erhält aber eine ablehnende Antwort.

1785 *25. Februar:* Heirat mit Friederike, der Tochter des Oberkommandanten der Festung Reval, Generalleutnant und

Ritter von Essen.

12. Mai: Geburt des Sohnes Wilhelm. Gegenüber seiner Mutter datiert Kotzebue das Datum seiner Heirat um ein Jahr zurück.

Reise nach Deutschland. Historische Studien in der Wolfenbütteler Bibliothek. Bekanntschaft mit Johann Georg Zimmermann in Hannover.

Rückkehr nach Reval.

Kotzebue wird zum Präsidenten des Gouvernementsmagistrats von Estland im Range eines Obristleutnants ernannt. Mit der Beförderung ist der persönliche Adel verbunden. »Die Leiden der Ortenbergischen Familie« (Roman, zweiter Band 1786)

1786 Kotzebue wird Herausgeber der Zeitschrift »Für Geist und Herz«.

1788 *23. November:* Uraufführung von »Menschenhaß und Reue« (gedruckt 1789) auf der von Kotzebue geleiteten Liebhaberbühne in Reval.

1789 *3. Juni:* Mit dem sensationellen Erfolg der Premiere von »Menschenhaß und Reue« am Nationaltheater in Berlin beginnt Kotzebues jahrzehntelang anhaltender Erfolg als meistgespielter deutscher Bühnenautor seiner Zeit.

Reise zur Kur nach Bad Pyrmont. Treffen mit Zimmermann und Johann Georg Jacobi.

Auf der Rückreise Aufenthalt in Berlin. Bekanntschaft mit den Direktoren des Nationaltheaters, Johann Jakob Engel und Karl Friedrich Ramler, sowie mit Friedrich Nicolai und Mitgliedern der königlichen Familie.

Auf Zimmermanns Gesuch gewährt Katharina II. Kotzebue einen anderthalbjährigen Urlaub zur Herstellung seiner Gesundheit.

1790 Erneute Reise nach Pyrmont. Kotzebues Ehefrau wohnt bei seiner Mutter in Weimar.

Kotzebue verteidigt seinen Freund Zimmermann gegen die Angriffe der von diesem herabgewürdigten Aufklärer und publiziert unter dem Namen Adolph Freiherrn Knigges das Pasquill »Doctor Bahrdt mit der eisernen Stirn, oder die deutsche Union gegen Zimmermann«. Er löst damit einen enormen Skandal aus.

September: Rückkehr von Pyrmont nach Weimar.

Aus Furcht vor dem Tod seiner Ehefrau flieht Kotzebue über Mainz nach Paris.

Tod seiner Ehefrau nach der Geburt des vierten Kindes.

1791   *Januar:* Rückkehr nach Mainz.

»Meine Flucht nach Paris im Winter 1790« (autobiographische Schrift).

»Ludwig XIV. vor den Richterstuhl der Nachwelt gezogen von einem freien Franken« (anonym).

»Der weibliche Jakobinerklub« (Lustspiel).

Frühjahr: Als französischer Spion und Jakobinerfreund verdächtigt, flieht Kotzebue aus Mainz und geht nach Leipzig und Berlin. Anschließend erneuter Aufenthalt in Pyrmont.

Kotzebue gibt den Nachlaß von Musäus heraus (»Nachgelassene Schriften«).

Herbst: Nach monatelangen Nachforschungen wird Kotzebues Autorschaft am »Doctor Bahrdt mit der eisernen Stirn« bekannt. Sein öffentliches Ansehen erleidet größten Schaden. Aus Furcht vor gerichtlicher Verfolgung flieht er zurück nach Rußland, wo Katharina II. die weitere Untersuchung niederschlagen läßt.

1792   Kotzebue kauft ein Rittergut bei Reval mit 42 Leibeigenen und baut es zum Landsitz Friedenthal aus.

Um sich für ein Amt in St. Petersburg zu empfehlen, publiziert Kotzebue die Abhandlung »Vom Adel« und übersetzt Werke von Katharinas Kabinettssekretär Gawrila Derschawin ins Deutsche. Die Bemühungen bleiben jedoch erfolglos.

1793   »Die jüngsten Kinder meiner Laune« (6 Bände, bis 1797). Um seinen durch die Zimmermann/ Bahrdt/Knigge-Affäre ruinierten Ruf wieder herzustellen, publiziert Kotzebue die Flugschrift »An das Publikum«.

1795   »Unparteiische Untersuchungen über die Folgen der französischen Revolution auf das übrige Europa«.

         »Armut und Edelsinn« (Lustspiel).

         Heirat mit Christiane von Krusenstern, einer Schwester des Admirals, der später als Weltumsegler Berühmtheit erlangt.

1796   »Die Negersklaven« (Schauspiel).

         Gegen zunehmend kritische Rezensionen seiner Romane, Erzählungen und Schauspiele setzt sich Kotzebue mit den »Fragmenten über den Rezensenten-Unfug« zur Wehr, die er als Beilage der »Jenaischen Allgemeinen Litteraturzeitung« drucken läßt.

         Oktober: In den »Xenien« des Schillers »Musen-Almanachs auf 1797« wird auch Kotzebue mehrfach angegriffen.

1798   *Januar:* Übersiedlung nach Wien, wohin er als Leiter des Burgtheater berufen worden ist (bis 1799).

         Am Burgtheater trifft Kotzebue bald auf wachsenden Widerstand der Schauspieler. Auf sein Gesuch hin entbindet ihn der Kaiser von der Funktion des Theaterleiters und ernennt ihn zum Hoftheaterdichter mit einem Jahresgehalt von 1000 Gulden, die er auch außerhalb des Landes erhalten solle.

         Kotzebue reist aus Wien ab. Seine Fahrt durch Deutschland wird zu einem Triumphzug.

Jahresende: Ankunft in Weimar.

»Schauspiele« (23 Bände).

1799   »Über meinen Aufenthalt in Wien« (autobiographische Schrift)

Mai: Während der Leipziger Messe läßt Kotzebue seine gegen die Frühromantiker um Friedrich Schlegel gerichtete satirische Posse »Der hyperboreische Esel oder die heutige Bildung« aufführen.

1800   *April:* Um seine Geschäfte in Reval zu ordnen und seine in St. Petersburg lebenden Söhne zu besuchen, reist Kotzebue nach Rußland, wo er sich nur kurze Zeit aufhalten will.

Beim Überschreiten der Grenze nach Rußland wird er auf Grund einer Denunziation als vermeintlicher Jakobiner verhaftet und ohne Verurteilung nach Kurgan in Sibirien verbannt.

Juli: Sein zarenfreundliches Drama »Der alte Leibkutscher Peters III.« (entstanden 1799) bewirkt nach vier Monaten seine Begnadigung durch den Zaren. Über seine Verbannung berichtet Kotzebue später in »Das merkwürdigste Jahr meines Lebens« (2 Bände, 1802).

Rückkehr nach Moskau, dann nach St. Petersburg.

Zar Paul ernennt Kotzebue zum Direktor des deutschen Theaters in St. Petersburg mit dem Charakter eines Hofrats und einem Gehalt von 1200 Rubeln und schenkt ihm das in Livland gelegene Krongut Woroküll mit 400 Leibeigenen. Mit weiteren finanziellen Vergünstigungen, dem Jahresgehalt aus Wien und den Einnahmen aus seiner literarischen Produktion ist Kotzebue vermutlich der reichste Schriftsteller seiner Zeit.

1801   *März:* Nach der Ermordung von Zar Paul I. wird Kotzebue auf sein eigenes Gesuch von Zar Alexander I. aus dem

Dienst entlassen. Er wird zum Kollegienrat befördert und behält sein bisheriges Gehalt als Pension bei.

April: Rückkehr nach Deutschland.

Herbst: Ankunft in Weimar.

1802   Es kommt zum Bruch mit Goethe, der Kotzebues Stück »Die deutschen Kleinstädter« inszenieren will, jedoch vergeblich vom Autor verlangt, die gegen die Brüder August Wilhelm und Friedrich Schlegel gerichteten Passagen zu streichen. Die Aufführung findet nicht statt.

»Die beiden Klingsberg« (Lustspiel).

Übersiedlung nach Berlin (bis 1806).

Freundschaft mit August Wilhelm Iffland, dem Direktor des Berliner Nationaltheaters.

1803   Kotzebue begründet die Zeitschrift »Der Freimütige«. Im Laufe des Jahres vereint er das Blatt mit Garlieb Merkels Zeitschrift »Scherz und Ernst«.

Ernennung zum Mitglied der Preußischen Akademie der Wissenschaften.

Die Angriffe auf Goethe und die Jenaer Romantiker führen dazu, daß Herzog Karl August von Sachsen-Weimar Kotzebue des Betreten seines Landes untersagt; das Verbot wird erst 1817 wieder aufgehoben.

22. März: Kotzebues Lustspiel »Die deutschen Kleinstädter« wird im Wiener Burgtheater uraufgeführt.

Tod der zweiten Ehefrau.

»Almanach dramatischer Spiele zur geselligen Unterhaltung auf dem Lande« (18 Bände, bis 1820).

1804   Nach Streitigkeiten mit Merkel kündigt Kotzebue seine Mitarbeit an der gemeinsamen Zeitschrift, die Merkel allein fortsetzt.

Reise nach Frankreich, Besuche in Lyon und Paris. Audienz bei Napoleon.

Rückkehr nach Reval.

»Erinnerungen an Paris im Jahre 1804« (autobiographische Schrift).

Heirat mit einer Cousine seiner zweiten Frau.

Hochzeitsreise über Berlin, Dresden und Wien nach Rom und Neapel. Enttäuschung über Italien. Kotzebue berichtet über die Reise in seiner Reisebeschreibung »Erinnerungen von einer Reise aus Liefland nach Rom und Neapel« (1805).

»Ariadne auf Naxos. Ein tragikomisches Triodrama«.

Rückkehr nach Berlin, wo er sich häuslich niederläßt.

1805   »Kleine Romane, Erzählungen, Anekdoten und Miscellen« (6 Bände, bis 1809).

1806   *Oktober:* Bei der französischen Besetzung Berlins flieht Kotzebue nach Königsberg, dann nach Reval.

»Die gefährliche Nachbarschaft« (Schauspiel).

1808   »Preußens ältere Geschichte« (4 Bände).

Kotzebue gibt die radikal antinapoleonische Zeitschrift »Die Biene« (1808/09) heraus, die er nach einem Jahr auf Betreiben des französischen Gesandten einstellen muß.

1810   »Theater« (56 Bände, bis 1820).

1811   Kotzebue setzt seine verbotene Zeitschrift »Die Biene« mit dem neugegründeten, ebenso antinapoleonischen Blatt »Die Grille« (1811/1812) fort.

1812   Kotzebues ältester Sohn fällt als russischer Offizier im Kampf gegen Napoleon.

1813   *1. April:* Auf Befehl des russischen Generals Graf Wittgenstein gibt Kotzebue das »Russisch-deutsche Volksblatt« (bis 29. Juni 1813) heraus, dessen Beiträge er größtenteils selbst schreibt.

»Possen bey Gelegenheit des Rückzugs der Franzosen«.

1814   Kotzebue wird zum russischen Generalkonsul in Königsberg ernannt.

»Politische Flugblätter« (2 Bände, bis 1816).

»Geschichte des Deutschen Reiches von dessen Ursprunge bis zu dessen Untergange« (bis 1815).

Im Auftrag der deutschen Buchhändler verfaßt Kotzebue eine »Denkschrift über den Büchernachdruck«, die zur Grundlage der Verhandlungen beim Wiener Kongreß über die Fragen des Verlags- und Urheberrechts wird.

1817   *April:* Kotzebue siedelt als persönlicher Berichterstatter des Zaren Alexander I. nach Weimar über und schreibt in den folgenden Jahren geheime Berichte über politische und öffentliche Ereignisse.

In Weimar gibt er das »Litterarische Wochenblatt« (2 Bände, bis 1819) heraus. Er wendet sich gegen die Demokratie, verspottet den »Turnvater« Friedrich Ludwig Jahn und macht sich bei den Liberalen unbeliebt.

17./18. Oktober: Auf dem Wartburgfest der Burschenschaften werden auf Anregung von Jahn zahlreiche Bücher, darunter auch Schriften von Kotzebue, verbrannt.

Jahresende: Durch eine Indiskretion wird einer von Kotzebues Geheimberichten an den Zaren bekannt.

1818   »Gedichte« (2 Bände).

1819   *23. März:* August von Kotzebue wird als vermeintlicher zaristischer Spitzel und wegen seiner reaktionären politischen Haltung von dem Burschenschaftler und Jenaer Theologiestudenten Karl Ludwig Sand in seiner Wohnung erstochen. Der Mord wird zum Anlaß für die Karlsbader Beschlüsse genommen, mit denen die sich schnell ausbreitende »Demagogen«-Verfolgung und eine allgemeine Verschärfung der Zensur in Deutschland beginnt.